Es sind die Szenarien einer verschwindenden Welt, die Christoph Meckel in einem genau komponierten Zyklus aus sieben Erzählungen und einem Epilog entwirft. Ein Einzelner tritt auf, um Bericht zu erstatten, von Orten, die aufgegeben oder zerstört wurden: eine verlassene Garnison, die Ruine eines Präsidentenpalastes, ein Inselarchipel, auf dem atomarer Müll versenkt wurde. Schauplätze, die vom ›Weltunglück‹ heimgesucht wurden oder aber, wie in der Erzählung ›Aura‹, ungeheure Orte, an denen ein abschreckendes Menschheitsrätsel den Berichterstatter in nahezu surreal anmutende Ereignisse verstrickt.
Pathosferne, Präzision und poetische Welthaltigkeit verleihen Meckels Prosa jene eigenartige Faszination, die auch seine großen Radierzyklen auszeichnet.
»So leer gefegt die Räume dieser kristallinen Prosa, so reich an Assoziationsmöglichkeiten sind sie zugleich. … Die Sprache allein gibt Halt und Hoffnung. Unbeschadet übersteht sie alle Zerstörungsakte und sehnt sich nach Schönheit, das ist die Utopie in Meckels Prosa.« Literaturen

Christoph Meckel, 1935 in Berlin geboren, studierte Grafik in Freiburg und München. Er lebt in Berlin und in der Drôme in Südfrankreich als Schriftsteller und Zeichner. Sein Werk wurde unter anderem mit dem Rainer-Maria-Rilke-Preis für Lyrik, dem Georg-Trakl-Preis und dem Joseph-Breitbach-Preis der Akademie für Literatur und Wissenschaft der Stadt Mainz ausgezeichnet.
Im *Fischer Taschenbuch Verlag*: ›Suchbild. Über meinen Vater‹ (Bd. 16162,) ›Suchbild. Meine Mutter‹ (Bd. 16080), ›Ein unbekannter Mensch‹ (Bd. 14145) und ›Licht‹ (Bd. 2100).

Unsere Adresse im Internet: www.fischerverlage.de

Christoph Meckel

Einer bleibt übrig, damit er berichte

Sieben Erzählungen
und ein Epilog

Fischer Taschenbuch Verlag

Veröffentlicht im Fischer Taschenbuch Verlag,
einem Unternehmen der S. Fischer Verlag GmbH,
Frankfurt am Main, März 2010

Lizenzausgabe mit freundlicher Genehmigung
des Carl Hanser Verlag München, Wien

Druck und Bindung: CPI – Clausen & Bosse, Leck
Printed in Germany
ISBN 978-3-596-18324-1

Schlammfang

Er erhielt die Hausmeisterstelle einer geräumten russischen Garnison. Was er zu tun hatte, war ihm nicht klar. Eine Behörde teilte mit, daß er sofort eine Wohnung im Offiziersgebäude beziehen könne. Ein Büro verlangte seine Kontonummer, er hatte sein Konto aufgelöst. Seit vier Tagen befand er sich auf dem Gelände der Garnison und hatte nichts zu tun.

Im Bürgermeisteramt der nahen Siedlung erhielt er, gegen Quittung, einen Schlüsselkoffer und ein paar Akten. Informationen wurden ihm nicht gegeben, von Vorschrift oder Bedingung war nicht die Rede. Er hielt es für richtig, keine Fragen zu stellen. Daß der Hausmeister kommen würde, schien angekündigt, er zeigte einen Ausweis und konnte gehn. Er war auf perfekte Weise untergetaucht.

Die Einfahrt der Garnison ist mit Ketten verschlossen. Der Kontrollpunkt dahinter ist eine grüne Baracke mit verrammelten Fenstern und offener Tür. Zwei Dutzend Fahnenstangen faulen im Boden, ein Schlagbaum liegt längs der Piste im Gras. Neben dem Tor ist der Drahtzaun niedergerissen – im Vorbeifahren hatte ich Löcher im Zaun und verbrannte Bretterwände bemerkt – eine Schneise führt in die Garnison, über zugeschüttete Gräben, durch Schlamm und Schutt. Ich rutschte auf ein Betonband und weiter, durch Reifenspuren verschiedener Stärke, Raupenkettenbahnen und Pfade im Sand. Als erstes sah ich ein Monument mit Panzer, dahinter Kasernen und Reste von Zelten, mir unverständliche Hallen aus Blech und Stahl. Die Garnison steht seit Monaten leer, das Terrain macht den Eindruck, unermeßlich zu sein. Der letzte Russe, ein Heizer, verschwand über Nacht. Der Nachfolger – sein Ersatz – bin ich.

Das Gelände der Garnison ist nackter Boden, von Betonbändern, Pisten und Schneisen symmetrisch durchzogen. Es gibt asphaltierte Rondelle und Plätze aus Schotter, und es gibt Kasernen, wie viele, ich sah nur Kasernen, ein Offiziersgebäude schien nicht vorhanden – bis ich am Abend einen Komplex entdeckte, der weder Camp noch Kaserne war, Kolonie zweistöckiger Wohnheime ohne Durchfahrt, umgeben von Gräsern, Garagen, verkümmerten Bäumen – mit verlebten, engen Quartieren an hallenden Treppen – verschlossenen oder offenstehenden Türen – verdreckten Duschen – ich richtete mich in der hellsten Wohnung ein, das heißt in der saubersten, die zu finden war, Dreizimmerunterkunft mit intaktem Türschloß, in der zweiten Etage gelegen, entfernt vom Boden – und dem Boden nahe genug, um verschwinden zu können – ein Sprung aus dem Fenster.

Ich bin mit Transistorradio und Koffer hier und werde – zum wievielten Mal – aus dem Koffer leben. Es fehlen Elektrizität und fließendes Wasser, die Anschlüsse sind verschmort, verrostet, die technischen Zentren geräumt, die Computer verschwunden, die Telefonzentrale ist ausgebrannt. Aus Wänden gerissene Rohre und hängende Kabel. Ich habe nicht weit vom Haus eine Pumpe entdeckt, sie ist hier das einzige brauchbare Ding, nach langem Pumpen schoß Wasser auf meine Füße, es ist nicht trinkbar, doch frei von Chlor. Die notwendigen Sachen habe ich mir besorgt – Wasser in Flaschen, Kerzen, Campingkocher – und in anderen Gebäuden zusammengesucht – Geschirr, Besteck, zwei Eimer und einen Besen –, ich besitze ein Fernglas, aber keinen Besen. Ich habe

Decken verbrannt und Abfall beseitigt, die Räume ausgewaschen und desinfiziert, obwohl mir gewöhnlicher Dreck keine Sorgen macht. Mir fehlt ein Grundriß der Garnison, aus der Kommandantur sind alle Pläne verschwunden. An solche Bedingungen habe ich nicht gedacht, die Stelle war leicht zu haben, aus diesem Grund? Der Zufall hat mir ein Fahrrad geschenkt, es lehnte an einem Schuppen und funktioniert.

– arrangiere ich mich mit dem Wesenlosen. Mich einzurichten habe ich nicht versucht. Einleben unmöglich. Wie ich hier existiere, ist ohne Belang. Ich flüchte aus vielen Leben in dieses eine, das auf offenbare Weise nicht viel bedeutet, das außer der eigenen Lage nichts enthält. Was mir begegnet, ist geisterhafte Materie, der Rest ist Luft. Ich bin der imprägnierte Zivilist, war nie in einer Armee, gab keine Befehle, führte weder Befehle noch Aufträge aus, trug nie Uniform und besaß keine Waffe, und habe weder gehorchen noch schießen gelernt. Ich habe, soviel ich weiß, keinen Menschen beseitigt, und kein Lebewesen gekillt außer Ratten und Fliegen. Ich bin im Bereich dieser Garnison ein Niemand, so unschuldig oder verfehlt wie – so unglaubhaft wie ein Ameisenhaufen im Jumbo, das ist eine Chance. Meine Chance ist –

Ich entdeckte monströse Toilettenanlagen – Pissoirs en gros – Werkstätten aller Art und Maschinenhallen, Hühner- und Pferdeställe und ein paar Gräber, eine Gärtnerei, die am Rand des Terrains verfällt. In der Garnison verfällt die Zeit, sie wird von Materie nicht in Anspruch genommen, sie wird von Menschenleere nicht verbraucht. Untätigkeit, ich hätte für vieles Zeit. Ich hätte hier als Schrotthändler was zu tun, als Mechaniker oder Abrißstratege, Spezialist für Entsorgung und Abschaffung aller Art. Ich bin ohne Beruf, das gefiel mir, hier fällt es mir auf. Ich beherrsche den Schlammfang und das Große Gähnen.

Ich war auf dem Wachtturm – steile Eisenleitern – er überragt die Wassertürme der Gegend und ist das höchste Bauwerk auf dem Terrain. Ich sah über Wald und Industrie nach Norden und überblickte die Garnison: Rechtecke aus Flächen, Plätzen und Arealen, aus Erhebungen und Vertiefungen, Schranken und Mauern, aus Kasernen, Betonwürfeln und Baracken, ein himmeloffener Abgrund und kein Modell. Die Manövergebiete verlieren sich weit in der Ebene, Ruinen und Müllplätze nicht zu unterscheiden, Chausseen und Panzerpisten parallel. Das Aussichtsplateau ist demoliert, die Glaswand erhalten, Schußanlagen und Scheinwerfer sind zerstört, Mikrophone abmontiert, Lautsprecher zerschlagen, die Sirene ist ein Pilz aus rostigem Eisen, und wie überall liegen Fäkalien herum. Von hier aus wurde geschossen – in Vogelschwärme? In Meutereien und auf Marodeure? Auf Deserteure, falls es die gab? Ein flüchtender Russe hat keine Chance. Ungehindert verläßt er die Garnison, wird von Helfern eingekleidet, versteckt bei Frauen, am frühen Morgen kommt er auf eine Fähre, die Gesichtszüge – fremd, verschlossen – sind nicht von hier, der geschorene Kopf in der Mütze verrät den Soldaten, der Mensch beherrscht nicht die Sprache, wo will er hin. Ein Ordnungsdienstler der Gegend erkennt seinen Kunden, der Junge ahnt nichts, raucht, verläßt die Fähre, wird von Bewaffneten in Empfang genommen –

Ich entdeckte Küchenanlagen zu ebener Erde, Labyrinthe aus Ofenstraßen und Kochherdvierteln, Giganten der Vorratsboxen und Abfallcontainer. Fünfhundertliter-Kessel verrosten im Freien, Kanister und Büchsenmillionen verstreut im Gelände, eingebacken von getrocknetem Schlamm. Hier schufteten Frauen aus Siedlungen der Umgebung, isoliert, bewacht, in Autobussen befördert, der gewöhnliche Russe bekam keine Frau zu sehn.

Der Gestank hängt unverändert in der Luft. Die Arten des Stinkens wechseln nach Ort und Zeit – Maschinenöl, Diesel, Sprit, verkokelte Pneus – Matratzen, Ziegelschutt, Chlor und Urin – ein trockner scharfer Geruch von Verfall und Mörtel – Eisenspäne, Lötstoff, Schweiß in Kleidern – Gärung von Kohl und Mais, verfaulte Kartoffeln – und ein dauernder Übelgeruch, nicht bestimmbar – Atem fleischfressender Wiederkäuer –

In einer Nacht rollten Wagen durch das Gelände, als würden geheime Fahrzeuge wegbewegt, ohne Licht und Motorengeräusch, in vollkommenem Dunkel. Zigeuner auf einer Abkürzung in den Süden? Diebe beim Abtransport unvorstellbarer Dinge?

Sind das Hirngespinste, ich weiß es nicht. Ich weiß nicht, ob ich sie wahrnahm oder träumte. So weiß ich nicht – kann heute nicht mehr erfahren – ob ich in bestimmten Häusern war – deren Aura mir vertraut erscheint – mit gewissen Menschen allein in Zimmern und Betten, ich kenne die Möbel, die Kleider und Körper – und weiß nicht, ob ich sie lebte oder träumte.

Ich erkunde das Gelände wie ein Spion, das ist unterhaltsam, doch nicht amüsant. Es ist Bestandsaufnahme der Menschenleere, einer irdischen Mondlandschaft ohne Gewähr. Militärs, die abrücken, lassen nichts zurück. Ich entdeckte Feuerstellen auf vielen Plätzen, verscharrte Vorräte in den Ödgebieten, Küchengeräte und Waffen, verjährte Konserven, verbrauchte Uniformen in stinkenden Haufen, viel wertloses Kleingeld unter Bretterböden, Amulette und Orden. In Spinden der Mannschaftsräume verschimmeln Bücher, orthodoxe Gebetbücher, russische Pornographen, zerfledderte Werke von Gorki und Puschkin, von Nadeln und Messern durchbohrt, zerfetzt von Scheren, mit Rasierklingen abgetrennte Vignetten und Namen. In leeren Sälen fliegen Papiere herum, Briefe zu Hunderten in jeder Kaserne – verkohlte Ansichtskarten, entstellte Fotos – ausgestrichene Personen, verschmierte Gesichter – und Soldaten in Gruppenbildern, allein, mit Kindern, lachende Teams auf Sportplätzen und vor Panzern, dekorierte Kampfgeistvisagen, entblößte Frauen, eine nackte Mongolin mit einem Hund.

Ich ließ die Dokumente, wo ich sie fand, nahm ein paar Fotos in die Wohnung mit, versuchte mit unbekannten Gesichtern zu leben, und da nichts erfolgte, warf ich sie in den Schrank.

Sollte ich Zeit haben, sammle ich, was von Wert ist, und richte eine Kantine als Ausstellung her: unlesbare Briefe, zerfetzte Namen, verkohlte Bücher, beschmierte Fotografien – ein geisterhaftes Archiv ohne Klientel.

Ich fahre zu Einkäufen in die Siedlung, damit man mich nicht zum Gespenst einer Unterwelt macht. Ich muß mich zeigen, gewöhnlich wie alle, in der Bäckerei, in der KAUFHALLE, auf der Post, in der SPEISEGASTSTÄTTE, im MOSKWA oder im STAR, im OLYMPIA, im GLORIA. Ich kaufe, was alle kaufen, Tabak und Kaffee, aber keinen Alkohol, das scheint sonderbar. Ich bin nicht von hier, das Mißtrauen nimmt noch zu, obwohl ich spreche und grüße wie jeder. Ja, man mißtraut mir. Man vermutet in mir den Russenknecht – einen Kapo – nur der HAUSMEISTER schützt mich davor, überfallen zu werden – im Wagen gelyncht zu werden nachts um drei. Die Garnison strahlt aus wie der SCHWARZE PALAST der Legende. Die Barbesitzer nicken mir zu, die Dauertrinker ziehn sich vor mir zurück, man stellt keine Fragen, mich geht diese Art nichts an. Die Garnison und die Siedlung sind mir egal. Nicht gleichgültig ist mir –

GARNISON bedrängt Gehirn und Vorstellungskraft. Nicht weit von hier befindet sich eine Gestalt – das muß nicht in einer Behörde sein – und hat mit der Garnison was vor. Es sind vielleicht viele. Wahrscheinlich ist, daß der Hausmeister hier mißbraucht wird. Er erfüllt einen Anschein und tarnt damit andre – Ghostwalkman verschatteter Unternehmer, fernbestimmt, imposant wie ein Zinnsoldat und für wenig Geld.

VERTIGO. Schwindelgefühl auf dem Gelände.

Ich werde hier nichts unternehmen, nichts zu behindern versuchen und nichts verhindern, nichts reparieren oder verbessern, nichts beiseite schaffen und nichts vernichten. Ich berichte keinem Amt, beobachte alles und verwende nichts, übersehe nichts und präge mir ein, was da ist – aus welchem Grund, zu welchem Zweck – es ist keine Gewohnheit –

In den Bars, es sind nicht mehr viele, spricht man von Frauen – Geldmacherpuppen, Fließbandweiber, Frauen in Unterquartieren, allein in Zimmern, um kasernierten Männern nah zu sein –, die dann mit anderen schliefen und plötzlich verschwanden. Hinterlandcharaktere schwärmen von Nutten, Damen vom Hörensagen, die kamen und gingen – Maria, Marina, Irina, Natalja – *geile Puderdosen* in dem Gerede – eine dicke Clarissa, die Jurij Kirillov gehörte, da war was geboten, lange her. Von einigen weiß man, wo sie heute leben, andre sind weggetaucht oder untergegangen, wurden vergewaltigt, verschleppt, ermordet, einige wurden schwanger und blieben hier hängen, ein paar wenige folgten den Militärs. Und man spricht vom TRETMINENGÜRTEL DA DRAUSSEN, am Rand der Manövergebiete sich selbst überlassen, es hat dort immer mal wieder wen zerrissen, Kinder, Spaziergänger, Unbekannte, kein Mensch unternimmt was, das Minenkommando ist fort. Es ist die Rede von Schüssen, die man hörte, von Massengräbern auf dem Gelände und von Leuten, die dort verschwunden sind.

Nächtliche Patrouillen sind mein Vergnügen, ich schlafe schlecht. Das Gelände der Garnison ist überall dunkel, Bogenlampen und Scheinwerfer ohne Licht – das Elektrizitätswerk scheint unauffindbar, kann sein vernichtet. Vollkommene Nacht. Man umrundet ein paar Kasernen – ich muß das nicht tun – die Pisten sind frei. Kasernenwände im Scheinwerferstrahl, dieselben Kasernenwände überall. Kasernenfenster, Fenster der Kasernen, Kasernennummern, Nummern der Kasernen – die kaputten Scheiben sind sichtbarer als am Tag. Sportplätze, in der Nacht verschwunden, ein Maschinenpark, den ich am Tag nicht bemerkte. Ein grüngestrichenes Bauwerk ohne Öffnung, nach dem ich in Nächten vergeblich suchte. Was ich am Tag für ein Hochgerüst hielt, erscheint in der Nacht als Tribüne, mit welcher Funktion. Ich entdeckte ein Gefängnis, was fehlt mir noch – Folterkammern und Hundezwinger, eine Feuerwehr, eine Bibliothek. Ein Kaninchen irrte ins Licht, mein einziges Tier im Gelände. Nachtfalter und Mücken.

Ich erwarte, daß etwas geschieht, doch nichts geschieht. Seit ich in Nächten fahre, ist nichts passiert. Nichts Verdächtiges lief im Gelände, kein Dieb verschwand. Scheintote Nächte. Das Gebiet ist so weitläufig, vielräumig, unübersichtlich, daß sich jedes Lebewesen verkrümeln kann. Ich halte für ausgeschlossen, daß hier niemand lebt. Wühlmäuse, Waschbären?

Ich überraschte ein Liebespaar gegen Morgen – Mainacht im Großraum der Rückstände und des Unrats, Dunkel ohne Duft, ohne Laut von Vögeln –, zwei Gestalten nackt auf einer Planke, sprangen auf und verschwanden in einer Kaserne. Man hat in der Siedlung von mir gehört – VON EINEM VERWALTER DER GARNISON –, muß diesen Menschen für zuständig halten, ausgestattet mit Rechten wie ein Kommiß. Ich erkläre niemandem, daß ich machtlos bin, ein Schattenposten, ein Irrtum der Bürokratie. An diesem Job nicht interessiert.

Ich war einen Tag im Manövergebiet unterwegs. Das Gelände erstreckt sich weit wie eine Provinz, nach ungeheurer Vernichtung zurückgeblieben, unbelebt, bis unter die Erde verdorben, menschenleer bis zum Horizont. Ich hörte keinen Vogel, verscheuchte kein Tier. Geräuschlose Öde mit hochgebaggerten Halden, heruntergeschliffenen Hügeln, verschlammten Ebenen, Panzersperren am Ende zerfahrener Pisten, unterirdischen Bunkern voll stehenden Wassers, Kasematten aus Stahl und Granit, polygonen Höhlen, Rammböcken aus Beton mit zerschellten Panzern, ausgebrannten Kanonen und Gräben voll Schlacke – Schauplätze unerhörter Simulation. Hier wurden Materialschlachten inszeniert, Eroberungen und Untergänge gestaltet, Kriegsschauspiele der Russen ohne Vergleich, Opern aus Flammenwerfer, Schrapnell, Granate, hier wurde das Sterben der westlichen Welt exerziert. Ein Sanitätswagen steckt im Schlamm, eine Krankenbaracke hängt leer in schütterem Gras, ich fand nicht viel Gras, wenig Unkraut und keine Bäume, verkohlte Stämme liegen wie Blindgänger da. Kilometerreihe von Pfählen im platten Terrain. In der Weite dieser Verheerung befanden sich Orte, oder was davon übrig war, Gemäuer und Steine, dreihundertmal aufgebaut und zusammengeschossen, von neuem hergerichtet und wieder zerschossen, Attrappenstädte im Licht des beginnenden Sommers, ich lief auf Trampelpfaden zu ihnen hin, fand Bretterhaufen, Matratzen, verschüttete Brunnen – und Löcher voll Flüssigkeit, wo immer ich hinkam, Einschlagtrichter voll abgestandener Nässe, überstaubte Wasserspiegel in sandigen Gruben, Teiche voll Öl und ölgetränkte Gebiete, Kilometerareale versengter Böden, ein alter Feuergeruch stieg von ihnen auf. Ich stellte mir Menschen vor in dieser Verödung, in Tarnanzügen, behängt mit Tornistern und Waffen, Deckungsuchende, Hinkende, Liegengelassene – und kam gegen Abend an den Fluß, Niederungen der Wälder, von

Sumpf unterwässert, sie sind die natürliche Grenze des Sperrgebiets, ein Brückenkopf hing schräg in der ziehenden Strömung, ein paar Transportkähne lagen flach im Schilf. Auf dem Gegenufer war Grasland mit Pappeln und Büschen, dahinter Schlote von Industrie.

Ich kam vor Dunkelheit in die Garnison, meine Kleider stanken, die Wohnung roch warm nach Kalk. EINER BLEIBT ÜBRIG, DAMIT ER BERICHTE, der eine bin ich.

Und käme ich nach Jahren in das Gelände, erschiene es unverändert, wie ich es entdeckte, dasselbe nach sieben Jahren, nach dreißig Jahren, es wird eine Leerstelle sein und bleiben, Gedenkstatt für eine Zukunft, Terrain für nichts.

– Komplize eines polnischen Marodeurs, sein freudiger Schüler, zehn Jahre alt. Wir klauten Kohlen in der Russenkaserne und verkauften sie an frierende Kunden, die mit wertvoller häuslicher Ware bezahlten: Kleidern im Krieg verschollener Männer, Spitzenwäsche und altem Schmuck. Die Kaserne – beschlagnahmte Charitee – lag dicht an einem verkommenen Park, der als RUSSENDIWAN verrufen war. Wir liefen nachts durch den Park zur Russenbaracke, sie stand – nicht bewacht – zwischen Bäumen und Bänken, und packten, was greifbar war, in den Leiterwagen – Holz, Eierkohle und Brikett –, geschützt vom Lärm der Kaserne und sehr schnell. An einem Morgen wurden wir überrascht.

Regen strömte in den entlaubten Park, im Zischen und Schallen des Wassers war nichts zu hören, ich selber hörte nichts von unsern Geräuschen, der gefüllte Leiterwagen schwamm durch die Nässe – da kam ein Russe aus dem Gehölz – das konnte im Zwielicht nur ein Russe sein –, lief hinter dem Wagen her, schrie auf uns ein. Wir wären ohne Kohlen davongaloppiert, vertraut mit Dämmerung und Wegen des Parks, blieben aber stehen und ließen ihn kommen, ich hielt die Deichsel des Wagens fest. Es war ein gestiefelter Russe, naß wie wir, seine Stimme war scharf und laut, zu laut in dem Regen, er deutete auf die Kohlen und ich bemerkte: die Hände waren leer, ein Feind ohne Waffen, und wir gestellt von ihm, aber nicht gefangen. Und weil es heller wurde und weil er schrie, beschmissen wir diesen Feind mit Kohlen, wir steinigten ihn mit Briketts so lange, bis er verstummt war, in die Büsche kroch, wir ließen den leeren Wagen und rannten weg –

Den Siedlungen fehlt die Aura der Goldgräberstädte, der Charme verblichenen Reichtums und Großer Zeiten. Es sind halbleere Orte, heruntergekommen und farblos, selbst die Villen der Generäle sind im Verfall, von den Mauern fällt Putz, die Veranden und Gärten sind düster, die Treppen voll Unkraut, die Fenster leer. Die breiten Straßen versunken in Schlamm oder Staub. Der Abzug des Militärs hinterließ tote Bauten, Casinos ohne Gebrauch und verlassene Bordelle – wie viele Matratzen kamen da ans Licht. Die Clubs der Apparatschiks sind ausgeräumt, die Feierabendpaläste der Kommandanten – verbrauchte Schlösser in zertrampelten Parks. Beschlagnahmte Scheunen, zu Tanzdielen umgebaut – aufgelassene Gemäuer ohne Bedarf. Domizile, Unterkünfte, ZIMMER FREI – verstaubte Straßenzüge, verrammelte Katen. Halden voll Billigmöbeln und faulenden Sachen, überalterte Hinweisschilder an den Chausseen, Scherben und Eisenteile im Land verstreut.

Das Amüsierpersonal verschwand über Nacht, unzählige Frauen und was HILFSKRAFT hieß – Handwerker, Kellner und Lieferanten; Musiker, Frisöre, Alleinunterhalter; Schmarotzer, Schleicher, Schwarzhändler und Genossen, deren Job nach Bedarf und Lage gezaubert war. Die Fähren sind außer Betrieb, die Anlegestellen verödet. Nichts mehr zu holen.

Der Gedanke, Simone hierher einzuladen, warum.

Ich könnte ihr schreiben, sie weiß nicht, wo ich bin. Sie wird sofort kommen wollen, aber – unmöglich für sie, sich hier zu behaupten, im Bereich der Zwölftausend meine Geliebte zu sein, und daß sie hier Sprünge macht wie in Lausanne. Der GEIST DER ZWÖLFTAUSEND schwirrt im Gelände, fällt über sie her, überreizt ihre Phantasie, bedrückt und beschäftigt sie auf eine Weise, die weder für sie noch für mich zu ertragen ist. Was sind denn Geister von unbekannten Soldaten – Nonsens. Sie sind mir gleichgültig, aber ich kann sie sehn, vor allem hören in diesem Raum, den sie haßten – sie klammern sich an ihn, um ihn zu zerstören, aus dem Boden zu schlagen, in der Luft zu zerstäuben – geschorene Uniformierte, besoffene Nemos, chronische Stiefelknechtschaft der Angepfiffenen, Kollektivpartikel in Grau, behelmte Nummern –

Es sind Unterstellungen eines Mitleidlosen.

Schlaflosigkeit. Der Luftraum ist überfüllt, ein akustisches Chaos – Pfiffe, Schüsse, Trillerpfeifen – Marschtritte, Märsche und Marschlieder, Stiefelknallen – unabwendbarer Echoraum gehorsamen Brüllens – gurgelnde Motoren und krachendes Eisen, Getöse der Detonationen und des Zerplatzens, der Salven und Kanonaden und Schnellfeuerflammen – Stahlgewitter, Orkane aus Glut und Splittern – Gelächter und Witze von Befehlsempfängern – der Gedanke Simone –

Soldateska, Haufen der Beutemacher, kommt nachts in verschiedenen Lastwagen her, drängt in die Garnison, schwärmt aus ins Dunkel, funzelt mit kleinem Feuer im Gelände, fackelt durch Stockwerke der Kasernen, gröhlt ohne Anlaß, erstickt in Gelächter, ballert in leere Räume, zersiebt das Dunkel, tritt Türen ein, zerschlägt nicht zerschlagene Scheiben, kickt Flaschen und Büchsen herum, wirft Matratzen in Höfe, setzt in

Brand, was brennen kann, Reste von Möbeln, uriniert in Feuerstellen, erbricht auf Treppen, ruiniert massakriert ermordet das Tote, versaut noch einmal das Leblose und das Leere, zerdrischt noch einmal das neunmal Zerschlagene, durchwühlt das Durchwühlte noch einmal, ohne Besinnung – verunreinigt Dreck und Verfaulung, Rost und Schrott – der Lärm wird in der nahen Siedlung gehört, was da draußen passiert, kann passieren, ES IST DAS GELÄNDE – es sind Frauen dabei, nicht verschieden von ihren Hengsten, mitlaufende Weiber – ein Dreizehnjähriger ist dazugestoßen, unschlüssig, trotzig, nicht beteiligt, Fäuste in Taschen, allein am Rand des Geschehens – er war im Dunkel zurückgeblieben, lag morgens schlafend im Gelände –

Ich hörte unduldsames, heftiges Hupen – während einer Rundfahrt nachts um zwei – und traf auf einen Mercedes mit offenen Türen. Das Fernlicht bestrahlte die Nacht zwischen zwei Kasernen, der Motor lief. Im Wagen saß eine erstarrte Person – eine Frau in pompöser Nachbildung einer Dame – aus dem Dunkel lief mir eine Gestalt entgegen – der Chauffeur in der Falschfigur eines älteren Herrn – aufgelöst, überreizt, auf schwankenden Beinen, und rief: Na sagen Sie mal – ich meine – wo bin ich denn hier – er war betrunken – ob das ein Filmstudio sei oder was das sei – und wie sei er da reingekommen, das gäbe es nicht, das könne nicht wahr sein, ohne Beleuchtung – und wie man da wieder rauskommt, raus wie man reinkam – also hören Sie mal, da müssen doch Schilder hin –

Ich lotste den Wagen durch das Gelände, er blieb dicht hinter mir, mit der Lichthupe drängend, passierte die Schneise in überhöhtem Tempo und verschwand in der Nacht.

Auch die Schießplätze haben enormes Ausmaß. Es sind Korridore in Vertiefungen des Geländes, umgeben von Wällen und Schanzen, gesichert durch Mauern. Man schoß auf Panoramen, in offene Bühnen, dort bewegte sich Personal in bunten Schablonen, von Projektoren auf die Wände geworfen, bewegliche Gliederpuppen aus Holz und Synthetik, an Drähten mechanisch durch dunkle Räume gezogen – militärische Geisterbahnen, ein Popkabinett – Soldaten und Zivilisten, allein und in Gruppen, an Fallschirmen hängend, in Fahrzeugen und auf Pferden. Die Zielpunkte wurden an einzelnen Gliedern befestigt, auf Profilen und Köpfen markiert, in den Umriß gezeichnet, dort wurden abstrakte Gespenster zusammengeschossen, Attrappen entblößter Frauen von Schrot durchsiebt.

Der Schütze wurde in Anatomie unterrichtet, in Ballistik und Perspektive zum Zweck der Vernichtung – die Geschlechtsteile, die Gelenke, und Milz und Lunge – die Tarnung, der Lichteinfall, die Erscheinung der Stoffe. Er lernte auf Frauen schießen wie auf Kaninchen, er wurde mit Uniform jeder Art konfrontiert, er vernichtete im Detail – den Kopf und das Becken – und beherrschte den Schuß in das Herz aus jeder Distanz. Er feuerte auf die Figuren in jeder Verkürzung, auf entgegenkommende, flüchtende, fliegende Körper, auf Rücken und Bäuche und ihre Zubehöre – Waffen, Gepäckstücke, Walkie-Talkies –, er trainierte den Gnadenschuß und die Exekution.

Reste von Gliederpuppen, zersiebte Schablonen, Patronenhülsen zu Tausenden im Gelände, tonnenweise gehäuft in Gräben, ich watete durch den knirschenden Schrott. Dort fand ich am frühen Morgen vier Männer vor – ich hatte Schüsse fern im Terrain gehört –, sie feuerten mit Revolvern in alte Attrappen, so konzentriert auf ihr Ziel, daß mich keiner bemerkte, halbstarke Zivilisten in schwarzem Leder, zwei

Motorräder standen am Eingang des Arsenals. An diesem Morgen fiel Regen, der Luftraum rauschte, das Wasser sammelte sich in alten Pfützen. Einer bemerkte mich, schoß aber weiter, er wies die anderen nicht auf mich hin.

Ein Unbekannter kommt täglich in das Gelände, streift hier an Vormittagen allein herum, ein grauer Zivilist, weder alt noch jung, auch bei Hitze in Stiefeln und Pelzmütze unterwegs, er hat mich wahrgenommen und nicht gegrüßt. In der Siedlung hörte ich, daß er Russe ist, hier hängengeblieben bei einer Nutte, früher Faktotum eines Generals, ungefährlich, stumm, ein lokaler Zombie, Opfer, Auswurf der Garnison –

Bring mit den Bären, wenn du jagen willst – der Satz fiel mir wieder ein in der letzten Nacht.

Ich erlebte die Invasion einer Cocktailgesellschaft, Youngsters und Partyfreunde nicht von hier – kein Mensch hier macht eine Party auf dem Gelände. Sie kamen in Wagen aus dem Westen – Landrover, Sportwagen, Limousinen – und packten aus, was den eigenen Wunsch erfüllte: kalte Büffets für mitternächtliche Picknicks, Bier und Sekt in Kühlboxen, Mäntel und Kissen, Thermosbehälter, Recorder und bunte Hüte. Man amüsierte sich in den Kasernen, tanzte auf Pisten, lachte und trank in den Wagen, durch die Nacht bewegten sich helle Paare – ich sah Frauen allein im Dunkel tanzen – Sommernachtsfeuer brannten bis gegen Morgen, Funkenflug überm Terrain und flackernde Schatten – Rock und Disco bis in die Manövergebiete, Schlagzeugvibration in Beton und Luft.

Die Garnison ist kein verlassener Park, sie erhält eine Unschuld nicht zurück. Nichts Menschenmögliches belebt das Gelände. Am Morgen lagen Papiere und Scherben herum, die Feuer qualmten, die Kasernen standen im Licht – Inventare des Limbo –

– hörte vor Tag den Flug eines einzelnen Vogels, schwere Flügelschläge mit scharfen Geräuschen, als werde Luft durch enge Düsen getrieben. Er flog von Norden nach Süden, nah überm Gelände. Raubvogel? Kranich?

Ich fuhr nachts zum erstenmal in die Kreisstadt W. Sie erscheint kaum lebendiger als die Garnison, hat aber Bäume, einen bescheidenen Park, ein paar alte Villen am Fluß und vor allem Licht – sie roch nach Gemüse, ich glaube, sie ist bewohnt – sie hat Schaufenster, Namen, Reklamen und eine Bar – Bäuche voll Bier und lokale Damen, frivol wie – mir fällt kein Vergleich ein –, frivol wie Gips.

Meine FERNSPRECHKABINE stand in der Nähe des Parks – ich telefoniere lieber auf lauten Plätzen. Es verging viel Zeit und Geldgeräusch, bis ich durchkam, Simone schien geschlafen zu haben, erwachte schnell, war erleichtert, dann sachlich, dann froh und hell. Ich deutete an, wo ich lebe, und bat sie, zu kommen, Ankunft am besten nachts vor dem Bahnhof der Kreisstadt, ich soufflierte ein paar Verbindungen, Anschlüsse, Daten – aber sie zögerte, still, verschwindende Stimme – sie will doch lieber mit dem Wagen kommen, ihr sagt ein Gefühl, daß das sicherer ist – sie sagte BEQUEMER. Sie kommt mit dem Wagen, am neunzehnten ist sie hier. ICH ERWARTE DICH VOR DEM BAHNHOF NACHTS HALB ELF.

Toter Hund, tote Elster, ein toter Soldat, was sonst.

Ich fand ihn unter Latten in einer Baracke, mit nackten Füßen, in Holzwolle eingepackt, kann sein beim Stehlen erwischt, auf der Flucht erschossen. Der Kadaver war alt, zu Mulm und Zunder verfallen, ich konnte nicht feststellen, ob er ermordet war.

Erinnerung – ich war zehn Jahre alt, strich in Ruinenvierteln der Stadt herum, auf holunderbewachsenem Schutt, in versunkenen Kellern, der Hunger war meine Gewißheit, ein Stock meine Waffe. In der Julihitze kam mir ein Russe entgegen, geschorener Uniformierter in dreckigen Stiefeln, auf dem Rücken ein Sack aus Zelttuch, er war gefüllt, und wollte wissen, wo hier der Friedhof sei. Durch Löcher im Zelttuch drückte ein menschlicher Fuß. Ich kannte die Toten, ihr Friedhof war überall, ich hatte noch nie das Grab eines Menschen gesehn. Ich führte ihn über den Damm in ein zertrümmertes Schwimmbad, ließ ihn allein.

Zwielicht, erlösende Zeit der Tage und Nächte, des Morgens, des Abends, MEINE STUNDE GRAU, alte Gewohnheit unseres Rendezvous. Ihr Leihwagen, ein Renault, stand vor der Station, Simone saß drin, ihr Umriß ist mir vertraut, Schimmer schwindenden Lichts auf ihrem Profil. Ihr Blick schien auf nichts gerichtet wie in der Liebe, sie hielt mich fest, sie hielt sich fest an mir – und ich hatte zu lange ohne Simone gelebt. Dann sagten wir das Notwendige, knapp und still. Auf der nächtlichen Chaussee war kein Verkehr, sie führte durch lichtlose Siedlungen ohne Laut, Simone war den ganzen Tag auf den Straßen gewesen, sie folgte mir ohne Pause zur Garnison. Ich parkte ihren Wagen in einem Schuppen – schwer zu entdecken, aber nicht kaschiert – und trug ihren leichten Koffer in unser Loch. Sie schlief, bevor ihr der Ort zum Bewußtsein kam.

Am nächsten Morgen gab es für sie kein Bad. Ich holte vier Eimer Wasser aus meiner Pumpe und goß sie über Simone in der Küche aus – BAUERNWÄSCHE, wenn kein Luxus half. Sie lebte sorglos, gewöhnt an Komfort und Stil, beanspruchte dienstbare Geister und hohe Konten, und hatte nie Angst oder Hunger runtergeschluckt. Sie wußte erst seit wir uns kannten, was das bedeutet, und lernte Bescheidenheit tragen wie ein Kostüm, es kam ihrer Anmut entgegen, war aber kein einfaches Kleid. Sie fand das alles romantisch an diesem Morgen – die Kocher und Wassereimer, ein Picknick auf Stühlen, Geschirr aus der Russenküche, das schäbige Bett. Danach kam die Frage – WO SIND WIR – der Blick aus dem Fenster – ein Ausschnitt der Garnison bei bedecktem Himmel – das stumme Begreifen, der zweifelnde Blick auf mich. Wir besichtigten das Terrain in meinem Wagen, wir liefen querweg und weit ins Manövergelände, ich zeigte ihr Bunker und Schießplätze und Baracken – DU MUSST MIR ZEIGEN, WAS DA IST – und schonte sie nicht, Simone im blauen Kostüm, ein seltsamer Falter, aus heiterem Himmel verschlagen in dieses Terrain. Sie war erschreckt, befremdet, doch nicht befangen – zwölftausend Männer, die meisten sind noch am Leben, Ukrainer, Osseten, Georgier, Mongolen – wer kann sich das vorstellen – und sie lachte wie immer, wenn eine Tatsache nicht zu fassen war.

Wir gingen zurück zum Wagen, Simone blieb stehn, umschlang mich mit festen Armen und flüsterte DU. Du mußt von hier weg, das muß schnell gehn, noch heute nacht – du hast dich in Ort und Zeit getäuscht, du bist in der Falle – das ist nicht die Absicht der andern, doch du bist drin; du selbst hast dich gut getarnt in die Falle gesetzt, du bist hier so sichtbar wie der Wolf im Schnee – ich bin wie Gestrüpp im Urwald, nicht zu finden – du weißt nicht, was sich da draußen zusammenzieht – ich lebe hier anonym vor allen Augen, in der lächerlichsten, der sichersten aller Rollen – du bist hier ausgesetzt, du bist betäubt – du bist gelähmt und vergiftet von diesem Ort, und du bist doch lebendig, du hast noch was zu verlieren! Komm – sie schüttelte mich, ging voraus zum Wagen – WIR MÜSSEN WEG –

Simone holt mich raus, sie schleppt den Geliebten ab, sie bringt einen Schatten ins Licht zurück. Wir werden am Abend fahren, mein Wagen bleibt hier, nicht leicht zu entdecken, aber nicht kaschiert – zwei Koffer und keine Rückstände – irgendwo werde ich sein –

Ein paar Tage später erschien Polizei im Bürgermeisteramt der Siedlung und erkundigte sich nach ihm. Man schickte die Beamten zur Garnison. Ein gestohlener Wagen wurde sichergestellt, ein Schlüsselkoffer, ein englischer Hut.

Archipel

Ich habe die Insel seit Wochen nicht mehr verlassen. Es gibt keinen Grund zu bleiben und keinen zu gehn, ich kann, was ich habe, jederzeit hinter mir lassen, und an anderen Plätzen sein, was ich bin oder sein will, hier so gut und so schlecht wie in Schnee oder Wüste. Andere Inselketten sind wärmer, reicher, bessere Fährverbindungen, heitere Leute, aber ich bin auf Inö und werde bleiben, solang mir die fremde Landschaft Gewißheit gibt, kein weiterer Zufall in die Quere kommt.

Es war leicht, ein Haus zu mieten, das mir gefällt, ich war auf den Inseln zur Zeit, als der Fall sich herumsprach, er wurde öffentlich, als ich kam – ich hatte von der *Sache* noch nichts gehört. Zum erstenmal blieben die Häuser der Fremden leer, alte und neue Gebäude in allen Lagen, Fischerhütten und Bungalows in den Wäldern, verrammelte Luxuspaläste und offene Datschen, verlassene Geisterhäuser an leeren Buchten, ein aufgelassenes Gefängnis, ein Restaurant – billig zu kaufen, billiger zu mieten. Ich fand mein Haus am zweiten Tag, nachdem ich auf *sieben Inseln* suchte (es waren sechs), im Umkreis von fünfzig Meilen und vierhundert Inseln, begleitet von einem Jungen, der Englisch versuchte, mit Motorboot, Lieferwagen und oft zu Fuß. Der Wortschatz des Jungen ist arm, einer Tiersprache ähnlich. Er nickt und schüttelt den Kopf – sein *Yes* und *No* – und ich kann mir nicht vorstellen, daß er lacht und weint. Er ist unzugänglich und scheu, sah mich selten an. *Good* und *Nogood* sind seine bewußten Pole, die Häuser, die er mir zeigte, sind *good* oder *nogood*, bestimmte Schiffe und Bäume *good* oder *nogood*, das Meer und das Meerwasser *nogood* und *good* zugleich. Die Inseln sind *good.*

(Mein Wagen steht auf dem Parkplatz der Fährstelle Kärsnes, westliches Festland.)

Das Haus ist nicht neu (der Vermieter lebt in Helsinki), ein gewöhnliches Inselhaus in gewöhnlicher Lage, mit eingebauter Sauna, zwei großen Zimmern, überdachter Terrasse mit Blick zum Meer, von Wacholderbüschen und Kiefern umgeben. Die Räume sind auf der Meerseite hell, auf der Baumseite dunkel. Ein Sandweg verbindet bewohnte und leere Gebäude, teilt sich und führt zu Supermarkt, Post und Lände, und nach Süden durch Wälder an den Buchten entlang. Ich könnte, auch nachts, zu Fuß zur Fährstelle gehn. In Sichtweite ist ein enger Hafen, mit Booten der Leute, die hier immer leben. Das Sägwerk liegt im Westen der Insel, mit großem Hafen und Hangars aus Blech.

Es gibt fließendes Wasser und schwache Elektrizität, Riegel, Fliegenfenster und schwere Läden, ein altes, breites Bett und viel Küchengerät; einen Anbau mit Hackklotz, Beil und gestapelten Hölzern, einen offenen Kamin; es gibt einen Schaukelstuhl und zwei eiserne Öfen, Wetterjacken und Stiefel im Vestibül. Zu unbedenklichem Gebrauch bestimmt, für heitere Tage und langes Leben.

Was die *Sache* betrifft – der Archipel ist verseucht. Hier wurde atomarer Müll versenkt (eine Beseitigungsart der alten Zeit). Man spricht von chemischen Giften gefährlichster Art, unzureichend verpackt in Beton und Eisen, und auf den Grund des Meers versenkt, *Nachtmantel-Operation*, vierzig Jahre her. Durch Risse in den Behältern strömt Gift in das Wasser. Durch poröse Stellen strömt Gift in das Meer und verteilt sich. Das Ergebnis der Messungen ist nicht bekannt. Man scheint nicht zu wissen, wie viele Behälter man sucht, und hat keine Ahnung, in welchem Zustand sie sind, wie viele geborsten oder verrostet sind und in welcher Tiefe man suchen soll. Hier irgendwo zwischen den Inseln des Archipels. Die Wasserlabyrinthe sind nicht sehr tief. Eine Forschungsinsel wurde nicht eingesetzt. Ein Suchboot – *Das Instrument* –, unscheinbar dunkel, bewegt sich zwischen den Inseln, schrotend, tickernd – ich sah es gestern von der Terrasse aus – und man vergißt es, weil man es selten sieht. Unauffällig wie ein kleiner Lastkahn. Man sucht ein Meerungeheuer, es ist das letzte – unbeweglich, farblos und ohne Geruch. Es kann in Schlamm oder Schlick versunken sein, es kann an ganz anderer Stelle versenkt worden sein. Wer eine Möglichkeit hat, verläßt die Inseln. Wer hier bleibt, bringt die Zeit hinter sich, als sei nichts passiert. Keiner schreit, keiner mordet, keiner bringt sich um.

Ich habe mir ein Motorboot gekauft, einen alten Gebrauchsgegenstand mit geschlossener Kabine. Er war billig wie zwei Eimer und braucht wenig Sprit. Die Küsten sind voll zurückgelassener Schiffe. Lokale Händler werden die Yachten sammeln und ihre Geschäfte in Rußland machen. Kähne und Lastschiffe werden in Buchten verfallen, auseinandergenommen oder gestohlen werden.

Die Beweglichkeit hängt von einem Motorboot ab. Ich kann zu Fuß zur Lände gehn – das heißt zum Supermarkt und zur Bar – auf der einzigen Piste oder querweg durch die Insel, durch bemooste flache Felsen und waldige Moore, an Holzplätzen, Lichtungen, Scheunen vorbei nach Kallalä, wo die Anlegestelle der südlichen Fähren ist. Aber ich fahre lieber mit dem Boot. Der Landweg zum Sägwerk beträgt eine Stunde, der Meerweg die Hälfte, und die Holzplätze auf den Inseln sind schnell erreicht.

Die Bewegung auf dem Wasser ist neu für mich. In den Landschaften fahre ich Wagen, entliehene und eigne, in großen Städten bin ich gern zu Fuß, Subway und Taxi benutzend auf weiten Strecken. Auf den Wasserstraßen ist kein Verkehr, es entfällt, was die Inseln zum Sportfeld machte: touristischer Massenluxus der nördlichen Welt. Das nicht mehr mögliche Meer ist mein Besitz, das schnelle und langsame Fahren auf leeren Strecken, Transport und Tagtraum ohne Unterschied. Die Zeit auf dem Meer hat den weitesten irdischen Raum. Die Zeit unter Wasser ist mir nicht bekannt, die Tiefen sind blind, die Untiefen voller Bilder – Holzschutt, Steine und Reste von Schiffen, Rentierknochen, Gerippe von Fischen und Hunden. Ich besitze Seekarten, Kompaß, Wettermantel. Korallen und Haie gibt es nicht.

Ich gewöhne mich an die weißen Nächte, an unverhängte Fenster und kurzen Schlaf; an Fluten, Pfeifen und Wischen polarischer Winde, an strömende Kälte bei Tag und Nacht. Die Blüte wird abgerissen und fliegt übers Wasser, der Nadelbaum knarrt und schwankt, der Wacholder tanzt. An einem Nachmittag ist die Wärme da, Pulloverwärme auf besonnten Veranden, in winterkalte Bretter dringt mattes Licht. Das Wintermoos erwärmt sich, das Rentier schwimmt. Man öffnet Winterfenster und doppelte Türen und steht ohne Anlaß in der betörenden Luft.

Genuß des Schlafs in fremder Umgebung, der Vogelschreie im Halbschlaf, des nächtlichen Schimmers im Fenster. Genuß des Erwachens und Horchens im Regen, der Wassergeräusche am Ufer und in den Föhren. Genuß guter Augen, Ohren und ruhigen Atems. Hier, wo sich wenig verändert und nichts geschieht – das Geschehen spielt sich im Unsichtbaren ab –, erinnere ich Babylon-City, Venedig, Djakarta – in Djakarta dächte ich nicht an die nördlichen Inseln. Ein Grund hierher zu kommen, ein Grund für nichts. Genuß, nicht vermißt, benannt, erinnert zu werden. Genuß einer Gegenwart ohne Wunsch und Täuschung, Bestimmung und Zufall. Ohne Hoffnung und Rückhalt außer mir selbst.

Ich sehe den Fischadler – *Kalasääski* –, seit man ihn hier auf den Inseln erwähnte. Ich entdecke ihn in der Luft und auf hohen Bäumen. Seine Flügelspanne kann über zwei Meter gehn. Sein Schatten fiel über mich, er schien mich zu orten, als ich auf nassem Geröll um die Buchten ging. Er erinnert sich nicht an den Fisch, den er fing und fraß. Er denkt nicht *Fisch* und *töten*, und tötet nicht. Er jagt und frißt. Der Vogel spürt Hunger – Hunger, der ihm gehört – und verwandelt sich beim Anblick des Fischs in Hunger, in Beute und Fressen, in sich selbst. Er stürzt auf das Wasser, krallt den Fisch, schafft ihn fort und frißt ihn. Danach ist er ohne Gedächtnis, satt und stumpf.

Der Supermarkt ist ein Zentrum der vierhundert Inseln, ein Flachbau aus Wellblech und festzementierten Platten, mit Parkplätzen, Wäscherei und verstreuten Containern, das umgebende Gelände ist steinig und weit, zwei ramponierte Kiefern, ein halber Zaun. Eine blaue Benzinpumpe steht, einem Mahnmal ähnlich, einzeln und unübersehbar am Rand der Piste, daneben wächst und verfällt ein Gebirge aus Abfall – Tonnen, Flaschen, Kisten und alte Pneus. (Ein Schiffsfriedhof liegt am nördlichen Ende der Bucht.) Hier begegnet mir, was auf den Inseln lebt – Waldarbeiter, Händler, Rucksackbauern, Frauen mit Schiebekarren, vermummte Kinder, Wocheneinkäufer mit Wagen, Motorrädern, Booten – alten Lieferwagen und neuen Yachten –, der Arzt vom Festland, der Geistliche Herr dieser Inseln, und Frischluft-Heroen in Shorts aus Helsinki und Turku. Ich kann diese Leute nicht kennenlernen, verstehe und spreche ihre Sprache nicht, und bin hier der

Fremde, je länger ich bleibe. Hier wird verkauft, was auf den Inseln gebraucht wird – und nicht gebraucht wird, Tirolerhüte und Glocken –, Konserven, Biere und Kleider aus Deutschland und Schweden, Thunfisch in Portwein und Senf und Rosinen in Essig, Schwarzbrot aus Mais und Melasse, Weißkäse in Honig, portugiesische Badeessenzen, Liköre aus Lappland. Ein Werkzeugdepot, ein Schlauchboot- und Krückenverleih. Der Supermarkt ist der Ort deines Wiedererkennens; er ist derselbe, wo immer du warst oder sein wirst – im Hinterland von Alaska, in New South Wales, in Maine, in Colombo – und einmal auch auf Inseln des Nordens, Inö, Ufer im ochsenblutfarbenen Licht des Morgens –

Er sah sich nach Arbeit um und suchte nicht lange: im Sägwerk der Insel waren Stellen frei. Leute, die auf dem Festland wohnten, waren zur Arbeit nicht zurückgekehrt. Da er das Finnische nicht beherrschte – mit Französisch und Englisch war hier nichts zu machen –, entfiel eine Anstellung im Büro. Er wurde als einfacher Arbeiter eingestellt. Die Bezahlung war gut, der veränderten Lage wegen (er besaß noch Geld aus früheren Geschäften, es lag in verschiedener Währung in seinem Haus; bedenkenloses Verbrauchen war eine Gewohnheit, der sorglose Umgang mit Geld ein Vermögen wert).

Das Team bestand aus neun Männern verschiedenen Alters – schweigsame Wettergesichter, geräuschlos lachend, sie hatten ihr Leben verbracht im Holz dieser Inseln, er bemerkte die fehlenden Finger und hinkenden Beine, die Trunksucht in Auge und Haut, den bewußtlosen Stolz. Er war hier der Eingedrungene, Sprachlose, Fremde, der schnelles Geld verdiente und wieder verschwand. Es entsprach seiner Konstitution und war eine Chance. Seine Unkenntnis ihrer Arbeit erfreute die Männer, und war ein beständiger Grund ihrer guten Laune. Ihre Vorsicht verflüchtigte sich in seiner Bejahung, sie be-

merkten – und suchten – seine Sympathie. Ihr Blicketauschen und Andeuten hörte auf. In den Arbeitspausen erklärten sie ihm ihre Dinge: das Brot, den Tabak und die Qualität ihrer Schuhe. Ihn nicht zu befragen schien Ausdruck ihres Respekts. Sie zeigten ihm den Gebrauch von Bohrer und Säge, Elektrosäge und Keil, Schlagmesser und Hobel, und wie man den Baumstamm in einen Kahn verlud. Er reinigte Fräsen und Sägen, entrindete Stämme, lud Bretter auf Lieferwagen und Zierholz auf Schiffe und holte Ersatzteile von der Fähre ab. Vier Wochen früher hätte er gesagt: Ich fühlte mich lebendig in Zeit und Jahrzeit, und war an den Nachmittagen so schwer ermüdet, daß ich im Halbschlaf um die Buchten fuhr. Meine Gewißheit war ein Motorboot, ein Haus und ein Job, der den Körper, nicht das Bewußtsein, in Anspruch nahm.

Ihm genügte, dazusein mit dem, was er vorfand. Die Zeit war zu spät, er war im falschen Land. Er war an jeder Stelle der Welt zu spät.

Es ist mein erster Versuch einer Übersetzung – das eigne Geschehen in neutraler Form. Das ist erst ein Anfang.

Nach der zweiten seiner Verwandlungen nahm er die Gestalt eines Fremden an.

Ich empfinde Erleichterung, etwas wie Glück.

Die einzige Bar im Umkreis der vierhundert Inseln – ein Schuppen mit Vordach am Parkplatz der Lände. Die Fähre, nun häufig leer, kommt zweimal am Tag. Um die Baracke gestapelt sind Kästen und Flaschen, der Vorplatz ist Pfütze und Schlamm oder Sand und Staub und hat keine Bäume, im beständigen Nordwind flattert das kurze Gras. Eine Katze schläft auf Tonnen und Bänken und geht ihrer Wege. Der einzige Innenraum ist ein kahles Quadrat, eine Preisliste Finnisch & Englisch hinter der Bar, ein paar Ansichtskarten aus

Tel Aviv und Chicago, Emblem eines Rudervereins mit schwedischem Wimpel, zwei Neonröhren, ein Eisschrank, ein Telefon. Hier wartet man auf Ankunft und Abfahrt der Fähren, trinkt Bier und Wodka in langsamen Schlucken und betrachtet fremde Leute aus gesenkten Köpfen. Es wird wenig gesprochen und nicht oft gelacht. Der Besitzer, Emanoel Katz, ist ein finnischer Jude, einziger Jude im Umkreis der vierhundert Inseln, er sagt: ich bin hier der Jude, und nickt und lacht. Sein Frohsinn ist nicht geheuer, er lacht ohne Grund. Als sei das ein Witz, der uns noch erklärt werden muß. Wie der Jude gelebt hat, weiß hier kein Mensch zu sagen – eine Perlenkette von Jobs, um den Erdball geschlungen – und heute gehört mir dieses Vergnügungs-Center – alles, um nicht das Interesse an mir zu verlieren.

Ich fuhr an den Abenden im Boot um die Buchten, durch Mitternachtsdämmrung, erlöschende Grauglut des Wassers, und traf den Besitzer, er war allein in der Bar, und las, auf die Theke gebeugt, in der neuen Zeitung, die mit der Fähre abends vom Festland kam. Ich war der letzte Gast in trockenen Nächten, wenn er den Raum verschloß und nach Hause ging, sein gelbes Wettercape in der Bucht verschwand. Ich traf ihn in der Gesellschaft von Unbekannten, geriet in Verhandlungen, unterbrach Gespräche, und hörte ihn telefonieren in mehreren Sprachen (hörte auch einmal, daß er Hebräisch sprach). Falls es hier schwarze Geschäfte gibt oder graue, dann ist die Baracke des Juden ein gordischer Punkt. Dort fragte mich ein Geschäftsmann, der die Inseln verließ, warum ich die Absicht habe, mich selbst zu bestrafen – *Wofür denn wollen Sie sich bestrafen, daß Sie hier weiter auf der Insel bleiben!* Wer hätte behaupten können, ich bliebe hier. Der Mann, in Begleitung seiner Leute, verlud ein Wohnmobil und eine Yacht und verschwand in der Fähre ohne Gruß.

Ich sah den Container vom Motorboot aus, ein quadratisches Panzerschiff, grau und breit. Es kann in acht Richtungen starten und gleicht einer Basis, auf der ein Turm von Babel errichtet wird. Seine Aufbauten überragen die Waldhorizonte, Kräne und Pumpen, die weit zu bewegen sind – ich sah sie aus einer Entfernung von zehn Kilometern. Der Koloß, der Behälter, wird bewacht, von Land und Wasser her und aus der Luft, doch ist kein Posten zu sehn, kein Geräusch zu hören. Helikopter erscheinen und verschwinden wieder, und man weiß nicht, ob sie dieselben sind. Man fragt sich, woher der Container kommt – er erschien über Nacht –, und behauptet: aus Rußland, doch sind kyrillische Zeichen nicht zu sehn. Er liegt in Halsalla in einer tiefen Bucht, für den Fall, daß der Müll geortet wird; bisher nicht geschehn.

Journalisten und Reporter überall, nach drei Tagen verschwunden. Filmteams geistern durch den Archipel, man filmt und fotografiert (mir genügt ein Fernglas). So besichtigt man gestrandete Wale, auf Grund gelaufene Dampfer, geborstene Tanker, und Lava-Inseln, die schnell wieder versinken. Kein Mensch hier fährt zum Vergnügen aufs Wasser hinaus. Unbeschäftigte Leute stehn vor den Häusern, schweigend, redend, verschlossne Gesichter. Davon abgesehn sind die Inseln still, die Buchten leer – Ufer, nahegerückt in der Schärfe des Sturmlichts.

Nach der dreizehnten seiner Verwandlungen nahm er die Gestalt des Fischadlers an.

In Inö waren zwei Komödianten erschienen, auf Schaustellertour durch den Archipel. Es war das erste Mal und die letzte Chance, daß man solche Figuren auf den Inseln sah – das ist, sagt Emanoel Katz, vier Jahre her. An Bäumen und Zäunen, in Bar und Fähre, hingen blaue Papierplakate mit ihren Namen – Tylli und Tylla in roter Schrift. Sie kamen am Abend im eigenen Schiff, ein Herr und eine Dame in knallbunten Kleidern – Cutaways? Türkenhosen? Zylinder? Schleier? –, und verluden den Inhalt ihres Schiffes an Land, Spiegel und Spanische Wände, Musikinstrumente, zwei Tauben im Käfig und einen Hund. Die Dame, hörte man, war nicht klar im Kopf, sie lebte drei Schritte zurück und vier daneben, in Schüben von Schwachsinn, seit sie achtzehn war – jetzt war sie achtunddreißig und stark geschminkt. Das Paar und was es vollführte war schon bekannt, denn Inö war ihre fünfte Station auf den Inseln, man kannte das halbe Programm vom Hörensagen, und erwartete nun, daß eintraf, was jeder wußte, und sah dem Aufbau einer Arena zu.

Das Theater fand auf der Lände im Freien statt, die Weiße Nacht war hell und ein Scheinwerfer brannte, er warf einen gelben Kreis um das spielende Paar. Der Mann hielt die Frau an den Beinen und schob sie im Kreis, und sie lief auf den Händen vor ihm her. Der Hund, eine Peitsche im Maul, lief um sie herum. Sie kniete auf seinen Schultern und beide sangen, und der Hund, einen Handschuh im Maul, sprang um sie herum. Aus dem Lautsprecher kam Musik und sie schoben Foxtrott, und der Hund, eine Taube im Maul, saß auf einem Podest. Sie hopsten, krähten und schnatterten um die Wette, verpufften Konfetti, durchschossen Hüte, und der Hund, einen Eimer im Maul, stand auf einem Stuhl. Aus dem Publikum stieg eine Dame in die Arena, sie stellte sich in die Beleuchtung und schmetterte Töne. Es folgte viel Trommelwirbel, da capo, Tusch! Das sind ein paar Dinge, die man noch erzählt.

Das Publikum ging auseinander, die Nacht war hell, und die Schauspieler bauten ihre Arena ab. Sie verschwanden spurlos in dieser Nacht, und ihr Schiff lag versiegelt zehn Tage lang in der Bucht. Leute auf anderen Inseln wußten, daß die Dame keine Frau und nicht schwachsinnig war. Sie war ein

Mann, der Geliebte des Komödianten. Das ist die Geschichte, die man noch erzählt. Nimmt man es hin, wie Idioten behandelt zu werden, zum Preis einer Eintrittskarte verschaukelt zu werden? Und wer sie verschwinden ließ, ist nicht bekannt.

Den Ausnahmezustand sieht, wer ihn sehen will. Finnisches Militär campiert in den Wäldern, einzelne Uniformierte mit Walkie-Talkies – laufen und liegen an allen Ufern herum – bewachen die Anlegestellen, schlafend, rauchend. Die Fischerei-Filialen sind außer Betrieb, das Motorrad eines Verwalters lehnt am Zaun. Auf der Lände von Vakuli winkte ein Mensch (es gibt auf der Insel drei Katen und einen Gedenkstein), ich verlud ihn mit Koffer und Fahrrad in mein Boot. Er erholte sich ein paar Tage auf meiner Terrasse, sizilianischer Koch mit Diplomen aus Genf und Ostende, frohgemuter Weltfreund auf Kochstellensuche, radelnd und Fahrrad schiebend am Rand Europas, wo man *Restaurant* und *Hotel* für Legende hält (es gibt hier im Sommer fünf Häuser mit ZIMMER FREI). Er verwandelte sich, um nicht aus der Übung zu kommen, in den Küchendiktator meines Privatbetriebs und verschwand zu *Genie-Einkäufen* im Supermarkt. Man speiste, verspeiste und trank in den Weißen Nächten, was Rezept und Instinkt des Greenhorns zustande brachten – Hoheitsgerichte aus Hummern in Wein oder Sherry, kroatische Süßfischwunder und Prager Pasteten, gepfeffertes Schafsfilet mit Madeira und Birnen –, und schlief, von Wodka benebelt, im Nachtwind ein. Ihm war noch nichts von der *Sache* zu Ohren gekommen, und er ging, wie er kam, ein Gottesnarr auf der Walze, eines Morgens zur Fähre radelnd, verschwand im Wald.

Die Toten liegen in der Welt herum. Wo immer ich bin – ein Toter ist vor mir dort. Wo immer ich war, lag ein Toter, damit ich ihn fand. Wo immer ich sein werde, wird mir ein Toter begegnen – im Graben verdorrt, von Trümmern erschlagen, in Brackwasser treibend, von Winterschnee konserviert. Mein letzter Leichnam, der Leblose der Saison, mein unpersönlicher Toter des Archipels, lag auf Sand geschwemmt im Norden der Insel Nälathi, im Geriesel von Schaum und Wasser ein schlaffes Ding, als Stumpf eines Menschen erkennbar, in fauligen Resten von Kleidung, von Treibholz und Müll als Bündel zu unterscheiden, von Stein und Gescherbel verschieden durch weiche Kontur. Vom Boot aus sah ich: der Tote war eine Frau, gesichtslos, ein Kopf mit üppig fließendem Haar. Mit ein paar Männern vom Sägwerk kam ich zurück, Polizei war eingetroffen mit einem Sack. Die Ertrunkene, Getötete war unbekannt, sie wurde – tot oder lebend – nicht vermißt. Kein Mensch erhob Anspruch, kein Hinweis und kein Verdacht. Die Legenden sind alt, die Nachreden neu, die Tote wurde nicht mehr erwähnt.

Ich verließ die Inseln zum erstenmal. Mein Wagen in Kärsnes war auseinandergenommen, Reifen und Scheibenwischer abmontiert, Vordersitze und Motor nicht mehr da, die Landkarte lag noch in ihrem Fach. Ich hörte: die Finnen sind keine Diebe, das sind ambulante Leute gewesen, Youngsters der Syndikate, nicht von hier. Ich fuhr mit dem leeren Linienbus nach Turku, das heißt in Cafés und Läden und ins *Hotel*. Die Frauen, die ich dort traf, sind groß und humorlos, grob aufgedunsene Gesichter mit slawischen Augen, schwerknochige, breite Körper mit fleischigen Brüsten, sehr langsame rauhe Dianen, verschlossene Nanas. Auch Französinnen waren dort und Lolitas aus Asien, oft angeforderte Frauen mit schöner Bewegung, perfekte Spielzeugengel für großes Geld (hier wurde in amerikanischer Währung bezahlt). Ich kam von den Inseln, war aber nicht von dort, und hatte nach ein paar Monaten nichts verlernt. Eine Nacht lang erschien mir die Zeit auf den Inseln verschwendet, dorthin zurückzufahren ohne Sinn, in Städten des Nordens zu bleiben ohne Sinn, und Meer und Himmelsrichtung bedeutungslos. Es gibt in Turku Restaurants und Bars, jahrhundertealte Häuser aus Holz und Blech, einen Flußlauf, *Aura*, und Promenaden am Wasser, Kastanien in Blüte und Duft auf weiten Plätzen, und Licht und Wind wie im Archipel. Die Weiße Nacht durchdrang eine leere Stadt. Am letzten Abend traf ich ein Mädchen aus Wyborg, es folgte mir aus der Bar ins *Hotel*, tanzte durch leere Straßen neben mir, drängte sich neben mir in den Lift und ins Zimmer, Irrlichtkind mit geweiteten grünen Augen, bewußtlosem Lächeln und halblauter Stimme, keine Nutte, kein Callgirl. *Ich habe Vertrauen* – ein Satz, den sie wiederholte, in der Bar, im Lift und gegen Morgen im Bett, als die Weiße Nacht durch graue Gardinen kam. Ihr Name war *Ima*. Sie wollte kein Geld, sie verlangte Glück und Wein. *Ich vertraue dir, freust du dich, gefällt dir mein Mund* – ich liebte ein heitres Geschöpf, einen freudigen Körper – so erschöpfend, daß ich das Mädchen behalten wollte, nachts auf die Inseln mitgenommen hätte. Eine Frau zieht sich an, behutsam, mit stillen Geräuschen, küßt Mund und Hände des Mannes und verläßt das Zimmer.

In Kärsnes blieb Zeit, auf die Fähre zu warten. Er schraubte die Nummernschilder des Wagens ab.

Die Fähre am Montag war wie gewöhnlich leer, außer Bierkisten und Paketen kam nichts an Land. Zuletzt erschien ein Mann mit einem Kind. Er trug einen Koffer und einen Hut, das Mädchen ein Spielzeug und einen Sack, vor ihnen her lief ein weißer Hund. Sie steckten in Wintermänteln, schweren Schuhen, das Spielzeug des Kindes war ein gelber Bär. Der Morgen war meerweit himmelweit kalt und blau, sie gingen umher auf der Lände und schauten sich um und zeigten einander, was es zu sehen gibt: ein verfallenes Schiff in der Bucht, einen Kran, eine Waage, und Motorboote, Holzstöße, Jeeps und Tonnen, den Friedhof über der Bucht und das Schulhaus am Hang. Der Mann wies ins Innre der Insel auf Hügel und Föhren, das Kind sah hin und schüttelte den Kopf. Er zeigte nach Westen und Osten auf Wälder und Inseln, erklärte die Häuser und Wege einzeln, das Kind sah weg und schüttelte den Kopf. Wenn er lachte, lachte auch das Kind, das Tier stand daneben und schien guter Laune. Dann sah er sich um nach andern Dingen, doch andere Dinge waren nicht da. Sie blieben lange in Emanoels Bar, der Mann trank Kaffee, das Kind zwei Limonaden, der Hund wurde aus dem Sack des Kindes gefüttert. Sie gingen am Ufer der Insel spazieren und waren zur Abfahrt der Fähre wieder da.

Dann fuhr die Fähre ab und sie waren fort.

»Die Auferstehung der Toten wird nicht in den Städten erwartet, sondern in Mündungsgebieten großer Flüsse, auf Gebirgen und Inseln, in der Wüste. In großer Entfernung von den Menschen, weitab von Geschäften derer, die das Gestirn beherrschen, in vollkommener Stille, im Mittag des Lichts, wird dem Toten ein neuer Körper gegeben, der ihn von Lebenden nicht unterscheidet; wird dem neu Angekommenen Atem gegeben, der das Wimmern der Gestorbenen vergessen macht; wird dem Auferstandenen Kleidung gegeben, die die Nacktheit der Geister und Seelen unsichtbar macht; wird Materien und Stoffen frische Farbe gegeben, die die Farblosigkeit der Leblosen widerruft; wird dem wieder Lebendigen eine Stimme gegeben, die das Bellen und Pfeifen der Geister übertönt.

Nachdem die wieder Lebenden, nicht mehr Toten, auf neue Weise mit Kräften versehen sind, auf ganz neue Art der Erscheinung des Menschen gleichen, wird das Heer dieser Lebenden sich in Bewegung setzen. Es wird sich nähern den Siedlungen, Städten und Häfen, den Gärten und Tempeln, Märkten, Vorratskammern, und wird die Paläste, Straßen und Brücken erobern. Das Heer wird sich teilen und abermals teilen, in unzählige Einzelne und viele Haufen, und jede Gestalt wird lebend der andern gleichen –« (Aus dem Buch des Ham'Har)

Ich dachte daran, als ich nachts zum Motorboot ging. Ein flüchtiger Regen stäubte, die Luft war fahl, mir kamen unbekannte Gestalten entgegen, Männer oder Frauen in weiten Mänteln, gingen grußlos vorbei und verschwanden am Weg. In der Bucht lag ein einzelnes Boot, keine *Fähre der Toten* – hier war kein Wiedergänger dem Meer entstiegen – und ich sah die Inseln mit neuem Blick. Eintönigkeit von Land und Wasser, Öde der Luft und der Horizonte. Der Raum gebiert Monster. In der Winternacht vermehren sich Geister und Tote, das Rentier flieht über das Eis der gefrorenen Sunde, der Polarwind wirft Schnee und verwischt die Spuren. In der Nacht sind Türen und Fenster fest verschlossen. Wer hier lebt, riskiert keinen Blick in das Auge des Fremden. Der Raum gebiert neue Monster, das Wasser verschlingt sie, Container im Meer –

Sie hatten sich in den Lagunen verirrt, zu weit hinausgetrieben in offenes Meer, unermeßlich erscheinend in feuerfarbnem Gestank, verfaulende Reste von Flut oder Sintflut, Überschwemmungen, die sich nicht verlaufen – Tiefe und Untiefe nicht zu unterscheiden, stehende Flüssigkeit, nicht erkennbarer Inhalt – Schlamm, Brühe, Morast bis ans Ende der sichtbaren Welt. Sie schrammten über Kadaver, Steine, Eisen, ein gedunsenes Federvieh schlug gegen den Kahn, kein Schwan, kein Geier – die Ruder steckten wie Löffel in zähem Schleim. Nach zwölf oder zwanzig Stunden war das egal, sie kannten noch ihre Gesichter, es war egal, sie erkannten sich immer mal wieder in ihrem Kahn, verwackelt von Schwindel, Taumel, Übel –, die Knochen taub und weich durcheinandergeworfen, Gehirn und Haare an der Sonne klebend, verdunstete Nerven. Man rief aus überfüllten Schaluppen herüber – Hausboote, Chinatowns mit Netzen und Segeln – Inseln, Ararate voll halbnackter Leute, Schrott, Wrack und Abfall aufs Trockene gezogen –

– er wurde aufs Trockne gezogen und verschwand, und wußte später nicht, was mit ihm passierte, in Abgrundgebiete der Slums, auf Brettern gefesselt, schlingernd in Fieber, Erbrochnem, Hölzer im Mund – man schien den Halblebenden, der er noch war, zu erpressen – you money! money! – er erinnerte sich an Fäuste, Blut und Wasser – und wurde im Dunkeln wieder wach –

– was wach wurde, war er selbst, zuerst mit den Ohren, er hob Teile des Kopfes und was noch befestigt war aus brühwarmer Schmiere und atmete ein und aus – und merkte noch, daß er schräg in der Flüssigkeit hing, das andre darüber war härter, dort hielt er sich fest, er packte Scherben und Hölzer und hielt sich fest, und irgendwas irgendwer kroch an ihm entlang, ungefähr über dem Flüssigen wie er selbst, lebend vermutlich – er hoffte jetzt, daß er lebte – ein Hund wie er, ein weggeschmissenes Tier, bewegte sich eins am andern vom Flüssigen weg, das Trockne war oberhalb und fest in den Fingern, das Lebende neben ihm zog längs und zuckte, da war er schon lebender als der oder das, da wußte er: alles Gute war über ihm, immer weiter vom Flüssigen weg und drumrum war Nacht.

Im Hotel, fünf Ohnmachten später, teilte man mit, sein Begleiter sei angekommen in furchtbarem Zustand, und am selben Abend abgereist.

An einem Vormittag, er war stürmisch und trocken, gleißende Bläue über bewegtem Wasser, bemerkte ich eine Gestalt am Ende der Bucht. Sie lief schnell am Ufer entlang, verschwand unter Bäumen, von fern die Erscheinung einer Frau, kam Stunden später zwischen den Föhren zum Vorschein, ging an der Terrasse vorbei, eine Frau allein. Sie bemerkte mich – eine Person vor der Tür des Hauses – und kam zu mir.

Kann ich bei Ihnen eine Zigarette rauchen?

Ich vergesse die Frage nicht, einen englischen Satz, und nicht das sehr helle Gesicht zwischen fliegenden Haaren, nüchterne Blicke unter getönten Lidern, sie zog einen Korbstuhl neben den Tisch ins Licht.

Bitte rauchen Sie. Zigaretten habe ich nicht.

O das macht nichts! Ich habe welche.

Sie zündete eine Zigarette an, lehnte sich zurück und blickte hinaus auf das Wasser. Im blendenden Weltraum da draußen war nichts zu sehen. Ihr schien nicht kalt zu sein, eine Frau, die nicht fror. Sie setzte ihre Sonnenbrille auf.

Ich ließ mir Zeit, sie anzusehn (sie bot mir keine Zigarette an). Ich betrachtete sie, ich sah mir die Fremde an, sie war hier die erste Frau und kein Mensch von den Inseln – sie war hier, wie ich, ein vereinzelter Mensch, den man wahrnahm –, und es konnte sein, daß man aneinandergeriet. Sie trug eine Sommerhose – aus indischer Seide? –, purpurn und weit über weißen Stiefeln, einen schwarzen geschlossenen Sweater und einen Shawl. Ihr Haar fiel glatt und schwarz auf den weißen Shawl. Üppige Lippen, trocken und rauh vom Wind, es war der Kopf einer Frau aus den Metropolen, das Gesicht einer anspruchsvollen Begleiterin, jung, unruhig, fordernd, an Wagen und Wohnungen großen Stils gewöhnt, und ich dachte an Simone, ohne Grund an sie – diese rauchende Flüchtige glich weder ihr noch andern, und ich ahnte, daß sie Teil eines Mannes war.

Wollte sie etwas trinken, Kaffee oder Bier? Einen kleinen Preiselbeerschnaps? Sie wollte nicht, nein.

Sie drückte die Zigarette am Stiefel aus.

Sie fragte: sind Sie von hier?

Ich verneinte. Das schien wie *O nein!* geklungen zu haben.

Das wundert mich nicht.

Ihre Sonnenbrille blickte mich an, ein von eckigen schwarzen Scheiben gepanzerter Kopf.

Tun Sie hier etwas?

Nichts Besonderes – nein.

Nichts?

Nichts, was ich hier tun muß. Und Sie?

Sie dachte nach. Heißt das, Sie sind zum Vergnügen hier –

Ich habe hier viel Zeit. Und was machen Sie?

Sie sagte: ja, man hat hier zuviel Zeit.

Und nach einer Weile: gefällt Ihnen die Insel; ich weiß nicht, ob es mir hier gefällt; was ist denn so schön hier.

Sie blickte wieder aufs Wasser hinaus.

Ich sagte: es gibt hier Moos und Hexenbartwälder, alte Werften, Naturschutzinseln, der Archipel ist im Winter vereist, an den Erscheinungen hat sich nichts geändert.

Was soll sich hier ändern.

Von der *Sache* schien sie nichts zu wissen, nichts wissen zu wollen. Die Zigarettenschachtel lag auf dem Tisch. Sie rauchte nicht mehr.

Sie stand plötzlich auf, gab mir die feste kühle Hand und ging, bewegliche schnelle Schritte in flatternden Hosen, fliegende Haare, ein purpurner Fleck in den Föhren.

Es gelang mir nie, Erinnertes zu verklären, eine Frau, einen Sommer, eine Nacht in der Wüste. Das Schöne bleibt schön, alles andre erhellt sich nicht. Das Herrliche ist außer Gefahr.

Die Unbekannte ist vier Tage her.

Leere Häuser stehn hier unverschlossen, auf Plätzen voll Gras und steinigen Böden, ein Zaun, ein Gehölz, eine Wasserpumpe, ein paar Vogelbeerbäume schräg im Wind. Die Fenster sind ohne Vorhänge oder Läden, man blickt durch trübe Scheiben in kahle Räume – und durch gegenüberliegende Fenster ins Freie –, in Vestibüle voller Bänke und Öfen, Kommoden und Eimer. Die Häuser, nicht unterkellert, stehn frei auf Stein. Die Treppen sind Holz, die Öfen Metall und Stein, die Saunen und Schuppen aus Holz, die Garagen aus Holz. Die Clubs und die Ferienhäuser sind fest verschlossen, ihre Zufahrtswege von Schranken versperrt.

Die zurückgelassenen Dinge holt niemand ab, sie werden nicht gestohlen und nicht bewacht. Ich war der Zufall, der sie im Staub entdeckte, von Regalen nahm und im Licht sortierte, Zeugnisse rohen Daseins und spärlicher Freuden – die Armut der Wüstenvölker ist bunt und reich –: Blechkästen voller Kämme, Knöpfe, Schlüssel, Stockfleckpapiere in Bündeln und Fliegende Blätter, Dokumente finnischer Kriege und Winterschlachten, Medaillons von Uniformierten mit Schlitten und Waffen, strenge Familiengesichter in Bärten und Pelzen, Kinder im Schnee und Urelternpaare auf Stühlen, Tochter- und Enkelbriefe aus Oklahoma, ein Heuschiff mit jungen Frauen, ein Brautpaar allein. Öfen mit Aschekasten, Brotblech, Schaufel, eine Zinkflasche ohne Deckel, ein stumpfes Beil. Die Entvölkerung, die ich erlebe, ist eine nach vielen, ein Exodus von Touristen, die sich zurückziehn, auf primäre Apartments in Städten beschränken. Wer auf der Insel gelebt hat, bleibt bei den Toten (kein Mensch will sterben, nicht jeder leben). Wer sein Haus der Zeit überließ, kommt nicht zurück.

(Er war in verschiedenen Häusern, auf mehreren Inseln, verbrachte dort halbe Tage, kurze Nächte, sammelte verstreute Dinge ein.)

Ich hörte, daß Post für mich gekommen sei. Das war nicht möglich – aber ich ging zum erstenmal in das Postamt der Insel.

Es ist eine hölzerne Stube in einem Privathaus. Die Beamtin kam aus der Küche nebenan – ich hörte Kinderstimmen und roch Seife – und wies auf ein Fenster zur Straße hin. Im Fensterrahmen steckten Briefe und Karten – man kann die Adressen auf der Straße lesen –, adressiert an Namen, die man hier nicht kennt, Gäste in Wochenendhäusern, Passanten, Touristen, Mr. James Beddoes, Alf Meri, Anita Vandamme – Unbekannte, die nicht mehr hierher kommen werden. Ich fand eine Ansichtskarte, an mich adressiert, ein Bergpanorama in Nepal, gestempelt in Rom, und in unbekannter Schrift einen einzelnen Satz: I KNOW WHERE YOU ARE.

Ich schreibe nicht an mich selbst, wie Bob Cimarosa, überrasche mich nicht mit Postkarten oder Blumen. Kein Mensch kann wissen, wo ich bin (über Nacht aus Babylon-City verschwunden). Die Nachricht ist wertlos, denn ich befürchte nichts, ich halte mich nicht versteckt und bin nicht auf der Flucht. *Meine Verbrechen sind nicht von der Art, die verfolgt wird* – da kannst du dich irren, mein guter Freund, da läßt dich dein freundlicher Glaube vielleicht im Stich –, doch wenn es zutrifft, hast du Glück gehabt. Ich war nicht erschrocken. Die Nachricht betrifft einen anderen meines Namens, einen Mann, der vorbeikommen kann, vielleicht hier gelebt hat, einen Unerkannten mit Pseudonym, einen geisternden Dauertouristen des Archipels – und trifft in sinnloser Weise auf mich zu. Ich überlegte, wer der Absender sein kann, und ging die Reihe meiner Leute durch, derjenigen, die sich für mich interessieren, auf meine Person spekulieren – ohne Gewähr –, sich den Witz eines Spiels mit mir erlauben, der Frauen, die ich zurückließ und die mich verließen, der wenigen, die mich in irgendwas einbeziehn, in ihre Geschäfte und Hoffnungen, ihre Pläne – ohne Ergebnis. Die Überzahl derer, die ich liebe, ist tot. Simone ist tot.

Ein ungeheurer Witz, der sich selbständig macht. Großes Gelächter eines Unbekannten.

Ein weltweites POSTE RESTANTE mit meinem Namen. In unzähligen Postämtern wartet Nachricht auf mich, verschiedene Karten mit demselben Satz. I KNOW WHERE YOU ARE in Florenz und Manila, New York und Kreta, Marseille und Sidney, in Müllheim, Mühlheim, Mühlhof und Mühlhausen, Müllhofen, Mühlbergen, und überall, wo ich mal war oder hinkommen könnte – in Laos? in Burma? Der Satz könnte lauten WE KNOW WHERE YOU ARE, das hört sich gefährlicher an und gibt Grund, zu zweifeln. *Hat man den Menschen, wird sich was gegen ihn finden* – ein Grundsatz, der mich wie jeden vernichten kann. WE KNOW WHERE YOU ARE gefährdet selbst ein Schaf. I KNOW WHERE YOU ARE, sagt ein Gott dem schlafenden Kind, haucht ein Killer ins Telefon, bevor er kommt.

Ich steckte die Karte ans Fenster zurück, erklärte der Frau, daß mein Name häufig sei – ein gewöhnlicher Irrtum –, und kaufte drei Briefmarken, Briefe schreibe ich nicht.

Ich war auf den Inseln Patskerkä, Päävi, Kallsä –Wacholderwildnisse zwischen Kiefern und Felsen, schiefen Schuppen, toten Wasserpumpen. Feriencamps in den Buchten von Kjallö, komfortable Bezirke mit Bars und Tennisplätzen. Ein trigonometrischer Punkt im Grasland von Klötä. Sanatorien in Musplä, hundert Jahre alt, verschnörkelte Holzpaläste mit offnen Veranden, bewimpelter Lände, weiten Kiesterrassen. Inseln ohne Merkmal und ohne Quellen, in gefährlichen Strömungen liegend, weitab von den Fähren, nicht bewohnt, nicht bebaut und unerschlossen, in privaten und staatlichen Planungen nicht vermerkt, als Holzverladeplätze vielleicht gebraucht, danach dem Polarwind, dem Wasser, sich selbst überlassen. Auf Sartä ein Flugplatz mit eingesunkenem Rollfeld, Beton unter Moosen und Steinblumen im Zerfall. Windstille auf Lahsti. Ein gepflegter neuer Yachtclub – ich habe die Insel vergessen – und ein Verwalter mit Hund, der den Zugang verwehrte. Inseln in Sturm und Schaum weit schimmernder Flächen, entlegene Sperrgebiete, Top-Secret-Stationen – die ich in bojenflankierten Schneisen umkreiste – nachts unter Flutlicht oder gänzlich lichtlos. Nächtliche Inseln im Strahl einer Uferbeleuchtung, im Schein zweier Hüttenfenster, in Licht und Musik einer Party. Entfernte, flach hingestreckte, bewaldete Ufer, menschenleer erscheinende, ohne Lände. Der Archipel ist leer auf den ersten Blick, auf den zweiten belebt und verplant, auf den dritten verbraucht. Im vorletzten Blick nimmt das Unsichtbare Gestalt an – ein Überleben im Aussichtslosen – und ich erfahre, wie es begonnen hat.

Jahr der Heiterkeit – ein Wort von Simone – jedes sichtbare Ding schien darin aufgehoben. Sie fuhren bei Tagbeginn an Inseln vorbei – Kielwasser fegte Schaum auf verschattete Strände –, an Küstenmassiven mit Weinland, Kartausen und Türmen, Bassins an Treppen hängend in jeder Höhe, Palästen auf Felsfundamenten mit Gärten und Palmen, geöffneten Fenstern, von Meerluft bewegten Gardinen – und Pinienkronen, dunkel und dicht voll Schatten, unerschöpflich gefüllt mit Vögeln, halbnächtlicher Kühle. Wenn du fragst, wer hier lebt, stürzt die schöne Erscheinung zusammen. *Sie waren an sommerlich helle Küsten gekommen, sie hatten himmelweit offne Balkone bewohnt – unter falschen Namen gelebt ohne Schulden zu machen – unter Bäumen Wein getrunken, geliebt, geschlafen, den Schatten mit Bienen, Glyzinien und Faltern geteilt, Delphine im Licht erkannt, ihre Laute vernom-*

men, die Meerschildkröte ins Blaue hinabtauchen sehn. Du hast der Erscheinung vertraut, nun wirst du erblinden. *Sie war nicht erblindet, sie flog durch die heitere Jahrzeit, sie träumte im Dunkel mit offenen Augen –*

Vorm Supermarkt der Insel traf er sie wieder. Sie trug zwei Taschen zu ihrem Boot, sah ihn kommen und winkte. Sie sah leichter, sorgloser aus als vor einer Woche, ein windstiller Tag, ihr Sommermantel war offen, der Körper im offenen Mantel beschwingt und fest, das Gesicht von der eckigen Sonnenbrille verglast, er sah den lebendigen Mund und das volle Haar.

Sind Sie Sportlehrerin?

Sie schien amüsiert, sie lachte: Nein! Er stand im Schatten, sie stand ihm im Licht gegenüber.

Sie haben viel eingekauft, bleiben Sie hier?

Nur das Notwendige für ein paar Tage, Zigaretten, Zitronen – es gibt hier echten Campari, wußten Sie das?

Er wußte es nicht.

Sie schien aus Rumänien oder Italien gekommen, harte Konsonanten, gedehnte Vokale, ihre Stimme klang froh wie nach einem Fest, sie sagte: Sie sehn so comfortable *aus heute – wie ein Gentleman, der Geburtstag hat. Haben Sie Kinder?*

Er feierte nicht Geburtstag und hatte kein Kind. Er freute sich, sein Lachen verwirrte sie. Sie war fünfzehn sorglose Jahre jünger als er, er war sieben unzählbare Jahre älter als sie. Sie standen im Licht auf der Lände und schauten sich an, dann wollte sie rauchen.

Sind Sie in Asien gewesen?

Er war in Asien gewesen und nannte Namen – Djakarta, Manila, Ashkuskin, Bumba – und Sie?

Nein, nie – aber wenn ich mir etwas Schönes vorstelle, dann sind es Küstenstädte auf Inseln mit weißen und gelben Schiffen.

Das gibt es doch überall – in Afrika, Indonesien, und in der Karibik –

Sie überlegte.

Es spielt ja keine Rolle, ob es das gibt oder nicht. Wissen Sie, was Affe auf norwegisch heißt?

Wie bitte?

Das macht nichts. Sie zeigte nach Süden und sagte, dort sei ihr Haus.

Ihm war nicht klar, wovon sie sprach. Er sagte: ich hatte den Eindruck, Sie wollten hier weg.

Sie zögerte. Ja, ich will weg.

Was hindert Sie?

Sie zögerte wieder.

Mich hindert nichts. Sie sah, er zögerte nicht.

Er sagte: ich habe Zigaretten gekauft; rauchen Sie zwei Zigaretten bei mir, wenn Sie wieder spazierengehn.

Rauchen Sie denn?

Nein.

Sie sagte: ich weiß nicht – vielleicht – ich komme vorbei, aber rechnen Sie nicht mit mir.

Vielleicht bevor Sie abreisen; Sie gehn doch nicht einfach weg.

Weg, warum nicht! Sie machen das doch auch –

Würde er sie erkennen in andrer Umgebung, in Begleitung eines Mannes oder allein – in Babylon-City nachts, auf dem Warschauer Damm –

Sie winkte, sie konnte gut umgehn mit ihrem Motorboot. Es verschwand in gerader Linie zum Horizont.

Er sah oft unbekannte Leute am Ufer, Männer mit Stöcken und Hunden, allein und in Gruppen, sie blickten aufs Wasser und bemerkten nichts. Frauen gingen in Eile um die Buchten, eng eingehängt, und vermieden den Blick aufs Meer. Er selbst stand am Ufer und bemerkte nichts. Der Horizont und das Meer gaben nichts zu erkennen, die Inseln lagen wie immer in Dunst und Licht. Die Erscheinung des Archipels war unangetastet, die Entfernungen stimmten, die Farbe des Meers war intakt.

Man sprach von Sondereinsätzen der russischen Flotte, und sah oft verschiedene Schiffe in einer Bucht. Er selbst sah nur immer wieder ein einzelnes Suchboot, und konnte sich denken, daß es dasselbe war.

Erscheinung einer Propellermaschine über Inö. Sie röhrte in weiten Bogen über die Buchten und verschwand zum Festland hin, in welcher Funktion. Es gibt Leute, die das Flugzeug bemerkt und eine Zentrale benachrichtigt haben, Luft- oder Küstenwache des Archipels, und man beruhigte sie, ohne Antwort zu geben. Ein altes Flugzeug ändert nichts, sagt Emanoel Katz. Man findet die Kisten oder findet sie nicht. Man findet die Hälfte, die übrigen findet man nicht. Man gibt die Suche auf oder setzt sie fort, man setzt die beendete Suche heimlich fort. Man gibt die behauptete Suche heimlich auf. Man behauptet, die Dinger gefahrlos beseitigt zu haben. Kein Mensch wird erfahren, was aus dem Wasser kommt, und kein Mensch wird erfahren, was im Wasser bleibt. Sie hätten am ersten Abend zurückfahren sollen; jetzt können Sie bleiben.

(I KNOW WHERE YOU ARE steckt noch immer am Fenster der Post.)

Es kann sein, ich treffe sie auf der Lände, wir erkennen uns wieder, sie winkt und ich werde ihr sagen: ich verlasse die Inseln, verschwinde von Inö, am Abend bin ich nicht mehr da. Sie erkundigt sich zögernd, ob sie mitkommen kann. Sie beschwört mich, drängt mich – gehn Sie nicht ohne mich fort!

Erwarten Sie mich, in der Bar, wo immer Sie wollen – in der Nacht, in ein paar Stunden, ich werde dasein – geben Sie mir eine Stunde, nur eine halbe – wenn ich weiß, daß Sie warten, kann ich mich beeilen! So würde mein lautloser Abgang zur Inszenierung – eine Unbekannte, verspätet, mit Taschen und Koffern, an falscher Stelle wartend, im Zwielicht rauchend, sich selbst überlassen, nicht länger von mir gesucht.

Es kann auch sein: sie besucht mich in meinem Haus, dann hätte sie sich entschlossen und kommt zu mir. Sie kommt zu mir zurück, denn sie braucht einen Menschen, der sich ungehindert bewegt und nichts mit den Inseln zu tun hat. Sie weiß, daß sie attraktiv ist, mehr weiß ich nicht, ich bin hier der einzige, der in Frage kommt. Sie sagt, daß sie Inö fürchtet, sie haßt diese Inseln – Halbtoteninseln, wohin man blickt – o das viele furchtbare Wasser hier! Sie will weg, lebendig, so schnell sich das machen läßt, doch geht das nur unbemerkt und nicht allein. Was sie auf Inö zurückhält, wird nicht erwähnt. Sie scheint an Erfüllung ihrer Wünsche gewöhnt, ihre Sätze sind definitiv, nicht zurückzuweisen, ihr singendes Englisch hat einen harten Akzent. Während sie von sich redet, raucht sie nicht. Das Haar fliegt schwarz über ihre Augen, ihre Blicke sind nüchtern und ohne Koketterie. Ihre Entschlußkraft will alles oder nichts, ihre Stimme ist still geworden, sie denkt an sich selbst. Sie erkundigt sich nach Verbindung zu anderen Inseln, und wie man am schnellsten auf das Festland kommt, erfährt von meinem Motorboot und atmet auf. Dann erbittet sie meine Hilfe für diese Nacht.

Ich sage ihr, daß mich nichts auf den Inseln zurückhält und daß man hier ohne Zeugen verschwinden kann.

Sie sieht sich im Bungalow um, ihre Blicke zweifeln – *und das können Sie aufgeben ohne Bedauern, das Haus, die Bäume?*

Und wer zurückblickt, wird nicht zur Säule erstarren.

Wie vorausgesehn: sie kam nicht und kommt nicht mehr. Ich habe nicht länger an sie gedacht. Jetzt wäre der Augenblick, auf die Inseln zu kommen, die Erscheinung ist herrlich – das Wasser leuchtet, das Laubwerk ist frisch und voll, der Nordwind erwärmt sich.

Er war am Abend nicht mehr da.

Nachtmantel

Als er anfing zu sterben, verließ er die Wohnung, dritter Hinterhof, zweiter Stock, verschloß die Tür mit dem einzigen Schlüssel und warf ihn durch die Briefklappe in den Flur. Er nahm nicht wie früher zwei Koffer mit, ihm genügte ein alter Schultersack, mit dem er vor zwanzig Jahren zu Fuß unterwegs war. Der Sack war schwarz, imprägniert, aus Leinen, und enthielt ein paar Kleider, Rasierzeug, Seife und Kamm. Die Wertsachen trug er im Beutel um den Hals. Sein Wagen parkte drei Straßen weiter, er fuhr auf die Autobahn und verließ BC, hier hatte er Dinger gedreht und Feste gefeiert, den Tag überlebt und die Nächte mit Frauen verbracht.

Es war ein nasser Abend im März, und er hatte sich nicht klargemacht, daß ein nasser Abend im März kein guter Beginn war. Aber sein Ausbruch war keine Touristik; er verwarf die leibeigenen Tatsachen, Ort und Zeit, und ließ seine Zukunft hinter sich. Und es war ihm egal, was von ihm zurückblieb, ob überhaupt was zurückblieb, Besitz oder Namen, egal, was sein Bild im Gedächtnis anderer war.

Er fuhr durch Nässe und Dunkel in Richtung Süden. Die Autobahn war ihm vertraut wie der Anblick von Kiefern, die der Scheinwerfer aus verwaschenem Dunkel schnitt. Für Angst oder Langeweile war keine Zeit, er vermißte Zigaretten, sonst fehlte ihm nichts. Gegen Morgen verließ er die Autobahn. Er parkte an einem Waldweg, kroch auf den Rücksitz und schlief im Geräusch des Regens ein. Im Geräusch des Regens wurde er wach, die Nacht war vorbei, der Holzweg von Nässe grau. Im Zwielicht fuhr er durch Dörfer und Weiler, kein Lebewesen war sichtbar, kein Fenster erhellt. Menschenleere war ihm nicht bekannt. Wenn er nachts durch die Metropole fuhr, sah er Menschen im Flutlicht vor hellen Fassaden, seine Nächte waren gefüllt mit Lärm und Musik. Er stoppte den Wagen und sah die Leere, voll triefender Straßenbäume und niedriger Bauten, er bemerkte Bierlokale, verwahrloste Kirchen, weiträumige Farmen mit Höfen und Schuppen, und empfand die Stille als feindliche Kraft. Sie war älter als jeder Zustand, der ihm vertraut war, Höhe des Lichts auf dem Meer und den Horizonten, stärker als Mittsommerhitze ohne Wind. Verwundert bemerkte er eine Katze, sie stand auf der Straße und sah ihn an. Hier schien etwas zu geschehn, aber was geschah. Die Katze verschwand, und er fuhr weiter, auf schmalen Chausseen tauchten Fahrzeuge auf, Scheinwerfer sprühten fahl durch die Nässe entgegen, in entfernten Farmen bemerkte er spärliches Licht.

Der Regen ließ nach, die Wolken stiegen, der Tag wurde heller, so hell wie ein Tag im März nach langer Nässe, Nachwinter oder Vorfrühling ohne Blüte, Tiefland naß und nüchtern in alle Richtung, mit schwarz überschwemmten Flächen und mageren Weiden. Er blickte in Siedlungen längs der Straße und fragte sich, wer hier noch lebte, aus welchem Grund. Verfall einer Staatslandschaft, Schrott en gros, verrottete Industrie hinter restlichen Mauern, auseinandergenommene Kräne schief im Sand, in alt getrocknetem, neu verflüssigtem Schlamm, von Wasserflächen umspülte Geleise, Maschinen kopfüber und Lastwagen ohne Räder, Vielzweck-Baracken, in Grau zerfallend (– wesenloses Grau, alles Licht verneinend, Grau von Aktenschränken und Panzerschiffen, Gefängnistüren –). Vorüberfahrend sah er in tote Häuser, gefleckt von Grünspan, Urin und Ruß, Ornamenten aus Einschußlöchern und wäßrigem Schwamm. Aus der Entfernung sah er versteppte Schneisen, durch Waldgebiete und über Hügel gezogen, und wußte noch vom Verlauf einer alten Grenze – Mauern, Kontrollpunkte, Todesstreifen. Im Anblick des Landes vergaß er, an sich zu denken, dann fiel ihm wieder ein, daß er unterwegs war und für ihn kein Grund bestand, sich hier aufzuhalten. Etwas Fehlendes beherrschte die Erde, es befiel auch ihn, obwohl er in Eile vorbeifuhr, und löste sich nicht in Gleichmut auf.

Er war seit acht Tagen auf der Straße und hatte außer der Straße nichts erlebt. Da er ohne Ziel unterwegs war, fuhr er zu schnell, unschlüssig an Kreuzungen, selten haltend, verloren wie ein Wilderer in BC. Er kannte die Metropole, das Land war ihm fremd. Wenn er weiter fuhr wie bisher und nichts erlebte, war der Rest seiner Tage und Nächte ohne Sinn. Er verbrauchte Zeit, ohne sie zu gebrauchen, hatte nichts gehört, gesehen, gerochen, hatte ohne Besinnen gegessen, getrunken, geschlafen, und war in der Selbstbetäubung interesselos, etwas Überflüssiges, ohne Instinkt.

Er nahm jeden Menschen mit, der am Straßenrand winkte, Hitchhiker, Arbeitslose, verwahrloste Kinder, einen Greis, der der Irrenanstalt zu entkommen versuchte, einen jungen Sektenprediger ohne Ziel, einen Juden, der seinen Hut im Wagen vergaß, und chauffierte sie an Orte, die sie ihm nannten, jede Richtung war ihm willkommen, der Süden egal. Nachts sah er einen Schwarzen im Regen laufen, hielt an, obwohl die Gestalt kein Zeichen gab, und fuhr ihn auf Nebenstraßen weit überland. Der Schwarze lud ihn danach zum Espresso ein, in eine leere Bar am Rand einer Siedlung, ein schwerer, schweigsamer Baal, der ihn ansah und sagte: Du kannst nicht mitgehn zu meinen Leuten, mit dir reden die nicht, du stehst da bloß rum. Und was du nicht wissen kannst und am besten, du weißt nichts: du hast einen von uns aus der Scheiße gehoben – okay? Also fahr weiter. Besser, du fährst bald weg.

Hier schien etwas zu geschehn, aber nichts geschah. Er fuhr weiter im Regen, und nichts geschah. Als er nachts auf dem Rücksitz überlegte – und wußte nicht, was er überlegte – hörte den Regen, Regen und überlegte – daß er den Wagen verkaufen wollte, loswerden wollte zu gutem Preis, bei nächster Gelegenheit loswerden wollte. Er verkaufte ihn an eine Renault-Garage und hatte Geld für den Rest der Zeit.

Er ging wieder zu Fuß wie vor zwanzig Jahren, in der Zeit des Hungers und der kalten Füße, da hatte er sich mit Jobs über Wasser gehalten, Sand aus Frachtern geschaufelt, Bierfässer verladen, in Hotels und Bahnhöfen Koffer geschleppt. Frauen und Diebstähle hatten ihn ernährt, jetzt hatte er Geld genug für den Rest der Zeit. Er sah die Sachen einzeln in ihrer Umgebung, wenn er nah vorbeikam und stehenblieb, er sah den Stein und die Steine, den Baum und die Bäume, die Leute einzeln, mit Fahrzeugen oder in Haufen, und daß einer vom andern verschieden war. Er sah, was vor Augen kam, wie in Trance, ohne Absicht, und bemerkte viel Zeug um die Beine herum – Abfälle, Hunde, Kadaver von Katzen und Leuten, und Sandflöhe, Ratten – und fühlte sich weder verpflichtet noch derangiert. Und er sah ein paar Vögel über den Bäumen, die hatte er bemerkt, weil sie schrien und flogen, schwarze, große Vögel, er dachte an Krähen, Krähen und Raben hatte er schon gesehen, durcheinanderfliegende Schwärme im späten Winter, hoch über Abfallplätzen und dreckigen Parks. Was er sah, waren Krähen, konnten nur Krähen sein, oder waren Raben. Und er sah genau die Hotels, die er frequentierte – das REMO MOLINO, das SCALA, das GRAND SPITZBERGEN – karge Zimmerboxen mit wackelnden Möbeln, klebrigen Duschen und fleckigem Bett. Und er sah die Leute mit ihren Köpfen, die Gesichter mit ihren Augen und Lippen – Raubkatzenaugen und feixenden Zähnen – Leute, behängt wie er mit Kleidern und Taschen, er gehörte zu dieser Sorte, doch nicht mehr lang.

Einmal sah er Frauen herumstehen und reden – das war vor dem Bahnhof einer Siedlung, er hatte nach einem Imbiss gesucht –, zwischen ihnen am Boden lag eine Frau und schrie – Es ist nicht mein Tag, ich kann heute nicht leben! Sie war jung und sah nicht aus, als sei sie betrunken (am Mittag betrunkene Frauen kannte er), sie sah ungeschminkt nach Verzweiflung aus, die Jeans waren aufgeknöpft, die Bluse zerrissen, eine Nutte, ausgelacht und zerkratzt von Frauen, sie traten nach ihr und wiederholten – Heute nicht leben – nicht mein Tag! Ein Mann mit Krawatte und Goldring, vielleicht ein Herr, schob die Frauen auseinander, sie redeten weiter, hob die Wimmernde, Schwankende auf die Füße und verschwand mit ihr im nächsten Haus. Hier geschah etwas, aber was geschah. Dann sah er, die Frauen gingen auseinander, und betrachtete das Haus, ein Privatgebäude, die Tür war geschlossen, es hatte die Nummer neun. Da kein Grund bestand, dort zu läuten, verließ er die Siedlung, einen Imbiss hatte er nicht entdeckt.

Er wich Leuten aus, die er kannte, mied Bars und Dancings, weil sein Zustand das Sterben preisgab, das Ende verriet, und hatte keine Lust, etwas zu erklären. Er war im Alleinsein wie im Schlaf, die Darüber-Rede hätte Erwachen bedeutet, und wenn er noch etwas wollte, unbedingt wollte, dann war es der Schlaf, sein letzter Besitz, und der traumlose, lange, letzte Moment in ihm. Langsam hörte er auf, an ihn zu denken, nachdem er – schlaflos, nachts – zu oft an ihn dachte. Er sah sich selbst mit dem schwarzen Sack, und hörte Stimmen – von Frauen, welchen? – *Der trägt seinen Sarg mit sich herum.* Ihm gelang nicht, was jedem Schwachkopf gelang, erschlagen und im Sack beseitigt zu werden. Er brachte es einfach nicht fertig, getötet zu werden. Er wollte nicht blutverschmiert vor die Hunde gehen oder angetötet im Lift ersticken, er wollte umgelegt und beseitigt werden, gekonnt erschlagen und um die Ecke gebracht. Er trug seinen Sack wie ein Angebot mit sich herum, doch für ihn, allein für ihn, war kein Mörder da. Und weil es ihm nicht gelang, ermordet zu werden, gelang es ihm ohne Mühe, den Tod zu vergessen, er lebte mit ihm wie mit dem eigenen Kopf. Was war denn der Tod, sein Tod, und was waren die Toten – Würmer in den Eingeweiden des Nichts. Er schuldete ihm ein langes Leben, gewissenlosen Frohsinn und sorglosen Atem, und brauchte für sich selbst einen klaren Kopf. Er lebte mit ihm wie mit dem eigenen Kopf. Um dich bewegen zu können, mein guter Freund, brauchst du viel starkes Fleisch an gesunden Knochen. Er kaufte Sommerkleider, stabile Schuhe, trank mit Vergnügen und aß sich satt.

Er kam in Gegenden, wo ihn niemand kannte, eine neue Gewißheit, er fühlte sich leer und frei, allerwege und nirgends am richtigen Ort, im Besitz von Zeit, so viel oder wenig er brauchte, schlafend, essend und trinkend, so oft er wollte, anonym wie ein Tier im Gebirge, das keiner kennt. Mit seinem Atem war was passiert, er atmete langsamer ein und aus, ruhig und tief, das schien etwas Gutes zu sein. Er bewegte sich ohne Mühe, sein Sack war leicht. Er war in den Kern der Zeit gelangt, er befand sich im ausgetrockneten Herzen der Zeit, wo ein Lebewesen nur in Begleitung des Todes hinkommt und mit sich machen kann, was es will.

Er wollte nichts mit sich machen, das war, was er wußte. Er wollte sehen, was passierte, wenn nichts geschah. Er verbrachte die Nachmittage in Gartenlokalen, trank Bier unter Bäumen, und nichts geschah. Er hörte den Stimmen fremder

Leute zu. Was an den Tischen erzählt wurde, ging ihn nichts an. Das waren Leute, die wohnten, wo er vorbeiging, die lebten immer, wo er nur einmal war, und er kam nicht an dieselbe Stelle zurück.

Er sah die Gesichter der Leute und ihre Münder, essende, spuckende, saufende Lippen, kauende Kinnbacken, grinsende Mäuler, Löcher voll faulender Zähne und dreckiger Zungen – falscher Zähne und gebürsteter Zungen – Zähne, Zungen, der Mensch brauchte einen Namen, er brauchte seinen Mund, sonst passierte nichts. Und während sie lachten und redeten, ging er weiter, die machten noch Witze, da war er schon auf der Piste, er hörte sie reden und tanzen und war vorbei. Er ging immer weg und weiter, bevor was passierte, mit ihm selbst passierte nicht viel, er war unterwegs, fast unsichtbar im Zustand der Fortbewegung, des Gehens auf beiden Beinen, er brauchte zwei Füße, er ging nicht auf allen vieren, zwei Schuhe genügten, und Rücken und Schulter genügten für seinen Sack.

Er fing an zu lesen, das hatte er nie gemacht. Er sah sich nach allem um, was lesbar war, was Bild oder Buchstabe war und für ihn zu entziffern. Er las, was ihm in die Hand und vor Augen kam, Fahrscheine, Wahlplakate und Zeitungsannoncen, Straßenschilder, Hotelbibeln, Fensterinhalte, Namensschilder, Prospekte und Zeitungsbeilagen, nahm Bücher aus Straßenkästen und las im Gehen, vergaß, was er las und gelesen, und nichts geschah.

Nachdem er lange gelaufen war, auf steiniger, staubiger Piste an Farmen vorüber, bemerkte er einen Jungen, der saß an der Straße, sah ihm entgegen, und neben ihm lag eine Ziege.

Er blieb stehen und sah sich die Ziege an, weißer, schlaffer Knochensack im Gras, und dann das erwartungsvolle Gesicht des Jungen.

Er sagte: was ist mit der Ziege, es ist doch eine –

Ja. Eine Ziege.

Aha. Was macht sie da –

Sie lebt nicht mehr –

Was heißt das.

Sie ist tot.

Da kann man nichts machen. Und jetzt?

Ich hab sie da hingelegt, sie gehört mir.

Der Junge sah ihn an mit begeisterten Augen. Ich hab sie geschlachtet.

Am Hals der Ziege sah er getrocknetes Blut.

Warum machst du so was –

Ich wollte wissen, was passiert.

Und – ist was passiert?

Nichts – seit ich hier bei der Ziege bin, ist nichts passiert. Sie sind der fünfte.

Der fünfte was –

Der fünfte, der die Ziege gesehen hat.

Na und?

Sie sind der erste, der stehenbleibt.

So schnell geh ich nicht weiter, was ist denn passiert.

Der Junge sagte: erst hab ich ein paar Mäuse geschlachtet, die waren zu klein, die hat keiner gesehen, und dann die Katze. Die Katze war auch noch ziemlich klein, ich hab sie da drüben auf die Straße gelegt, sah aus wie ein Unfall. Und als ich den Hund da hingelegt hab, ist eigentlich auch nicht viel passiert. Jedenfalls ist keiner stehengeblieben. Und jetzt die Ziege –

Du kannst doch nicht einfach eine Ziege schlachten –

Der Junge schwieg und sah ihn an.

War sie alt?

Nicht besonders –

Krank?

Nein.

Man killt doch nicht einfach eine Ziege, auch wenn es die eigene ist, und legt sie da mitten in die Sonne.

Ich will wissen, was passiert, es passiert ja nichts.

Und er: was soll denn passieren. Wegen der Ziege regt sich keiner auf. Na los, bring sie weg, sie fängt an zu stinken. Bring die Ziege weg!

Ich will wissen, was passiert –

Du haust ab mit der Ziege, das passiert. Na los, hau ab!

Der Junge schwieg.

Sonst passiert nichts, hau ab mit der Ziege –

Wenn sie weg ist, leg ich meine Schwester hin, vielleicht passiert dann was –

Was hast du gesagt?

Wenn die hier liegt, passiert doch was.

Ja, dann passiert was. Wo ist deine Schwester.

Der Junge sah wieder begeistert aus.

Zu Hause, sie lebt ja noch, das mit der Ziege weiß sie noch nicht.

Und er: komm mal her. Na los, komm her, ich leg dich da hin, wo die Ziege liegt, und warte, ob was passiert. Es passiert bestimmt was, die Ziege schmeißen wir weg.

Der Junge sagte nichts, sein Gesicht war leer. Er sprang auf und verschwand im nächsten Gebüsch, Knacken von Holz verriet, daß er weiterlief.

Er rief dem Jungen hinterher: Jetzt passiert was, verdammt noch mal, sag, daß was passiert ist –

Er wartete auf Antwort, dann ging er weiter. Nach zehn Minuten kehrte er um, die Ziege lag noch im Gras, von Fliegen umschwirrt.

Er setzte sich in den Schatten der Büsche und wartete, daß etwas passierte.

»Bevor die Entdeckung der Welt in Gang kam – die Meere befahren, die Inseln erobert, Kontinente versklavt und ausgeraubt –, war ein unbekannter Columbus unterwegs. Vor der Küste Portugals wurden Schiffe gesehen. Das war an einem Mittag im Zeichen des Löwen, Rauch von Hitze hing über dem Wasser, die Horizonte verschlungen von schwarzem Dunst. In diesem Licht tauchten Schiffe auf, hunderte Riesensegel in breiter Front, der westliche Weltrand verriegelt von einer Armada, die, ohne Geräusch und Bewegung im Glast, eine Stunde vor Augen der Küstenbewohner stand. Fischer hatten die Erscheinung bemerkt, Bettler und Faulpelze vor den Schenken, Frauen an Fenstern hochgelegener Paläste. Man schrie und betete bei diesem Anblick, aus Pfeifen und Glocken tönte das Ende der Welt. Was war die Erscheinung? Flotte eines Eroberers aus dem Weltraum, blendende Vorhut einer meerischen Gottheit, ein Volk von Barbaren, das auf Schiffen lebte, über Küsten herfiel, Fleisch und Frauen raubte und ohne Verluste im Licht verschwand? So geschah es an diesem Mittag im Zeichen des Löwen, die Segel verschwanden, von niemand gezählt, und Schiff an Schiff verflimmerte in dem Licht, der westliche Horizont lag leer vor der Küste, und nichts konnte beglaubigt oder bewiesen werden. Jeder Mensch hatte eine andere Erscheinung gesehen – dunklere, hellere, größere Schiffe, windstill hängende oder geblähte Segel, blutige Fahnen und blitzende Beile. Es entstand die Erzählung vom Seefahrer ohne Namen, unbekannter Columbus vor der Zeit –

– nach langer Meerfahrt tauchte vor ihm, an einem Mittag im Zeichen des Löwen, eine unbekannte Küste auf. Befehle zu ankern schallten von Schiff zu Schiff. Die Segler lagen in Sichtweite eines Landes, das funkelnd im Licht lag, von Menschen bewohnt und gestaltet. Man blickte durch Teleskope in Städte und Häfen, in reich und sinnreich erscheinende

Panoramen – Gärten, Küstenstraßen und Promenaden –, erkannte Lebewesen wie Hunde und Pferde – was war das, Inselreich, Erdteil, Gelobtes Land? – und beschloß, diese Welt sich selbst zu überlassen, auf Konfrontation jeder Art zu verzichten, Schlacht, Blut und Ruin aus dem Weg zu gehen – AUF DASS DER ANBLICK DES ERDTEILS HERRLICH BLEIBE UND UNSER RUHM VON TOD UND FEUER FREI! So geschah es. Die Schiffe kehrten um und verschwanden in Licht und Legende.«

Das las er während des Essens in einem Gasthof, er hatte das Buch aus Versehen eingesteckt. Da hatte er was gelesen, aber was. So eine Geschichte hatte er nie gehört.

Jetzt hatte er was zu erzählen, was Schönes, für Frauen.

Was hatte er je von sich erzählt, und wem. Was konnte er von sich selbst erzählen. Verschiedenes über Frauen, so gut wie jeder, über dreckige Wohnungen, billige Jobs, über Wetter, Geldmangel, Autopannen, das konnte er erzählen wie andere auch. Das erfuhr man nächtelang in jeder Bar. Man erzählte die Sache vom Blutigen Besen, da hatte man eine Ratte im Rinnstein zerquetscht. Man redete laut, um sich Gehör zu verschaffen, übertrieb, um sich selbst für möglich zu halten – er allein hielt sich nicht für erwähnenswert. Wer war er denn, auf zwei Füßen, mit einem Sack. Jeder andere hatte mehr erlebt als er, stärkere Prügel bezogen und ausgeteilt, weitere Reisen und bessere Geschäfte gemacht und ganz andere Frauen beschlafen als Don Juan. Doch traf es auf ihn nicht zu, daß er lieber schwieg. Er konnte, wenn er wollte, den Mund aufmachen – seine Hotels und Polizeireviere, seine Wintertage am Meer und seine Frauen, seine Feierabende, Pinten, Rummelplätze. Er konnte reden wie jeder, kein Problem, doch fand er darin kein Vergnügen wie jeder sonst. Was er war, blieb ihm nur, wenn er nicht von sich sprach, er hatte auch andere Sachen nicht erwähnt. Vom Mann mit der Maske hatte er nie erzählt, wem hätte er von der Maske erzählen wollen – eine gelbliche Maske, aus Haut zusammengenäht, straff über den eckigen Schädel gezogen, unter falschen Haaren im Nacken zusammengespannt. Der Mann wohnte an demselben Flur (das war im Hotel PIC MARO vor sieben Jahren), stand in der Tür seines Zimmers und rauchte, und sah ihn mit flachen Augen an – seine Stimme hatte kein Mensch gehört –, sah ihn und jeden mit wächsernen Augen an. Die Gestalt des Menschen war gelb, seine Kleidung gelb, gelbe Haut, gelbe Schuhe und gelbes Gebiß, die Perücke blond und fahl im Treppenhauslicht (es klickte nach sechzig Sekunden aus, sein gelber Finger klickte es wieder an). Der Mann verschwand, und das Zimmer wurde vermietet, und das war die Sache, die er nie erzählte. Und eine andere, die er nicht erzählte, die auch Janine nicht erzählte, nie wieder erwähnte – er fuhr auf der Stadtautobahn in dichtem Verkehr, sein Wagen war vollgestellt mit ihren Sachen, Kleidern und Kleiderbügeln, Schachteln, Schuhen, er holte sie im Oktober zu sich in die Wohnung, sie hatte den langen Sommer darauf gedrängt, jetzt saß sie neben ihm, rauchte und schwieg, sie schwieg, wie er glaubte, zum erstenmal. Von der Gegenfahrbahn, über die Trennplanke weg, rutschte – flatterte – flog eine dunkle Plane, im starken Luftzug Formen und Ausmaße wechselnd, klatschte gegen die Scheibe mit hartem Schlag, legte sich auf die Fenster zu beiden Seiten, verdunkelte das enge Innere des Wagens, während er einen Lastzug schnell überholte. Janine hielt sich an ihm fest und schrie, er hielt sich am Lenkrad fest und schwieg, bremste, stoppte, stieg vorsichtig aus, und zog mit Mühe die Plane vom Wagen – hinter ihm hupte der gestaute Verkehr –, glatte, trockene, pechschwarze Plane – keine Fahne, kein Flügel. Ein Unfall war nicht passiert, was war geschehn.

Die Bilder fielen ihm wieder ein, als er schlaflos in einem Hotelbett lag.

»Er fuhr durch Nässe und Dunkel in Richtung Süden. Die Autobahn war ihm vertraut wie der Anblick von Kiefern, die der Scheinwerfer aus verwaschenem Dunkel schnitt. Für Angst oder Langeweile war keine Zeit, er vermißte Zigaretten, sonst fehlte ihm nichts. Nach Mitternacht verließ er die Autobahn. Er parkte in einem Waldweg, kroch auf den Rücksitz und schlief im Geräusch des Regens ein. Im Geräusch des Regens wurde er wach, die Nacht war vorbei, der Holzweg von Nässe grau. Im Zwielicht fuhr er durch Dörfer und Weiler, kein Lebewesen war sichtbar, kein Fenster erhellt. Menschenleere war ihm nicht bekannt. Wenn er nachts durch die Metropole fuhr, sah er Menschen im Flutlicht vor hellen Fassaden, seine Nächte waren gefüllt mit Lärm und Musik. Er stoppte den Wagen und sah die Leere, voll triefender Straßenbäume und niedriger Bauten, er bemerkte Bierlokale, verwahrloste Kirchen, weiträumige Farmen mit Höfen und Schuppen, und empfand die Stille als feindliche Kraft. Verwundert bemerkte er eine Katze, sie stand auf der Straße und sah ihn an. Hier schien etwas zu geschehen, aber was geschah. Die Katze verschwand, und er fuhr weiter, auf schmalen Chausseen tauchten Fahrzeuge auf, Scheinwerfer sprühten fahl durch die Nässe entgegen, in entfernten Farmen bemerkte er spärliches Licht.

Er fuhr immer weiter durch beschädigtes Land, lag schlaflos in Motels, schlief häufig im Wagen, sah rauchigen Himmel über Ebenen (wechselnd mit unangreifbar glänzender Luft), aufgegebene Baustellen, leere Hangars, veraltete Industrie und verbrauchte Berge, und Areale dampfend am Horizont. Die Gegenden hatten noch nicht die Kraft der Steppe, die Offenheit der Savanne, den Umraum der Wüste, doch was er bemerkte, wies darauf hin – Siedlungen, Wasserläufe, Gehölze –, daß die vorletzte oder letzte Verwandlung bevorstand. Und mehr als der Zustand der Erde erstaunte ihn, daß es heitere

Tage gab und klare Nächte, Gärten voll Blüte und Duft an dröhnenden Pisten, Leute mit offenen Gesichtern, atmend, lachend, und Arm in Arm unterwegs zwischen Schlot & Schlacke, grüne Grasländer, reinen Schnee.«

Er las diese Seiten mit Verwunderung. Etwas geschah mit ihm, aber was geschah. Ein leichtes Schwindelgefühl, wie nach vielem Bier. Er schien so was Ähnliches schon gelesen zu haben, doch Ort und Zeit, der Zusammenhang war ihm entfallen. Was er da las, das handelte nicht von ihm, das betraf aus Zufall fast jeden, vielleicht auch ihn. Es handelte sich um andere, nicht um ihn. Er trennte den Text aus der Zeitschrift und steckte ihn ein, las ihn nicht wieder.

Er hatte genug, vom Schmerz, genug. Von diesem einen Schmerz genug. Vom leibeigenen, fressenden, saugenden Schmerz, vom malmenden, wiedergekauten Schmerz genug.

Da sagte er: los, zeig dich, komm raus. Raus aus der Haut, aus den Knochen, setz dich da hin und erklär mal – na los, sag was.

Er zeigte auf den Stuhl da unten, tausend Augenblicke entfernt von den Füßen.

Der Schmerz verließ ihn, sprang vom Bett, nahm Platz da draußen, aber nicht im Stuhl.

Er betrachtete den Unsichtbaren und sagte: es ist, damit wir klarkommen, ich mit dir. Dir selber fehlt nichts, hat nie was gefehlt, wird nie was fehlen – hab ich recht?

Ihm fehlt nichts, sagte er nirgendhin.

Er sagte: es ist klar, daß du fressen mußt wie Vieh, und daß du nur reinschlägst, wo es zu fressen gibt, daß du lebendige Ware suchst, und daß du dich an mich ranmachst, wie lang schon, festgebissen hast und zu fressen kriegst – du kriegst genug zu fressen da drin – und nicht wieder raus willst.

Der Schmerz schwieg aus allen Ecken des Raums, es war ein Hotelzimmer in der Nacht.

Du willst nicht wieder raus, das ist es. Und du hast dich gut eingerichtet da drin – na los, gib zu, gut eingelebt mit dem Hunger, und daß du mehr als genug zu fressen kriegst –

Er hat sich gut eingelebt, sagte er in Richtung des Unsichtbaren.

Der schwieg aus allen Ecken des Raums.

Antworte! rief er in seine Richtung, na los, du hast dich bequem gemacht, das ist doch, verdammt noch mal, was ich sage –

Jedenfalls, der Unsichtbare war da.

Was Totes frißt der nicht, sagte er nirgendhin. Erzähl mal, was frißt du. Du bist kein Aasgeier, keine Made, du frißt, was noch lebt, vom Knochen weg, und dann frißt du den Knochen, das ist doch verdammt noch mal, was ich sage –

Der Unsichtbare schwieg aus jeder Richtung.

Und wenn man Ersatz beschafft, davon will er nichts wissen, sagte er nirgendhin an die Wand. Davon hält er nichts, er sucht seine Nahrung zusammen – Nahrung zusammen – bist du da?

Der Schmerz war draußen und merkte sich jedes Wort.

Den hab ich lieber draußen, unsichtbar, sichtbar, sagte er nirgendhin an die Wand.

Dann war er lang genug draußen gewesen, der Schmerz, und kroch in die Haut zurück und in die Knochen. War wieder drin.

War an seiner Stelle am anderen Morgen, und er, der gefressene Andre, wußte, was los war, starb wieder weiter.

Er lief durch Straßenschlamm und fließende Pfützen, ein Landregen tropfte, er wollte zur nächsten Station, Autobus oder Bahn, spielte keine Rolle, und bestellte ein Taxi im

Chips & Pizza, an der Großen Route nach Süden, ein Wagen fuhr vor, und er packte den Sack und sich selbst in den Hintersitz.

Der Chauffeur, eine Lederjacke, war taub und stumm, der Wagen war überheizt und stank nach Tabak. Der Tag wurde dunkel, das Wasser fiel aus der Leere, die Strecke zur nächsten Station zog sich pladdernd hin, Dörfer, in wäßrige Ebenen zur Seite gekippt. Vor einem Gasthof machte das Taxi halt, der Chauffeur wollte eine Pause von zehn Minuten – in dem Lokal dort, Privatsache, bald zurück. Regen schlug schwer auf das Blech, der Taxifunk rauschte, eine halbe, dann ganze Stunde verging ohne Zeit, der Chauffeur kam nicht zurück, und der Taxifunk rauschte.

Er lief in den Gasthof und erkundigte sich – abgesoffene Gesichter vereinzelt an Tischen, mit Bierglas, Steak und Zigarre allein, mit der Zeitung allein, mit nichts allein, ein Skatverein drehte sich nach ihm um. Er erhielt keine Antwort, lief in das Taxi zurück, Regen schlug kalte Tropfen auf seinen Kopf, der Zündschlüssel steckte, und er fuhr los, ließ Gasthof und Eisenbahnschranke im Regen zurück, Telefonzelle matt voll Neon, ein Schloß hinter Mauern, und folgte schmalen Chausseen in Richtung Westen, am Ziel der ursprünglichen Taxifahrt weit vorbei. Der Benzintank war zur Hälfte gefüllt, er rechnete aus – zweihundert Kilometer – und fuhr in den Regen, der ihm entgegenschlug, in stockenden Rinnsalen über die Scheiben lief, aus Chausseebäumen schauerte, spritzte, klatschte – so sorglos war er nie auf den Straßen gewesen, im eigenen Wagen nie und in keiner Nacht, es sei denn im Halbschlaf neben einer Geliebten, nie so unbedenklich allein mit sich selbst und dem Sack (der wieder trocken im Rücksitz lag).

Er hatte einen Mercedes für eine Nacht, fuhr auf Straßen des Hinterlandes in Richtung Süden, so weit wie möglich fort und in das Gebirge, das er zu Fuß, wie er wußte, nicht erreichte, beladen mit seinem Sack nicht erklettern konnte, denn es gab für ihn keinen Grund, ins Gebirge zu gehen (sowenig wie einen Grund, durch die Ebene zu laufen, keinen Grund, an verschiedenen Orten und nirgends zu sein, keinen Grund, zu Fuß zu gehen oder Taxi zu fahren, nicht Wein, sondern Bier zu trinken und Suppe zu löffeln –). Das Autoradio lief, sein Vergnügen blieb bei ihm, der Regen zog ab und gab hohe Massive frei, er fuhr in steilen Kurven durch Schluchten und Wälder, durch dichte Tannenschläge und Orte an Flüssen, mit Forellenteichen, Booten, Sägewerken, fuhr auf unbezeichneten Pisten und Holzfällerwegen, und verirrte sich in private Straßen, kehrte vor dunklen Gebäuden um, Hunde bellten entgegen und folgten dem Wagen, der Scheinwerfer scheuchte Tiere auf, Kröte, Dachs oder Igel nie gesehen, und die funkelnden Augen der Katze im Gras. Niemand außer ihm schien unterwegs, er fuhr durch eine Provinz, in der nichts passierte, und wußte nicht, welches Ding ihn betraf oder anging – Wasser, Bäume, Straßenschilder – oder überhaupt nichts anging außer der Nacht, die schwarz und von Sternschein blitzend um ihn war, duftend und klar wie keine vorher. Zum erstenmal erfuhr er nichts als Nacht, Nacht ohne Anlaß und Einschränkung, Nacht ohne Grund, Nacht, seine eigene, einzig und einmal, Nacht. Was war denn der Tod, ein Nachtmantel leer und weit, er bewegte sich in ihm, ohne anzustoßen (wenn der Schmerz ihn schüttelte, stieß er an). Er ging eine Weile am Straßenrand auf und ab, blieb stehen und atmete, ein und aus. In der Stille geschah etwas, aber was geschah. Ihm genügte die Nacht, und daß nichts geschah. Gegen Morgen parkte er in einem Gehölz, seine Freude hielt an, er schlief auf dem Rücksitz ein.

Er kam wieder zu sich im gestohlenen Taxi, im durchsonnten Gehölz nicht weit von der Straße, und bemerkte Lieferwagen, der Morgen war spät. Den Wagen ließ er am Waldrand, von weither sichtbar (der Schlüssel steckte, im Tank war ein Rest Benzin), und tippelte vom Gebirge mit seinem Sack, auf Waldarbeiterschneisen, markierten Wegen, sah Gras und Gestein, nie bemerkte Bäume, ihm fielen Akazien und Eichen ein. Er war an hellen Tagen unterwegs, ließ unbekannte Gegenden hinter sich – Farmen, Wasserfälle, Geröll und Brachland –, nachts hörte er Tiere laufen und fliegen, sprechen, rufen, seine Sorglosigkeit ließ ihn nicht allein.

Er wußte, der Mensch läuft weg, wenn das Sterben ihn einholt, da springt er aus dem Bett und macht, daß er wegkommt, gibt im Flugbüro Orte an, die nicht existieren, und fährt tagelang mit der Stadtbahn im Kreis. Die Leute waren alt, er war nicht alt, er stand in der Mitte seines Kalenders und dachte nicht über Dreitage/Viernächte hinaus. Das war die Ewigkeit einer Eintagsfliege, und täglich genug für den eigenen Verbrauch.

Der Sommer begann, er kam in die Nähe der Küste, dort hörte er reden von einem Koloß. Man sprach vom Koloß wie andere Leute vom Ätna, das Ding oder Unding lag an der Küste fest, war nicht mehr wegzudenken, ein Teil des Landes, und hatte ein beachtliches Alter erreicht. Sein BEACHTLICHES ALTER wurde oft erwähnt. Der Koloß lag nicht weit entfernt, also ging er hin (es gab für ihn keinen Grund, nicht hinzugehen). Wo etwas passierte, ging er hin (wo nichts geschah, war er sowieso), was immer passierte – er ging hin (und fand keinen Grund, nicht hinzugehen, obwohl ihn nichts zwingen konnte, hinzugehen, er konnte auch fortbleiben mit oder ohne Grund). Am Mittag kam er über den letzten Hügel, und sah das Meer, zum erstenmal, seit er weg war, das schwere Blau des Wassers, das leichte des Luftraums, und den blanken Horizont ohne Land und Schiff. Zwischen ihm und der Brandung, auf schlohgelbem Strand, in weitem Sperrbezirk, nur von Sand umgeben, befand sich, lag oder lagerte der Koloß, einzeln, unbeweglich und dunkel im Licht.

Was um die Absperrung wimmelte, waren Menschen, nicht, wie er geglaubt hatte, Kriechtiere oder Würmer. Das drängte sich, um den Koloß zu betrachten, stand dicht an dicht auf Emporen und Türmen, lief zu Tausenden durcheinander bis hart an die Brandung und lagerte in den Dünen und aß und schlief. Er sah überfüllte Parkplätze, Grills und Kioske, und Zelte, Sonnenschirme, steigenden Rauch. Er hörte Tennisschläge, Geschrei, Musik. Staubfahnen schneller Fahrzeuge trieben aufs Meer. Er folgte Verkehrsschildern zum Entrée, besorgte sich ein Dreitage-Ticket und studierte die Hinweise für Touristen:

– Verbot, die Sperrzone um den Koloß zu betreten, ihn zu bewerfen, zu bespritzen, zu beschießen oder zu füttern.

– Verbot, den Koloß in niedriger Höhe zu überfliegen, mit Blitzlicht zu fotografieren und durch Geräuschentfaltung zu beunruhigen.

– Uneingeschränktes Verbot von Stöcken, Lanzen, Wurfgeschossen, Spreng- und Feuerwerkskörpern, Schreckschußpistolen, Stinkbomben und Niespulver.

– Verbot, sich dem Koloß von der Wasserseite zu nähern.

Das Wort Koloß war schwarz überpinselt und an allen Stellen durch OLDIE FLOP ersetzt.

Er wurde im Mündungsgebiet eines Stroms entdeckt (aus dem Meer in die Untiefen abgedrängt?), von Helikoptern der Armee – wie vielen? – aus dem Wasser gehoben und auf den Strand gepackt, mit gigantischen Baggerschaufeln freigelegt, wobei man entdeckte, daß er lebendig war, aus wechselnden Öffnungen heißen Dampf entließ (geruchlos zu Anfang, dann furchtbar stinkend), ein sackartig praller Gigant in faltiger Kruste, ohne Kopf oder After, Auge, Nase, ohne Schließmuskel oder Maul, Geschlecht und Ohr – und Hörner, Rüssel, Flossen, Flügel, nichts – keine Gehwerkzeuge, Gelenke, Haare –, ein in sich geschlossenes Lebewesen, seit Monaten unbeweglich auf dem Strand, von Schußanlagen umstellt, unter Flutlicht gesetzt (an dunklen Tagen, im Regen und in der Nacht). RUND UM DIE UHR VON DER FACHWELT BETREUT (Teams von Wissenschaftlern und Veterinären, Militärs und Faktoten), ein Fremdvolumen mit unbestimmbarem Inhalt, Herkunft und Alter unbekannt, Findling aus Tiefenschichten des Meers – welches Meers? welcher Tiefe? – und alles Weitere war ungewiß. Ließ sich das Ding oder Unding am Leben erhalten (es nahm nichts zu sich und schied nichts aus), war es, im Trockenen lagernd, von Licht bedroht, Entfettungen oder Verfaulungen ausgesetzt, Schrumpfungen, Spaltungen, Erosionen, Verlusten von Blut oder Wasser, Salz oder Kalk, ein Jahrtausendbehälter voll Koprolalien, Krankheitserregern, Eiern, Aas oder Maden, Embryos, Mitessern, Wesen aus Gallert, war es unsterblich oder hinfällig schwach, welche Art der Beseitigung war da angebracht – in die Luft gesprengt, torpediert, erschossen – Flammenwerfer, Gift, Dynamit – unter Betonmassen aus der Luft begraben? Und wenn es sich erhob und im Meer verschwand, rutschend, pfeifend, aus Öffnungen dampfend – ja wenn sich sein Inhalt zu bewegen begann!

Er kletterte auf ein Aussichtsplateau und beschaute die Rückenflächen des Oldie Flop. Er glich aus der Höhe einem gestürzten Turm. Geräuschloses Beben rann durch die Haut – den Panzer? die Kruste? –, eine vegetative Elastik, ein Zeichen von Leben. Seine Landseiten waren mit Abfall beworfen, Büchsen und Flaschen lagen verstreut, Steine, Schuhe und faules Obst. Der Koloß lag auf dem Strand, mehr ließ sich nicht sagen, nichts Sichtbares sonst passierte, kein Laut war zu hören, keine Apokalypse entlud sich, kein Wunder geschah. Er stieg vom Plateau und schlief in den Dünen ein.

Die Küste um den Koloß war überfüllt, ein ununterbrochener Jahrmarkt war in Betrieb – Amateurverbände von Sportlern, Japaner auf Reisen, und Picknickvereine mit Fässern und Grillapparaten, afrikanische, indische, englische Bands (er hörte Schlagzeuge, Belafongs und Flöten), Verkäufer von Luftballons, Eis und Maronen (er hörte die heiseren Rufe in staubiger Luft), schwitzende Bauchladen-Händler mit klingelndem Spielzeug, Tänzer auf Teppichen und ihre Tiere, Äffchen, Hunde, ein Hut für das Geld. Konkurrenz der Taschendiebe und Bettlerfamilien, Glücksspieler, Fotografen und ihresgleichen, das stand und lief oder lag vereinzelt herum. Die GROSSE FISCHBRATEREI stand am Auslauf der Brandung, ein weißer Palastwagen mit Delphinen bemalt. Er saß oft mit Leuten an langen Tischen – Roßtäuschern, Windbeuteln, Ohrenbläsern –, redete, aß und trank wie alle, betrank sich wie alle und lachte wie nie. Was war denn der Tod, ein Tagmantel hell und weit. Die Nächte verbrachte er in wechselnden Mulden, rieselnder Dünensand, Wind vom Meer.

Als er morgens zur Küste kam, um O. F. zu betrachten (wie andere hatte er das Gefühl, der Koloß könne über Nacht verschwinden), stand ein Kind, ein Mädchen, allein zwischen Leuten und sah ihn an.

Er blieb stehn. Sie sagte: meine Katze ist weg.

Er setzte den Sack ab und sah sie an. Wo kann sie denn sein –

Weiß ich nicht, sie ist eben weg.

Ob Oldie Flop sie gefressen hat?

Der frißt doch nichts –

Vielleicht liegt sie irgendwo an der Straße –

Wieso. Da liegt sie nicht. Sie liegt doch nicht an der Straße –

Hast du nachgesehen?

An der Straße sitzt sie nicht.

Hast du – einen Bruder?

Sie nickte.

Vielleicht weiß er, wo sie ist.

Sie blickte in seine Augen und sagte nichts. Und nach einer Weile: vielleicht ist sie ja da drin. Sie zeigte mit dem Finger auf seinen Sack.

Da drin ist sie nicht – er lachte, damit es ihr gutging –, aber wenn du Lust hast, sehen wir mal nach –

Sie nickte.

Er zog den Sack zwischen sich und das Kind und schnürte ihn auf. Sie kam näher und sah in den Sack. Er sagte: in jedem Sack ist etwas, das man nicht sieht, man findet es nicht, aber da drin ist nichts, was beißt.

Er leerte den Sack aus. Seine sechs Siebensachen lagen am Strand.

Na? Keine Katze.

Das Kind schien erleichtert, fast froh, es lachte.

Jetzt weiß ich, daß sie woanders ist.

Sie ist bestimmt woanders. Wie heißt sie –

Tutchy –

So heißt sie? Oder nennst du sie so –

Alle sagen Tutchy.

Na, dann hoffen wir mal, daß sie bald zurückkommt. Sie sucht dich doch auch.

Das Kind machte einen Sprung, stand wieder still und nickte heftig. Es schien sich freuen zu wollen, versuchte zu lachen.

Du suchst die Katze, und die Katze sucht dich, sonst ist nichts passiert – wenn sie nicht an der Straße liegt.

Sie sitzt nicht an der Straße, sagt das Kind.

Er winkte ihr zu, sie blickte ihm nach. Dann war er, wie ein Feind, mit sich selbst allein.

Er lief auf der Straße, die er gekommen war, von der Küste weg durch die Dünen ins Hinterland. Mit großer Staubwolke fuhr ein Coupé vorbei, kam hinter ihm zum Stehen und rollte zurück. Er stand auf der Straße und wartete, was geschah. Eine junge Frau stieg aus, elegant in Weiß, eine schwarze Sonnenbrille blickte ihn an, ein grauer Handschuh winkte ihm zu –

Quasimo Piper, bist du das? Ist das denn möglich!

Hier schien etwas zu geschehen, aber was geschah. Die Frau – eine Dame? – umarmte ihn, ihr Mund war ein Schmetterling vor seinem Gesicht, mattrot flatternd, er hörte nicht, was sie sagte, ihre nackten Arme hielten ihn fest (ein Grund für ihn, den Sack auf die Straße zu setzen), er spürte die Wärme der braunen Haut. Dann hörte er: – Quasimo, wie lange her! – ein Jahr, zwei Jahre? – o Quasimo – (er merkte sich den Namen, für alle Fälle) – wie siehst du denn aus, verändert – du siehst wie verkleidet aus, schon wieder verkleidet? – was ist denn passiert – mit diesem schrecklichen Sack da – o Quasimo!

Aus weiteren Sätzen zog er den Schluß, daß der verwechselte Mensch da, der andere, mehr Steckbrief-Profil als Lichtgestalt war, ein öffentlicher Schatten, ein Fall für sich. Ihre Sätze flogen um ihn und durch ihn hindurch, ihr Geflüster hielt ihn fest: wohin fahren wir –

Komm! Sie schob ihre Brille ins Haar, ihre Augen blickten auf seinen Mund, graue Augen, schwarze, schwere Wimpern.

Sie flüsterte und küßte ihn auf den Mund.

Dann saß er neben ihr im Coupé, sein Sack neben ihrer Tasche im Kofferraum. Quasimo Piper schien ein Erlebnis wert. Er hatte den Namen nie gehört, und es gab für ihn keinen Grund, Q. P. zu sein, gewesen zu sein oder werden zu wollen, wie im Augenblick keinen Grund, es nicht zu sein. Und er gab ihr zu verstehen, daß Q. P., dieser Name – Diskretion vorausgesetzt und unter vier Augen – vielleicht, für eine Weile, sein eigener war. Ihr Blick flog schnell über sein Gesicht (er war seit vier Tagen unrasiert), Q. P., du hast dich verändert, was ist denn passiert –. Mit Q. P. war etwas passiert, ein Ding oder Unding (nicht zum erstenmal, seit er die Dame hier kannte), da mußte er etwas erfinden, das hatte Zeit. Drängender war die Frage: WIE HIESS DIESE DAME, und was hatte sie mit Q. P. zu tun. Er sah ihr Profil hinterm Bügel der Brille, küßte die Schläfe und flüsterte MIE –

O Mie – sie rückte zu ihm, fuhr aber weiter –, so hast du mich früher genannt, erinnerst du dich – und die anderen Namen? Vergessen, du Schuft. O nenn mich Mie und bleib dabei –

Er küßte die nackte Schulter und sagte Mie.

Sie war ganz gewiß kein GLATTES BLÄTTCHEN, sowenig wie er ein PATENTIERTER HUT, aber ihr Lächeln – sie schien es für sich zu behalten – machte ihn sorglos wie in guten Zeiten, daß er alles vergaß – was eigentlich – vergaß.

Das hättest du vor fünf Jahren haben können –

Es war ihr erster Satz nach der ersten Verführung, im Behagen eines Triumphes, der keiner war. Seine vagen Auskünfte hatten sie überzeugt, daß er Quasimo Piper war, in verzweifelter Lage – sie flüsterte: ACH DU ARMER und wiederholte: MIT MIR ZUSAMMEN WÄRE DAS NICHT PASSIERT. Und sie gestand ihm, mit feinem Seufzen, die Gelegenheit – wie lang schon – ersehnt zu haben. Was sie von sich erwähnte, war ohne Bedeutung, sie hatte Geld – wie ursprünglich auch Q. P. – und Vergnügen daran wie an sich selbst. Man fuhr, um ihn einzukleiden, in mehrere Orte, ihr mißfiel sein Sack und sie kaufte ihm einen Koffer, in dem, ihr zuliebe, der Sack verschwand, und fuhr nicht weit, aber schnell in ein STILLES HOTEL, und erst jetzt war Zeit, die Verführerin zu betrachten, üppige Schläferin, rosiges Blättchen, delikat wie das Zimmer mit Blick auf Rasen und Park.

Zwei Sommertage – und Nächte und Mie mußte weiter, ihr kamen Tränen, als sie sich von ihm trennte, und er war erleichtert, sie nicht verlassen zu müssen. Er küßte ihr Gesicht, und sie küßte ihn wieder, er küßte die duftenden Hände, und sie hielt still. Sie notierte Adressen für ihn und schrieb einen Scheck aus, er brauchte kein Geld, sie schob ihm den Scheck in die Tasche – DU, VERSPRICH MIR, MELDE DICH, WENN DU DA RAUS BIST –, brachte ihn und den Koffer an einen Bahnhof, er stand vor dem Eingang und winkte ihr nach.

Er holte den Sack aus dem Koffer, verschenkte den Koffer (ein Mann kam vorbei, mit Kindern und Beuteln beladen) und verstaute im Sack, was er weiterhin brauchte: Kleider, Rasierzeug, Seife und Kamm. Er saß ein paar Stunden im Zug, ging dann wieder zu Fuß, elegant in Quasimo Pipers Schuhen, anonym in seinem alten Jackett, lag schlaflos in Hotels, schlief häufig im Freien, sah rauchigen Himmel über beschädigter Landschaft (wechselnd mit unangreifbar leuchtender Luft), aufgegebene Baustellen, leere Hangars, veraltete Industrie und verbrauchte Berge, und Areale dampfend am Horizont. Die Gegenden hatten noch nicht die Kraft der Steppe, die Offenheit der Savanne, den Umraum der Wüste, doch was er bemerkte, wies darauf hin – Siedlungen, Wasserläufe, Gehölze –, daß die vorletzte oder letzte Verwandlung bevorstand. Und mehr als der Zustand der Erde erstaunte ihn, daß es heitere Tage gab und klare Nächte, Gärten mit Blüte und Duft an dröhnenden Pisten, Leute mit offenen Gesichtern, atmend, lachend, und Arm in Arm unterwegs zwischen Schlot & Schlacke, grüne Grasländer, blaue Luft.

Dann standen – er wußte nicht, was passierte – drei Typen vor ihm auf dem Fahrweg und hielten ihn fest, schoben ihn zwischen sich herum, rempelten ihn und den Sack, zuerst den Sack.

Was hast du zu verkaufen, Amigo. Du hast doch was zu verkaufen, na los, zeig uns mal, was du zu verkaufen hast –

Er hielt sich aufrecht und sagte: nichts.

Habt ihr das gehört, er hat nichts zu verkaufen! Man stieß ihn, dann warf man ihn hin und her, zwei konzentrierten sich, einer lachte.

Ihm wurde der Sack von der Schulter gerissen. Er sagte: was soll das –

Was das soll! Hat man gehört, er fragt, was das soll. Wir erklären dir, was das soll. Wenn du nichts verkaufst, dann hast du was zu verschenken. Na los – was ist in dem Sack. Sie zeigten ihm seinen Sack und erwarteten was.

Er empfand keine Angst und nahm nicht wahr, daß hier seine Chance war, erschlagen zu werden, massakriert und beseitigt zu werden, in seinem Sack? Im Sack oder nicht im Sack – beseitigt zu werden. Der Sack wurde aufgerissen und ausgeleert. Der eine leerte den Sack, der andere wühlte, der dritte hielt ihn fest, falls er weglaufen wollte. Ihm wurde vorgeführt, was er wußte: im Sack war nichts zu verkaufen und zu verschenken, sie ließen den Sack und den Inhalt liegen. Er hörte: – der hat doch nichts – na los, komm weg – eine rein, und fertig.

Sie unterhielten sich mit ihm. Der erste, mit Fäusten und Fußtritten, machte ihn fertig. Der zweite erledigte ihn mit seinem Lachen. Der dritte zog ihm die Schuhe aus. Er lebte noch, als er zu sich kam, die Chance, getötet zu werden, war vorbei. Er lag auf dem Rücken und lernte atmen, dann kroch er aus dem Graben und lernte gehen. Alles von vorn: den Sack einpacken – hören, sehen, Blut abwischen – schlafen, sprechen, trinken, essen – das Licht für möglich halten, den Schmerz abtasten – und wieder war eigentlich nichts passiert.

Auf der Seite ZEIT UND WELT einer Wochenzeitung las er:

Der seit elf Monaten am Strand von ABC lagernde Koloß unbekannter Herkunft – Oldie Flop – ist am frühen Morgen des dritten Juni von unbekannten Terroristen gesprengt worden. Bisher hat sich keine Organisation zu dieser Aktion bekannt. Gegen 5 Uhr 30 näherten sich zwei Helikopter von der Meerseite und feuerten, wie vermutet wird, mehrere Raketen auf den Koloß, der sofort explodierte. Aus Löchern und Spalten entwichen heiße, übelriechende Dämpfe mit an- und abschwellendem Grunzlaut. Etwa die Hälfte des außerordentlichen Volumens wurde zerfetzt und in die nahe und ferne Umgebung geschleudert. Soweit zu erfahren, handelt es sich um dampfend heiße, fleischartige, nasse Teilstücke verschiedener Art und Größe, sowie ledern verkrustete oder quallenhaft weiche Stoffe. Ein zähflüssiger, dunkler Schleim scheint den größten Schaden angerichtet zu haben. Die von der Flüssigkeit Betroffenen starben schnell oder wurden mit lebensgefährlichen Verbrennungen in Kliniken der Küstenstädte eingeliefert. In den kilometerweit auseinandergestreuten Inhalten des Kolosses fanden sich menschliche und tierische Knochen, verfaulte Mengen von Hölzern und Pflanzen, Hornteile von Vögeln, gewaltige Massen von Maden, Larven und Eiern, Aalen und Egeln, und Metalle in säurezerfressenem Zustand. Da der Koloß seit elf Monaten von Schaulustigen dicht umlagert war, sind neunundzwanzig Tote und dreihundert Schwerverletzte zu verzeichnen, zweihundert weitere Personen werden vermißt. Der Rest des Kolosses und seine weithin verstreuten Partikel wurden vier Stunden lang mit Desinfektionsmitteln und Meerwasser besprüht. Alle Sport- und Spielplätze, Campingplätze und Badestrände im Umkreis der Katastrophe wurden umgehend geräumt, alle noch auffindbaren lebenden Personen unter Quarantäne gestellt. Bis auf Spezialeinheiten von Polizei und Armee ist die Küste menschenleer. Die touristischen Einrichtungen dieser Region verzeichnen empfindliche Einbußen, der Küstenstrich wird weiträumig umfahren oder gänzlich gemieden. Der immer weiter aus dem Restkoloß schwelende Gestank scheint alles bisher bekannte oder für möglich Gehaltene um ein Vielfaches zu übertreffen. Der Koloß selbst scheint schnell zu verfallen, das heißt zu schrumpfen, offenbar unter Einwirkung hochsommerlicher Temperaturen, die gestern bei 32 Grad Celsius lagen. Fachleute verschiedener Fakultäten und Reporter aus aller Welt beobachten den Schauplatz von Dünen und Schiffen aus fünfhundert Meter Entfernung. Ungeklärt ist, was mit den Überresten des Kolosses geschehen soll. Und niemand scheint bisher zu wissen, welche Art von Giften oder Bakterien durch die Explosion freigelegt wurde, ob zum gegenwärtigen Zeitpunkt Gefahr von Ansteckung besteht und Seuchen in Zukunft möglich sind.

Nachts, wenn er einschlief, sagte der Schmerz: Du kommst nicht so einfach davon, dich laß ich nicht laufen, du bist mein Großes Fressen, mein Einziges Fressen, du bist mein Erstes und Letztes Fleisch. Läßt denn die Katze die Maus aus den Krallen? Nein. Das geht nicht so schnell, wie du glaubst, das zieht sich hin – oho, der Schmerz frißt nicht alles auf einmal, der kluge Schmerz läßt sich Zeit, das zieht sich noch hin. Du gefällst mir, Hooligan, dich laß ich nicht los.

Am Morgen war er wieder unterwegs, was der Schmerz verkündet hatte, war nicht mehr da. Das Leben war da und ließ sich Zeit, der Schmerz ließ sich Zeit, das Geld und der Sommer, er brauchte nicht viel und hatte Zeit. Sein Sack war älter geworden, zerschabt, voll Flecken, doch was ging ihn der Sack an, sein Alter bedeutete nichts, er war sein Sack, derselbe, ungefähr schwarz. Was ihm begegnete, war nicht neu, was die Leute redeten, war ihm bekannt, das Straßenlaufen war alt, der

Verkehr, die Lokale, die Hotel- und Autobuspreise, der Staub und die Sonne. Neu war der Sommer im Land und die warmen Nächte, er kaufte gebrauchte Kleider, schlief oft im Freien (und wachte in fremder Umgebung auf), schwamm oft in Seen, wusch Sack und Kleider, saß oft im Schatten der Bäume und sah die Vögel, wo kam so viel Laub und Unkraut her.

An einem Morgen lag er lange wach, hörte Wind und Regen und wußte nicht, wo er war, wie an langen Nachmittagen, von Hitze betäubt. Er wußte nicht, wo er lag, die Umgebung war fremd – ein Bett, ein Gasthofzimmer, in welchem Land – , der Sack kam ihm sonderbar vor, seine Kleidung stank. Er hörte den Regen wie vor hundert Tagen, als er am Abend BC verließ, ein nasser Abend im März war kein guter Start. Er fuhr durch Nässe und Dunkel in Richtung Süden. Die Autobahn war ihm vertraut wie der Anblick von Kiefern, die der Scheinwerfer aus verwaschenem Dunkel schnitt. Für Angst oder Langeweile war keine Zeit, er vermißte Zigaretten, sonst fehlte ihm nichts. Gegen Morgen verließ er die Autobahn. Er parkte in einem Waldweg, kroch auf den Rücksitz und schlief im Geräusch des Regens ein. Im Geräusch des Regens wachte er auf, die Nacht war vorbei, der Holzweg von Nässe grau. Im Zwielicht fuhr er durch Dörfer und Weiler, kein Lebewesen war sichtbar, kein Fenster erhellt. Menschenleere war ihm nicht bekannt. Wenn er nachts durch die Metropole fuhr, sah er Menschen im Flutlicht vor hellen Fassaden, seine Nächte waren gefüllt mit Lärm und Musik. Er stoppte den Wagen und sah die Leere, voll triefender Straßenbäume und niedriger Bauten, er bemerkte Bierlokale, verwahrloste Kirchen, weiträumige Farmen mit Höfen und Schuppen, und empfand die Stille als feindliche Kraft. Verwundert entdeckte er eine Katze, sie stand auf der Straße und sah ihn an. Hier schien etwas zu geschehn, aber was geschah. Die Katze verschwand, und er fuhr weiter, auf schmalen Chausseen tauchten Fahrzeuge auf, Scheinwerfer sprühten fahl durch die Nässe entgegen, in entfernten Farmen bemerkte er spärliches Licht. Er hörte den Regen wie vor hundert Nächten und begriff, daß sein Umweg zu Ende war.

Im Frühstücksraum war er der einzige Gast. Durch warme Nässe trabte er zur Station, eine Holzbaracke an nicht überdachtem Geleis. Im leeren Triebwagen fuhr er nach Gottwohin, dort hielten IC-Züge nach BC. Nachmittag, fünfzehn Uhr, ein Weltraum aus Weißglut, als der IC durch die Vorstädte fuhr, immer langsamer durch die rauchigen Vorstädte fuhr. Am Terminal Westend verließ er den Zug, hier kannte er sich aus, dies war sein Eden – hier war sein Trottoir, sein Bordell, sein Biertisch –, und warf seinen Sack, verbrauchte Kleider, in die Müllbox hinter dem Taxistand. Etwas geschah mit ihm, aber was geschah. Er nahm eine Zigarette und steckte sie an, rauchte im Schatten mit Blick auf den Warschauer Damm, der dröhnend von Autobussen im Licht verschwand, dann war die Zigarette zu Ende geraucht. Er überlegte die Strecke zu seiner Wohnung, die Luft war stechend heiß, vor ihm stand ein Taxi, doch wollte er lieber laufen und sehen, was geschah. Er lief um vier mal fünf Ecken, und nichts geschah. In der Glut schien BC von Lebewesen verlassen, die Steinwüste hart und weit auseinandergerückt. Hinter Markisen verschwand sein TORINO, sein Supermarkt, sein JOURNAL & TABAK. Das ging nicht so schnell, wie er glaubte, das zog sich hin. Er schleppte sich ohne Besinnung ins Treppenhaus, und die Treppe hinauf vor seine Tür. Ohne Schlüssel stand er vor seiner Tür. Dann saß er auf der Treppe und ruhte aus. Was seine Treppe gewesen war, seine Tür und die Wohnung dahinter, gewesen war, der Schlüssel hinter der Tür auf dem Boden im Flur, der Regen, die Frauen, die schlaflose Nacht, der Schmerz, der Zorn, die Zeit, gewesen –

– er lief die Treppe hinab und verschwand in BC.

Die Ruine des Präsidentenpalastes

Die Insel ist seit sechs Jahren außer Betrieb. Ihr Name *Regierungsinsel* wird ignoriert, die Geschichte an Ort und Stelle sich selbst überlassen, in Touristik und Propaganda nicht mehr erwähnt. Die neuen Landkarten zeigen noch ihre Konturen (das Innere des Areals wurde retouchiert) und verzeichnen sie unter dem Namen *Insel der Tauben*, der vierhundert Jahre alt und vergessen war. Nach ihrer Zerstörung geschah nichts mehr – von Plünderungen und Bränden abgesehn –, nichts wurde dort aufgebaut oder abgerissen, von Land geschafft, verschleppt, verwertet, der neue Staat hat keinen Gebrauch für die Stelle, er nimmt die Metropole als Schauplatz wahr. Die neue *Vermögensverwaltung* verbietet den Zutritt, die alten Warntafeln wurden durch neue ersetzt, vor baumbestandenen Ufern, in roter Schrift.

Das vernichtete Schilf wächst nach, die Rampen verfallen, die ins Wasser gesunkenen Bäume fallen weg. Daß die Insel nicht mehr bewohnt wird, steht außer Zweifel, doch will man nicht wissen, was in den Ruinen passiert. Es gibt noch Gebäudeteile, die kaum zerstört sind, mit erhaltenen Mauern, Betondecken ohne Risse, und es ist noch die Rede von Katakomben, von verschütteten Kellern und verminten Schächten, die nach der Befreiung der Insel kein Fuß betrat. Das Unheimliche wäre der Mensch und sein Erscheinen, nicht vertraute Geräusche am Tag und Gefackel im Dunkeln, was hin und wieder vom Land aus beobachtet wird. Man stellte fest und berichtete in den Medien, daß das Rollfeld der Insel für Landungen präpariert war, das heißt von Geröll befreit und in Eile planiert, nächtlicher Umschlagplatz einer östlichen Mafia, Drogentransport durch die Luft und auf schnellen Schiffen (auch war die Rede von Söldnern, Spionen, Waffen), man sicherte Spritvorräte und Batterien und entdeckte Reifenspuren in Sand und Schlamm – ein Zwischenfall, heißt es, der keine Fortsetzung fand. Seither liegt die Insel im Wasser wie jede andere (Politkadaver, sinistere Aura für jeden, der den Ort als Abgrund in Erinnerung hält), märchenlos, leer, ohne Flügelschläge der Diren, von Geschichtsschreibung frei, von Legenden noch nicht entstellt, von falschen Helden und Märtyrern nicht besetzt, ein Stück Land ohne Wesen mit unverfänglichem Namen, das neuer Verwilderung, dann Wildnis anheimfällt, ein Brachland ohne Verwendung, ein toter Punkt.

Die Flußufer auf der Höhe der Insel – Befestigungen, Depots, Militärstützpunkte, Kasernen und Villen – wurden restlos eingestampft, zu Terrassen gewalzt (sommerlanges Getöse der Abrißmaschinen), der Schutt von Großraumtransportern ins Land geschafft. An ihrer Stelle sind Parkanlagen entstanden, Rasenflächen mit Treppen zum Wasser hinunter, Sport- und Spielplätze, Campings, ein Tiergehege, von der Metropole mit Bussen zu erreichen, man entdeckt einen Bootsverleih und eine Piscine. Ein Friedensschauplatz mit gepflanzten Platanen und Ulmen, gestifteten Ruhebänken an Promenaden, einer Anlegebrücke für Ausflugsschiffe der *Sternfahrt*, ein paar Imbißhallen mit Fastfood, Kaffee und Bier. Man kann von dort aus im Boot jeden Punkt erreichen, die Inseln, Regatten und Flußhäfen weit im Westen, die großen Fähren der Metropole im Osten, mit Ausnahme jener Insel gegenüber, die unbenannt bleibt und im Bogen umfahren wird. Was zur Zeit des Diktators möglich war, daß staatliche Ornithologen die Insel besuchten, nach Wasservögeln forschten und Nistplätze zählten (in Begleitung von Offizieren, zweimal im Jahr), wurde nicht mehr beantragt und nicht versucht. Der Baumbestand verfällt, die Gehölze wuchern, viel neuer Wildwuchs belebt die verheerten Böden, und ganz andere Tierwelt ergreift von der Erde Besitz. Eine ganz andere Klientel profitiert davon, Wilddiebe und Amateure auf lautlosen Wegen, Naturexperten als Wassersportler verkleidet, die die Ufer von Booten aus fotografieren und die verminten Plätze im Innern kennen. Das Betreten der Taubeninsel bleibt untersagt. Doch kann der neue Staat nicht verhindern, daß die Insel ein zweites Mal erobert wird, ohne Absicht der Vernichtung, von Zivilisten.

Die Taubeninsel

Größte der sieben im Fluß verstreuten Inseln, baumbestandenes Land mit Sümpfen und Hügeln, Lagunen und Brücken, zwölfhundert Meter Länge in träger Strömung, von hundert auf dreihundert Meter Breite wechselnd, von flachen Buchten gesäumt und bewaldeten Kuppen, die steinig und steil aus dem Wasser gehen. Brieftauben-Etappe vor vierhundert Jahren, die Station – *Der Turm* – stand hell auf dem westlichen Steilhang, zwanzig Meter über dem Flußland und weithin sichtbar – *ein Backsteinbauwerk mit blinkender Ziegelspitze, die den Reisenden fernher zu Lande und Wasser herbeiwinkt*, eine Tagesreise entfernt von der jeweils nächsten, Lestyn im Osten, Chalastrow im Westen, Besitze des Adels, die verschwunden sind, dort flogen geheime Botschaften ein und aus, an Taubenfüßen befestigt, in ledernen Kapseln. In der Nähe des Turms stand ein steinernes Wachthaus, nicht weit eine Meierei mit Holzstall und Scheune – des Geflügelbauern mit Knechten und Mägden –, ein Fahrweg führte zum einzigen Bootssteg der Insel.

In Jahrhunderten geschah nicht viel. Wie auf allen Inseln und Ufern wurde gejagt, Wildsäue in großen Herden, Wildgänse und Wachteln, Bekassinen, Rotwild – *füllte die breiten Kähne, Blut, Pelze und Federn, drückte die Barken hart in das leuchtende Wasser*. Der Falke flog auf und kreiste über dem Baumland, und Hörnerklang schallte durch die Niederungen. Fischreiche Gewässer, Goldbarsche, Karauschen und Hechte, es wurde mit Netzen gefischt und mit Lanzen gestochen. Die übrigen Inseln waren nicht bewohnt. Dort wurden gestohlene Pferde verborgen gehalten, dort hielten sich Flußpiraten und Liebende auf. Heuschiffe schwammen vorüber, verstaubt, überladen. Der Verfolgte stieg an Land auf der Flucht vor Häschern und Hunden, der Wilddieb stellte Schlingen im Unterholz auf.

Während einer Herbstjagd vor zweihundert Jahren entdeckte der Fürst Rossigo die eigene Insel und befahl ihre Umgestaltung in einen Park. Aus Paris kam der Maître L'Arrouge mit seiner Gefolgschaft, Vierspänner mit Ingenieuren, Botanikern, Köchen, Laboranten und Kartenzeichnern, Geräten, Plänen, man richtete sich für zwei Jahre beim Fürsten ein, in Baracken und Pavillons des entstehenden Parks. Man ließ Wurzelwerk, Sämereien und Zierpflanzen kommen – zweihundert Arbeitskräfte aus Dörfern des Fürsten –, ließ asiatisches Fruchtholz pflanzen und nördliche Eichen, Rabatten anlegen, Terrassen zum Wasser ziehn. Es entstanden ein Palmenhaus, ein intimes Lustschloß, eine russische Kirche und zahlreiche Tempelruinen, verbunden durch Wege mit idealem Gefälle, in offenen Schneisen erscheinend vor Licht und Wasser, *auch fehlten nicht Weidegebiete mit edlem Gestüt*. Der alte Taubenturm wurde mit Rinden verkleidet, mit kupferner Kuppel und Wetterfahne bestückt. Fontänen plätscherten unter hohen Buchen, und Goldfische schimmerten in durchsonnten Bassins. Im Tierhaus war Lama, Zebra und Löwe zu sehen, man besichtigte Schildkröten, Affen und spielende Bären, drei chinesische Tierpfleger wurden eingestellt. Die Voliere widerhallte vom Lärm vieler Vögel, das girrte und zwitscherte über den Fluß zu den Ufern – die Pfauenschreie, das Kreischen der Papageien, Geröchel und Rachengelächter des Kleinen Beo. Es wuchsen Lärchen, Ginkgos und Luftwurzelbäume, vereinzelte Winterlinden und Haine aus Buchs. Es entstand ein Labyrinth aus Rosen und Efeu, und ein Flecken Urwald, von Schlinggewächsen umrankt. Jahrzehnte später bewegte man sich auf Pfaden, die hier seit Jahrhunderten vorhanden schienen, und durch Wälder dicht und alt wie die Schöpfung selbst. Die Vorwelt, die Zeit der Barbaren, war spurlos versunken, die Gegenwart glänzte mit galanten Festen, Liebeslauben, Regatten, Feuerwerken, mit Sommerabendkonzerten und Picknicks am Fluß. Der erste Vergnügungsdampfer legte an, die Boote der Ruderclubs und der Anglervereine, ein staatliches Fährschiff setzte Besucher über, man kassierte Eintrittsgeld und erließ Verbote – DAS BETRETEN DER RASENFLÄCHEN, DAS BADEN, DAS RAUCHEN. Papierkörbe, Toiletten, Ruhebänke, verschiedene Öffnungszeiten im Sommer und Winter, ein Kiosk mit Broschüren und Limonaden und ein gepriesenes Panorama der Insel: die sinkende Sonne über dem Fluß.

DIE REGIERUNGSINSEL

Während eines Tiefflugs in seiner Maschine entdeckte der Präsident die herbstliche Insel und befahl ihre Umgestaltung zu eigenem Gebrauch. Sie wurde am folgenden Morgen konfisziert, von Rollkommandos der Armee geräumt, das Fährschiff von Youngsters der *Freien Miliz* usurpiert und der Rest des Tierparks niedergemacht. Die Bewohner wurden ins Hinterland evakuiert. Die Tiere flüchteten oder wurden erschossen, verbluteten im Laub und trieben im Fluß. Ein Bär wurde sterbend an Land geholt, biß einem hilfreichen Herrn zwei Finger ab und krepierte auf der Stelle, die Finger im Maul. Staub in der Luft und Schlieren von Blut in der Strömung. Die Verwandlung der Insel in eine Großbaustelle. Auf Kähnen und Fähren wurde hingeschafft, was zum Bau der Regierungsinsel notwendig war – Schwertransporter und Jeeps, Traktoren und Kräne, und Schaufelbagger und Bulldozer aller Stärken, Lastschiffe voll Material und Betonmischmaschinen, Synthetik und Holz und Eisen in allen Formen, Versatzstücke, Fertigteile und Dynamit. Das Schilf und die Ufergehölze blieben verschont, als Verkleidung zukünftiger Bauten vorausgeplant. Im Inneren der Insel wurden Schneisen geschoben, Kanäle gegraben und Hügelhänge gerodet, doch blieben die Baumbestände zur Hälfte verschont. Gärtnerei und Glashaus blieben unangetastet und die Voliere – warum – wurde nicht zerstört. Die Papageien wurden ins Freie getrieben, im Flug erschossen, mit Stöcken am Boden gekillt. Bautrupps und Sondereinheiten der Armee. Drei Dutzend Häftlinge aus dem Staatlichen Knast. Der Präsident wurde täglich zur Insel geflogen, im Jeep übern Bauplatz gefahren und angehört, im Gefolge von Adjutanten und Baustellenleitern, hinterließ Befehle und flog davon. Im Baulärm stellte man fest, daß er leise sprach, nicht gewillt oder fähig, die Stimme zu heben – man drängte sich um ihn, um ihn zu verstehen –, ein *Flüsterer* aus Prinzip oder Infamie? *Der Flüsterer*, ein Gerücht und ein Name mehr. Die Bauleitung lag im Ermessen des Obersten Stass, eisern-getreuer Gefolgsmensch des Präsidenten, Exekutivkumpan seiner ersten Stunden, und Bauchef des *Bunkerpalais* in der Metropole, des Flughafens und des zentralen Straßensystems. *Des Flüsterers Brüllaffe mit dem leeren Kopf*. Der *Regierungspalast* lag in Plänen fest, ein Bauplatz wurde bestimmt und wieder verlegt, aus Gründen der Sicherheit immer wieder verworfen, dann auf der Insel aus dem Boden gestampft.

In den Bauschächten stieg das Grundwasser an, obwohl der Winter trocken wie wenige war, und wurde durch Dränagen zum Fluß gepumpt. Das Wasser stieg, der Kreislauf beschleunigte sich. Nach venezianischem Muster – Pfähle auf Beton – errichtete man die Fundamente der Bauten, von steigenden Kosten wurde nichts erwähnt. Auf triefendem Grundstein entstand der Palast, feuerfestes Kastell aus Beton und Eisen, mit bombensicheren Fenstern und Dächern aus Glas, modernstem Alarmsystem (Elektronik, Radar), umgeben, das heißt umbaut, von verschiedenen *Zentren*, die Kaserne der Armee, Garagen und Hangars, Büros und Appartements der Zivilangestellten, Gefängnis, Rollfeld, Kantine mit Bar und Bowling, intimes Bordell unter Bäumen mit Blick zum Fluß – ein unzugänglich in Mauern verpacktes Gelände, gesichert von Luftabwehr, von Patrouillen umfahren, nicht sichtbar vom Fluß, hinter Gürteln aus Schilf und Wald. Wachttürme von Buschwerk umgeben, und Flutlichtanlagen, die die Insel vom Wasser aus und im Innern erfaßten, die gepanzerte Fähre, die Anlegebrücke, die verminten Pontons vor der Insel im Norden und Süden. *Hier entkommt kein Fisch, kein Schwein, kein Mensch* – Gelächter. Das nördliche Ende der Insel blieb unbebaut, Morast und Wald von elektrischen Zäunen umgeben. In Gruppen und einzeln standen die hohen Bäume, im Hof der *Spezialabteilung* die alte Voliere, mit irrepfeifenden und verstummten Vögeln. Ein Küchengehilfe warf Essensreste hinein. Es folgte *Die Nacht nach dem Einzug des Präsidenten*, offene Nacht des Präsidiums und seiner Leute, der Politangestellten und Offiziere. Die Messe des Palastes war überfüllt. Der Präsident war anwesend und betrank sich, ließ Sonnenbrillen reden und Uniformen und übergab sein Wort einem SDP. Was verkündet wurde durch ihn, ging in Beifall unter, Refrain aller Intonationen der *Neuen Zeit* – die Wüste dem Boden gleichmachen, warum nicht, einen Friedhof bombardieren oder ein Meer, ein Volk tätowieren mit Gesetz und Pflicht – der Nachdruck von Macht beantwortet alle Fragen. Eine Nacht im Sommer, man teilte Champagner & Frauen, Musik & Gelächter kam über das Wasser geflogen, die Fähre setzte betrunkene Chargen über, der Palast war unter Kontrolle, der Tag begann.

Papa Plomb

Woher der Name stammt, konnte niemand sagen, und ob er ihn je erfuhr, wurde nicht bekannt. Falls er ihm zugespielt wurde durch Indiskretion, hat der Präsident an ihm sein Vergnügen gehabt. Ihm schmeichelte alles, was seine Person betraf, jeder Witz über ihn, jede Nachrede war ihm recht, er ließ sich nächtelang zur Person berichten und war sich selbst noch als Karikatur interessant. Man stellt sich vor, wie der Präsident reagierte – *Papa Plomb? Klingt gut, das muß was Französisches sein* –, ihm hätte auch Englisch oder Chinesisch gepaßt. Es folgte das übliche Lachen des Präsidenten – eine brüchige Lache aus offenem Mund.

Präsidenten sind starke Männer in Uniformen – verfettete Zombies der Macht, mißtrauische Greise, ihr Alter und ihre Erscheinung sind anonym, timide Brutale, von Jähzorn und Schreikrampf befallen, Kahlköpfe mit schwarzen Brillen und ohne Humor, von Intrigen und Leibwächtern eng umgeben, ihr zehnter Voresser lebt, neun andere sind tot. Ihr Lachen ist stereotyp, ein joviales Grinsen, ihr Auftritt gezielt und selten, die Rede dröhnt. Ihr Vermögen ist Schlauheit und Tücke, lanciert vom Geheimdienst, ihr Charisma Argwohn und Größenwahn ihr Beruf. Sie werden alt, dann steinalt und immer älter, und hausen in dunklen Palästen wie satte Eulen, die kein Mensch da draußen zu Gesicht bekommt. Papa Plomb schien die Ausnahme unter solchen Helden, ein Niemandsgesicht, gesund und dreist, ohne Augen (das Klischee, die schwarze Brille, galt auch für ihn). Er glich keinem Prototypen, denn er war jung, zu Beginn seiner Zeit nicht älter als dreißig Jahre, mit der Kragenweite und Schuhgröße eines Jungen, und kleiner als seine Minister trotz doppelter Sohlen (in seinen Namen wuchs er noch hinein). Kein Hund gewöhnte sich an seine Gewohnheit, in knallengen Stiefeln durch den Palast zu gehen, die Türen aufzureißen, in Fenster zu schießen, gejagt von Verdacht und Neugier, und häufig nachts. Er besaß – oder hielt sich – eine leibeigene *Virginia* – durchtriebener, kälter als er, seiner Schläue gewachsen –, die als praktisch-platonische Muse des Staatschefs galt, in der Öffentlichkeit an seiner Seite erschien, den üblichen humanitären Interessen folgte – Seife und Brot für die Armen und Schutz für die Tiere, Auftritte in Fördervereinen und Hospital. Sie galt als das gute Gewissen des Präsidenten (er hatte sie nicht aus dem Nachtclub ins Bett geholt), erschien als *Die schöne Virginia* in allen Medien und betrieb, betört von sich selber, die Überzeugung, familiär mit Land und Leuten verbunden zu sein. Sie beanspruchte im Palast das größte Appartement, die *Französische Suite* mit Veranda und Blick zum Fluß, ihr Umgang mit Frauen und Liebhabern war diskret, keine nächtlichen Überfahrten und Telefonate, kein Tête-à-tête in geparkten und fahrenden Wagen, es gab ein Uferhotel, das sie unterhielt. Virginias Räume waren verwanzt wie alle, sie improvisierte die heiklen und scheinbaren Rollen, der Präsident selbst kontrollierte die Bänder, wie die Bänder und Tonprotokolle der eigenen Suite, er belauschte sich selbst, allein, bei verschlossener Tür. Sein *Hang zu Frauen* war Gegenstand dreckiger Witze, er befingerte jede und gebrauchte alle, bestochene, bezahlte und unbezahlbare Nummern, und Frauen, die Virginia ihm überließ. Im privaten Vorführungsraum ließ er Filme laufen, wobei er Hahn oder Schubkarren spielte mit Frauen, die nie erfuhren, wer sie da drangsalierte, denn der gut bezahlende Liebhaber war maskiert.

Die Staatsgeschäfte erledigten seine Minister, von Erfolgen und Krisen ließ er sich berichten, er kümmerte sich um Geheimdienst, Armee und Sport. Seine Mitarbeiter verließen sich auf sich selbst. Er hatte sie aus der Verwandtschaft zusammengetrieben, aus bewährten Komplizenschaften und alten Gangs, und den Dr. Vermeer, seinen einzigen Duzfreund, direkt aus dem Knast in das Sportministerium geholt. Der Innenminister war seine rechte Hand, sein Schlagring im Handschuh aus Leder, sein *Schlangenzahn*, er selbst unternahm oder regelte eigentlich nichts, verließ die Insel nur ungern und privatisierte – in Dunkelkammern und Schlafzimmern, im Geheimdienst –, und erledigte seine Geschäfte per Telefon, *des Flüsterers Stimme*, der *oberste Telefonist*. Ob er wußte, was vorging im Staat, konnte niemand sagen. Was wußte der Präsident und was wußte er nicht. Was wußte Virginia und was wußte sie nicht. Was verbarg sie vor ihm, wer informierte sie (daß sie Informanten bezahlte, war ihm bekannt). Was wurde ihm hinterbracht, von wem und wieviel, was geschah oder unterblieb nach seinem Willen, was wurde ihm vorenthalten, aus welchem Grund, wer waren die Katzen und Mäuse in diesem Spiel. Was wußten Virginia und er von den Deportationen, von den zahllosen Frauen, die auf der Insel verschwanden, von Exekutionen und Folterungen im *Camp*. Papa Plomb gab nicht zu erkennen, was in ihm vorging, er hielt sich im Hintergrund, penetrant undurchschaubar, die

Leute im Geheimdienst mißtrauten ihm. Unter ihm war das öffentliche Leben verödet, die Gesellschaft gelähmt oder scheintot, die Presse stumm. Man ging gereizt und freudlos auf eigenen Wegen, der Humor kam abhanden, die Höflichkeit, die Kritik. *Eine ausdruckslose Bevölkerung, die Sie da haben* – der Satz eines Staatsbesuchs, an Virginia gerichtet. Der Präsident saß alle Gefährdungen aus, sein Waffenhandel lief glatt durch die Rattenlinien, und solide camoufliert in den Großraum der Mächte; die Ausbildung seiner Söldner galt als die schärfste, und er vermietete sie an die halbe Welt.

Das Personal

Das Personal bestand aus achtzig Personen, mit dauernder Arbeit und Wohnung auf der Insel, von Virginia persönlich betreut, und das hieß: überwacht. Der Präsident wußte wenig von diesen Leuten, nahm Probleme und Händel kaum zur Kenntnis, und hielt sich *den Haufen da* durch Verachtung fern. Ihn interessierten Flugzeuge, Frauen und Macht. Er kannte ein paar von den Damen und Offizieren, die Vornamen seiner Leibwächter und Chauffeure, er hatte Vertrauen zu seinem Piloten und schätzte den Innenminister, Dr. Kreng. Der bewohnte mit Frau und zwei Söhnen ein Nebengebäude – der einzige Politiker auf der Insel – und hatte das Recht, den Präsidenten zu stören, in seiner Gegenwart Zigarren zu rauchen, seine Leibwache zu beanspruchen und zu reden, das hieß seine Meinung offen darzulegen, ohne Rücksicht auf Virginia und ihren Anspruch, die politische Stütze des Präsidenten zu sein. Sein politischer Kopf – und Tatmensch war Dr. Kreng, von Virginia mit Haß ohne Hemmung drangsaliert, was Minister und Präsidenten gleichgültig ließ. Es gab Hausmeister, Laufburschen, mehrere Köche, *Be-*

dienstete aller Art, meist ältere Frauen, die technischen Spezialisten für alle Belange – Elektroniker, Feinmechaniker, Reparateure – und es gab die Kaserne mit dreißig Elitesoldaten, zuständig für die Sicherheit auf der Insel, Patrouillen zu Wasser und Land und Kontrollen der Fähre. Es gab die Geheimpolizei des Präsidenten, zwölf *unschlagbare Schweinehunde* mit eigenen Rechten, und ihre Chefin, als *Sekretärin* geführt. Es gab ein paar *Mitarbeiter* und *Adjutanten*, und etwas abseits die Damen in ihren Flats. Fast jede Person galt als Informant oder Spitzel – die Prostituierten, aber auch die Köche –, und es gab den Pferdeburschen Oblada Tu. Er war der einzige Mensch auf der Insel, der weder bespitzelte noch bespitzelt wurde, ein schweigsames schwarzes Idol, sehr geschätzt von den Damen, ein friedlicher Riese, der nur mit den Tieren sprach. Er betreute den *Tierpark* der Armee, vier Reitpferde, sieben Schäferhunde, zwei Doggen, und lebte allein mit einem gezähmten Wolf. Er war der einzige Farbige auf der Insel und hat die Vernichtung als einziger überlebt. Er schwamm flußabwärts mit dem Wolf davon und tauchte mit ihm nach zehn Tagen im Ausland auf. Als er vom Untergang der Insel hörte, *da hat er lange gelacht und den Kopf geschüttelt, kein Wort gesagt.*

Die Monumente

Sie standen sichtbar auf Plätzen der Metropole, längs der Autobahn in Kilometer-Abständen (gußeiserne Löwen und Generäle), an den Peripherien, auf dem Belvedere, Kothurn und Pomp nationaler Ehrenhallen, und Säulen und Siegestore verschiedener Zeit. Die politischen Denkmäler wurden abgeschafft, am Tag als der Präsident die Macht übernahm, die Kommunisten verschwanden in der Versenkung (im zerschossenen Ehrenhof des Palais Ballot), demolierte Schnauzbartköpfe, zerschrammte Schädel, ein Lenin, ein Alba, ein Don Corazolla, Vorkämpfer von Freiheit und Recht mit gestreckten Fäusten, Philosophen aus Marmor und Könige aus Granit, Ordensbüsten und Kronen, in Stücke gehauen, lagen wochenlang in der Metropole herum. Ein kleiner Napoleon (sitzend) verschwand im Müll, ein Großer (stehend) an tiefer Stelle im Fluß. Zwei rumänische Könige wurden eingeschmolzen, ein Stalin mit Teer beschmiert an den Fluß gestellt, die Heiligen von den Brücken ins Wasser gestoßen, Museen und Kirchen von der Armee umstellt. Der *Parnaß auf den Fluren der Insel* wurde geplündert, ein Foscolo nach zwei Jahren in Mailand versteigert, ein Voltaire und ein Byron nach Schweden verkauft. Ein Jahr lang standen die Postamente verlassen und lagen in Parks und an Promenaden im Sand. Die Gebäude und Plätze wurden umbenannt, Gedenktafeln abgerissen und Gräber planiert. Dann tauchten die Helden des Präsidenten auf, aus Gußeisen, Marmor, Granit wie die abgeschafften, in Überlebensgröße und Uniformen, mit Waffen, Fahnen und Pferden wie jene zuvor. Ein neuer Napoleon (stehend) kam auf die Insel, stand im Kahlschlag am Ufer und blickte der Fähre entgegen, ein Köpfchen der *schönen Virginia* sah sinnend ins Nichts. Ein paar Generäle wurden aufgestellt, ein englischer Admiral und ein Skythe mit Pferden, der Parnaß an das Ufer verlegt und neu eingerichtet, mit vergessenen Häuptern der Akademie.

Standbilder von Frauen und Kindern blieben verschont. Sie wurden übersehen oder stehengelassen, weil Frauen in der Geschichte nicht viel bedeuten und das Kind als Gefahr oder Vorbild nicht existiert – diese Ansicht verkündete Dr. Kreng. Eine Frauenskulptur galt als Inbegriff der Verführung, als Verkörperung alles Fleischigen und Obszönen (man glaubt, das Gelächter der Generäle zu hören), und hatte Anspruch auf einen erlesenen Platz. Sie stand in Treppenhäusern, Museen, Stadien, in staatlichen Gärten und in der privaten Suite. Göttinnen, Nymphen, Karyatiden, Midinetten, Lolitas, Hetären und Musen, Frauen aus Sport, Theater und Spionage, Giftmischerinnen und Nutten und Kurtisanen, Galionsfigurinen aus Mythologie und Legende, Sklavinnen, Mägde und Damen der Borgia-Clans – der Präsident entschied sich für alle Nuancen, als homme à femme, als Lüstling, als Kavalier. Ein Mann wird ausgeraubt und dabei erschlagen, eine Frau im Akkord vergewaltigt und dann erwürgt – Zwischenrufe und Witze auf dem Parkett. Im Norden der Insel entdeckte ich eine Judith (mit dem Haupt des Holofernes, verschleimt von Schnecken) und eine Diana verwunschen im Efeugestrüpp.

Monumente entgingen der Vernichtung, wenn nicht bestimmt werden konnte, um wen es ging, wie die Klassiker der Antike und Chefs kleiner Staaten, honorige Wissenschaftler, lokale Juristen, auch lateinisch Beschriftete wurden respektiert. Wer war Petöfi? Ein Niemand in ungestüm-idealer Pose, und die Stiftung eines magyarischen Freiheitsvereins (überlebte im Schweizer Park an der Peripherie). Ein Lincoln aus Bronze wurde übersehen, und ein Tasso besprüht, aber nicht vom Sockel geholt. Unter Weiden am Fluß, gegenüber der Insel, überlebte unbeachtet ein kleiner Puschkin, vielleicht weil die Inschrift im Sandstein zerbröselt war.

Die staatlichen Monumente wurden bewacht. Sie verschwanden im Winter unter hölzernen Kästen, die bizarre Formen und seltene Ausmaße hatten (Pferdeschwänze, Zylinder, gezückte Degen), und auch ohne Bewachung so einschüchternd wirkten, daß kein Kind einen Schneeball nach ihnen warf.

Die Autobahn

Gegenüber der Insel die Landebrücke am Ufer, Glacis der Regierungsinsel, Kontrollpunkt A, und persönlicher Brückenkopf der staatlichen Crew. Dort war das Quartier der Leibwächter und Chauffeure, Garage, Bootshaus und Flugplatz des Präsidenten (ein privates Rollfeld befand sich im Zentrum der Insel). Hier wurden Personen und Fahrzeuge durchgecheckt, passierten im Schrittempo die Durchleuchtungsflächen, den enggebauten Slalom, die Spiegelpassage, der Präsident stellte keine Ausnahme dar. Er befolgte die Prozedur in der Überlegung, sein Fahrzeug könne manipuliert worden sein, seine Uniform verstrahlt, sein Termin gefälscht. Dort begann und endete der *Expressway*, der die Metropole mit der Insel verbindet (dort zweigte die Straße zum staatlichen Flughafen ab), zehn Kilometer Piste durch flaches Land, von Elektrozäunen und Wassergräben gesäumt, vorbei an Tribünen und Aschenbahnen des Stadions, durch die Zielgerade der Rennbahn zur Peripherie, wo die Skyline der Metropole im Rauch erscheint. Die Gelände entlang der Stadtbahn wurden planiert, die Slums und die Straßenzüge geräumt, als Sperrbezirk eingerichtet und dichtgemacht. Menschenleere mit offenen Horizonten, was dort sich bewegte, wurde zusammengeschossen, ein Hund, eine Elster im Müll, ein verirrter Dieb. Immer neue Tote – Kadaver von Tieren und Menschen – wurden nachts, von wem, auf die Schnellbahn gelegt, von Lastzügen überrollt, von Kurieren zerrissen – Limousinen des Präsidenten, die weiterfuhren, mit geplatzten Reifen im Graben hingen, ein paar tote Chauffeure, ein blutender Offizier, aus leeren Gebäuden beschossen und ausgebrannt, Dynamit – und Bombenanschläge und ihre Folgen – Liquidierungen, Standrechttote, ein Scheinprozeß. Ein Terrorist war der Repräsentant seines Volkes, in Stellvertretung verhaftet und abgeschafft (die Recherche der UNO begann bei gefälschten Adressen und verlor sich im bürokratischen Maskenverleih). Kein Fuhrwerk verirrte sich in den *großen Trafic*, kein Hitchhiker hatte Grund, an der Strecke zu stehen. Die Ein- und Ausfahrten lagen verrammelt da, die Tankstellen abgerissen, die Parkings blockiert. Die Konvois des Präsidenten verkehrten selten. Man sah Füchse und Raubvögel auf der Fahrbahn, wie auf kleinen Straßen in der Provinz.

Die Nebengebäude

Zu den Nebengebäuden gehörten einzelne Häuser – wie der Bungalow des Innenministers –, von Zivilangestellten und Offizieren bewohnt. Sie hatten hier Zimmer, Appartements oder Suiten, die sie, der Vorschrift entsprechend, allein bewohnten. Die Familien lebten in der Metropole, in Siedlungen am Fluß, in den staatlichen Silos, der Aufenthalt auf der Insel war untersagt, auch in Notfällen wurden Passierscheine nicht erteilt. Diese Leute waren nie auf der Insel gewesen, man lebte vom Hörensagen und hörte viel. Das Leben beschränkte sich auf die freien Tage, man holte die Männer von der Fähre ab.

Die Kaserne stand frei auf zertrampeltem Rasen, ein gedrungener Plattenbau für dreißig Mann. Das Maschinen- und Pumpenhaus lag am Hang zum Fluß, dort wurden Dränage und Zentralheizung reguliert (dort war der einzige Hühnerhof der Insel, durch Drahtumzäunung gegen Füchse geschützt). Die alte Orangerie war erhalten geblieben, entrümpelt und eingerichtet als Restaurant, eine stuckverzierte Kantine mit Rundbogenfenstern, und Durchgang zur Bar im Präsidentenpalast. Es gab die Anlegestelle für Fähre und Schnellboot, ein Bootshaus für die Yachten des Innenministers, das Rollfeld des Präsidenten mit drei Maschinen – einer *Massima-Sponta* und zwei Helikoptern –, unter Flutlicht stehend und startbereit, zweihundert Meter vom Palast entfernt, und auf betonierter Piste direkt zu erreichen. Ein Sportplatz mit Hallenbad und Sauna für alle (unter herrischer Aufsicht eines Bademeisters), Vorratscontainer, Garagen, Geräteschuppen und verfallende Reste der Gärtnerei.

Das Bordell

Es lag außerhalb der Gebäudekomplexe, ein mattgrün gestrichener Holzbau zu ebener Erde, dezent unter Eichen versteckt und von Rasen umgeben, eine Treppe mit Stufenbeleuchtung führte hin, eine Klingel mit Sprechanlage für jede Suite (drei der fünf Suiten waren stets belegt). Ein *Empfang* mit Reproduktionen nach Rubens und Ingres, von Virginia frivol und nicht ohne Geschmack inszeniert. Es stand den Bewohnern der Insel zur Verfügung (Militärs, Polizisten, Privatangestellten), den Gästen Virginias und des Präsidenten, und war belegt mit vier Damen und einem Herrn. Die Damen tauchten auf und verschwanden wieder, der einzelne Herr wurde häufig ausgetauscht, nach Bestimmungen oder Wünschen, die niemand kannte, das Haus war ausgebucht und galt als *das Feinste*, übertraf die besten Häuser der Metropole (Fülle des Angebots, moderate Preise), und war Virginias persönlichste Création. Ein Ideal an Luxus und *Allégresse*. Man traf hier Madonnen aus Paris und Asien, fleischige schwere Slawinnen, sanfte Deutsche, mütterlich-reife *Fregatten* und scharfe Kätzchen, brasilianische Tänzerinnen und schwule Punks. Zum Angebot gehörte der edelste Cognac, die allerfeinste Musik und der beste Champagner, verläßliche Hygiene, diskrete Bedienung und der ausgesuchteste *Service* für jeden Wunsch. Ob der Präsident dort als Kunde erschien, ist nicht bekannt. Virginias nächtliche Auftritte sind verbürgt. Sie amüsierte sich dort wie keine andere, produzierte sich als Sophia, Patricia, Antonia, ließ sich beschlafen wie die gewöhnlichste Nutte und bediente die seltsamsten Freier mit Delicatesse. Sie erschien in der Öffentlichkeit mit blauen Flecken und duzte ihre Kunden beim Staatsempfang. Sie war der Grund für Eifersucht unter den Damen und Anlaß für Rivalitäten zwischen den Herren. Von diesem Gebäude existiert nichts mehr, es wurde mit äußerster Vehemenz zerstört. Gewöhnliche Wildnis wächst auf dem Grundstück, eine Stelle mit Taubnesseln und Holunder, nicht unterkellert und nicht vermint. Die Frauen verschwanden, man weiß nicht auf welche Weise, doch nimmt man an, daß einige überlebten, denn immer wieder hört man von alten Affären, die Namen von lebenden oder toten Kunden, bekannte Profile der Unterwelt.

Der Präsidentenpalast

Der Palast wurde mehrmals angegriffen, in der Absicht, ihn restlos in Schutt & Asche zu legen, endgültig zu ruinieren und abzuschaffen, dem Erdboden einzutrichtern als *Null und Nichts*. Er wurde bombardiert, mit Granaten beschossen, von Handgranaten in kleine Teile zerfetzt, von Kalaschnikows zersiebt und von Flammen gefressen. Es wurden Möbel und Treppen in Brand gesteckt, Computer zerschlagen und Betten zerhackt, Wände eingerissen und Kleider zerschnitten, da wurde mit Fäusten geschlagen, mit Stiefeln zerstampft. Unzählige kamen und plünderten die Ruine, es verschwanden die Wertgegenstände und Dokumente, die beschädigten Bilder und geheimen Papiere, Telefone, Kassetten und Fotografien (aus zertrümmerten, gesprengten Safes), Konserven, Flaschen, Parfüm und Schmuck. Ich kam vier Wochen nach der Plünderung hin und stand im Schutt, der alle Flächen bedeckte – Gemenge aus Ruß und Nässe, Holz, Scherben und Eisen –, dazwischen ein Päckchen tunesischer Zigaretten, die Virginia nur bei *persönlichen Anlässen* rauchte, eine verschlammte himmelblaue Schachtel mit der zierlichen Darstellung eines Kamels. Im versumpften Hof lag ein ungeöffneter Safe, die Terrasse der Lounge war schwarz von getrocknetem Blut. Die Chefetage war runtergebrochen, die Französische Suite mit der hübschen Veranda verschwunden, wie die Schlaf- und Arbeitsräume des Präsidenten, das Film- und Fitneßstudio, die Abhöranlage, die privaten Baderäume und alle Büros. Im Erdgeschoß waren Mauern erhalten, ein paar Zimmerecken mit Stufen und Säulen, und man ahnte noch, wo Kantine und Küche war. Vor allem Drähte und Kabel lagen herum, als habe man sie von der Insel zusammengetragen, Leitungen, Röhren und Rohre, verbogen alle, und Waschbecken, Wannen, Behälter aus Blech und Email. Ein scharfer Geruch trieb in Schwaden über die Insel (und wurde wahrgenommen an beiden Ufern), es stank nach verkohltem Schutt und verfaulendem Fleisch. Die Voliere stand unbeschädigt inmitten der Trümmer, ich fand ein paar tote Vögel, von Luftdruck zerrissen, stieß auf Reste menschlicher Körper und Uniformen, auf Kadaver von Katzen und Mardern und halbe Hunde, auf Land- und Wasserratten bei jedem Schritt.

Ein Bauplan der Insel existiert nicht mehr, Entwürfe und Grundrisse wurden nicht entdeckt, überhaupt keine Unterlagen tauchten auf *(Vernichtet auf Anordnung des Präsidenten? Aus Gründen der Sicherheit in Verwahrung gebracht?)*. Da das Fundament erhalten blieb und der Grundriß, falls nötig, rekonstruiert werden kann, sind die Ausmaße des Palastes noch vorstellbar. Es soll sich um vierzig Räume gehandelt haben, das betrifft die sichtbaren Teile der Architektur –

ein quadratischer Betonklotz um einen Hof, mit vergitterten schmalen Fenstern im Bodengeschoß, einem Bunker ähnlicher als einem Palast. Was darunter verborgen lag, wurde nicht bekannt, durch Vernichtung und Abbruch nicht ans Licht gebracht. Man hörte von *Höhlen* und *Unterkellerungen*, von *Anlagen, Kasematten* und *Wassergewölben*, darunter stellte jeder sich was anderes vor, vielleicht ein Totenhaus, ein Labor, eine Sauna, ein verborgenes Bootshaus mit Zugang zum Fluß. Man sprach ein Wort wie *Labor* nur zögernd aus, selbst *Büro* oder *Sauna* enthielten Nebengeräusche, und bedrohlich erschien der allgemeinste Begriff – *Behälter, Anlage, Unterkellerung*. Das Wort *Kasematte – die Kasematten* – war unheilvolles Geflüster in jedem Kopf. Andere tauchten auf und verschwanden wieder – *Warteraum, Spiegelschlauch, Verließ* und *dead end*.

Ich war es, der die Kasematten entdeckte, die unterirdischen Räume, den staatlichen Abgrund, der von so vielen Begriffen vernebelt war. Ich suchte ihn nicht, oder suchte ihn ohne Absicht, und nicht innerhalb der verschütteten Fundamente. Es mußte ein Zugang von außerhalb existieren, ein zweiter Einstieg, ein Fluchtweg, naturgetarnt, und wie ich vermutete, zu der Rollbahn hin. Die Baugeschichte von Festungen und Palästen ist eine Moritat der Tapetentüren, der Zwischengeschosse und verborgenen Treppen. Blaubarts verbotener Raum – ich bin Architekt – befindet sich in jedem politischen Bau, der private Bunker, der bombensichere Sarg, der Reservebezirk für den Kapo und seine Gang. Ein zusammengeklappter Schuppen – verkohlte Bretter – überdeckte eine Platte aus rostigem Blech. Unter ihr ein Deckel aus kugelsicherem Glas (irritierendes Material an dieser Stelle). Das Verschluß-System, Elektronik, war zerstört, die Platten bedeckten eine quadratische Öffnung, eine kurze Eisenleiter und einen Schacht.

Ich kam am gleichen Tag auf die Insel zurück, wie fast immer in der Gewißheit, allein zu sein, in Gummistiefeln und wetterfester Montur, mit Kamera, Taschenlampe und Tränengas-Spray, einer Atemschutzbinde und zweihundert Metern Schnur, mein Ariadnefaden im Labyrinth. Ich befestigte sie an der Leiter und stieg in den Schacht.

Mein erster Eindruck war wie vorausgesehen: eine Unterwelt voll Finsternis, Wasser und Schutt. Ich durchwatete lange einen stygischen Flur und gelangte in ein Betonquadrat voller Türen (geöffnete und geschlossene Tore und Klappen), das Kerngehäuse der Unterkellerung, ich schätze zehn Meter senkrecht unter dem Hof. Der Treppenschacht zum Palast war gefüllt mit Schutt, die stürzende Last hatte mehrere Türen gesprengt. Ein Clubraum mit Ledersesseln, Computer und Bar, unter Wasser und menschenleer wie jeder Raum. In jedem Raum Telefone und Aircondition, verkleidete Tastaturen und Television. Alle Gegenstände von Nässe und Schimmel bedeckt. Ein umgestürzter Stuhl, ein Paar Schuhe im Wasser – Zeichen von Unordnung, Merkmale plötzlicher Flucht. Ein Schlafnest, ein Boudoir voller Spiegel und Kissen, ein paar Zellen mit Pritschen und Eimern, ein Abtritt, drei Bäder, eine gelb gekachelte Küche mit Tiefkühlanlagen, Verfaultes und Matschiges aus geplatzten Behältern, was mal Frucht, mal Fleisch, mal Gemüse war, belebt von Madenmillionen, ein Teig aus Aas. Das Lüftungssystem war zerstört in fast jedem Raum, und stärker als Schreck und Beklemmung war der Gestank, gegen den meine Atembinde wenig half. Ich bemerkte keine Ratten – warum keine Ratten – und keine Wassertiere und keine Kröten –, fand aber sehr schnell jene nie bewiesene Kammer, die geahnte, legendäre, für möglich gehaltene, die private Folterkammer des Papa Plomb. Es gab hier Kerzen und Scheinwerfer, Sessel und Betten, und Ölbilder weiblicher Akte vor blauen Tapeten, der Chef hatte hier die intimen

Gäste empfangen, Interessenten und Spezialisten der eigenen Sorte, ich entdeckte eine Hausbar und Schränke voll Kleider, ein paar Instrumente im Wasser und auf den Möbeln, das Sortiment lag geordnet unter Verschluß – komplizierte Feuerzeuge und Peitschen und Nadeln, kammartige Besen aus Drähten und scharfe Messer, und befremdlich runde Dinger wie Kugel und Ball.

Ein Gegenstand hing von der Decke herunter, menschliches Lebewesen zu seiner Zeit, noch erkennbar als weiblicher Leichnam in furchtbarem Zustand, ein formloser Stumpf zwischen Fäulnis und Mumifizierung, schwankend im starken Strahl meiner Lampe, vor wechselndem Mitspiel des Schattens auf dunklen Tapeten – aber das war nicht, was ich sah. Es gab keinen hängenden Toten in diesem Raum. Ein Gaukelbild meiner Überreizung, der folgerichtige Schlagschatten eines Wahns. In die saalhohe Decke geschraubt waren Haken und Ringe, mit elastischen Seilen verbunden, ich zählte drei. Die Auserwählten hingen hier frei im Raum (und ich halluzinierte, was weiter mit ihnen geschah), an gefesselten Handgelenken, entblößt und blutend, zentimeterscharf eingepaßt zwischen Decke und Boden, der als Nagelbrett oder Teppich zu Füßen lag, die ausgestreckten Zehen berührten Boden und verspürten momentlang die Illusion eines Halts. Und ich rechnete aus, was weiter mit ihnen geschah. Papa Plomb wurde aus dem Zuchthaus beliefert, aus verschiedenen Anstalten, aus dem Irrenhaus. Es gab einzelne Namen, dokumentierte Fälle, alles Weitere blieb Dunkelziffer und Spekulation. Ihn stimulierte der politische Häftling, und weibliche Kriminelle bezauberten ihn, in übersichtlicher Zahl, zur privaten Behandlung, eine dehnbare Fleischbeschau mit letalem Schluß. Was geschah mit den Angetöteten und den Toten, den *noch am Leben Gelassenen* und den Verbrauchten. Auf welche Weise wurden sie weggeschafft, aus den Kellern und von der Insel, von wem und wann. Gab es Särge, Container, Sammeltransporte, oder wurde tranchiert und vergraben, verflüssigt, verbrannt. Ich entdeckte kein ofenähnliches Ding im Raum. War Virginia Teilnehmerin oder Gast der Séancen, aus freiem Interesse oder gezwungenermaßen, ist es denkbar, daß ihre Geliebten hier abgeschafft wurden, oder blieb diese Art des Vergnügens vor ihr verborgen, ein Spiel, das allein den Präsidenten betraf.

Ich hatte die Schnur nicht umsonst durch die Gänge gezogen. Sie schlängelte sich im Wasser, ich zog sie straff und watete ohne Mühe zum Ausgang zurück. Die Deckel lagen locker und ließen sich schieben, auf der Insel war Nachmittag wie vor wenigen Stunden, ein bedeckter Himmel über Ruinen und Bäumen – Winterlinden, Zedern, Uferweiden. In der hautnahen Stille bewegten sich einzelne Vögel, ein Lastkahn röhrte nicht sichtbar nach Osten vorbei. Ich bedeckte den Eingang mit Sand und Hölzern und schob Blätter herum, um die eigene Spur zu verwischen. Windstöße rieselten kalt auf die Haut, ich war naß von Schweiß – das Haar, das Gesicht, die Kleider –, stand ohne Handschuhe da und merkte, daß die Kamera unten geblieben war. Ich hatte vergessen zu fotografieren und nur die Taschenlampe zurückgebracht.

Da Teile der Insel noch immer vermint sind, verließ ich mich auf vertrauten Boden, auf meine Trampelpfade, auf meine Bucht.

Der neunte April

Nach vierzehn Jahren und dreißig Tagen war die Herrschaft des Präsidenten vorbei (*... jene finstere verkommene Operette ... jene Ära des Mordens und der Verkümmerung ...*). Die politischen Kreise waren auf nichts gefaßt, Militär und Geheimdienst vertrauten ihrer Routine – und auf den gelähmten Nerv der Bevölkerung –, kein Mensch hatte etwas befürchtet oder erhofft.

Gegen morgen des neunten April, er war mondlos und trocken, flog das technische Zentrum der Insel in die Luft, von einer Streckenrakete genau getroffen, das gesamte Alarmsystem und die Wasserkontrollen, Elektronik, Radar, Telefon und Licht. Das passierte um fünf Uhr zwanzig (Sommerzeit), die Insel lag isoliert, ohne Licht, im Fluß.

Fünf Uhr dreiundzwanzig:

Eine nicht bestimmte Anzahl von Helikoptern erschien aus westlicher Richtung über der Insel und bombardierte die Anlegestelle, wobei die Fähre von der Landebrücke gerissen wurde und flußabwärts trieb, das Rollfeld und die Maschinen des Präsidenten (die alle beschädigt oder vernichtet wurden), den Eingang des Präsidentenpalastes und mehrmals die Kaserne, die auseinanderflog und zum Teil verbrannte.

Fünf Uhr fünfunddreißig:

Eine nachfolgende, wieder unbestimmbare und aus westlicher Richtung kommende Anzahl von *Flugapparaten* (vermutlich Helikoptern) bombardierte noch einmal die Kaserne, den Hof und die Wohntrakte des Palastes, die Wachttürme, das Maschinen- und Pumpenhaus sowie alle strategisch wichtigen Gebäude mit Ausnahme des Bordells und der Orangerie. Die Ummauerungen blieben verschont, offenbar um die Flucht des Personals zu verhindern.

Fünf Uhr fünfundfünfzig:

In der beginnenden Dämmerung tauchten die Umrisse der Insel auf. Sie brannte an verschiedenen Stellen und lag unter Rauch. Vom nördlichen und südlichen Ufer aus wurde sie pausenlos mit Granaten belegt und im Osten und Westen von Schiffen beschossen. Der Beschuß hielt etwa zwanzig Minuten an. Jede Person, die am Ufer der Insel erschien, sich schwimmend zu retten versuchte, wurde erschossen, jedes Boot vor der Insel, bemannt oder leer, versenkt. Man beobachtete einen Jeep, der von der Uferböschung rollte und im Schilf versank. Soweit sich rückblickend feststellen ließ, wurde kein Schuß von der Insel aus abgegeben.

Sechs Uhr dreißig:

Ein weißer Sonnenaufgang drang durch schweren Rauch und leichten Dunst. Etwa fünfzehn Motorboote, mit etwa zweihundert Milizionären (den Verantwortlichen des Aufstands) überbesetzt, und gefolgt von Kähnen und Booten ziviler Aufständischer, legten auf allen Seiten der Insel an. Es wurde geschätzt, daß etwa zweihundert schwerbewaffnete und fünfzig unbewaffnete oder mit *Geräten* ausgestattete Männer in das Innere der Insel vordrangen. Einige Boote blieben leer zurück und wurden von der Strömung flußabwärts getrieben. Zur gleichen Zeit, bei genauem Uhrenvergleich, wurden die Posten und Kontrollpunkte (an Flughafen, Autobahn und Zubringerstellen) außer Kraft gesetzt, das heißt überwältigt oder zusammengeschossen (es wurde getötet, aber auch inhaftiert). Alle politischen und militärischen Einrichtungen der Metropole wurden besetzt, mit Granaten und Schnellfeuerwaffen unter Beschuß genommen, von Bomben und Flammenwerfern in Brand gesteckt – die Kongreßhalle, das Rathaus, das Bunkerpalais des Präsidenten, die Zentrale des Geheimdienstes, seine Außenstellen und Garnisonen, Funk- und Fernsehstationen, Elektrizitätswerk und so weiter. In der Metropole kam es zu Schußwechseln, Totschlägen und Lynchaktionen. Die City brannte und qualmte an vielen Stellen. Die Zahl der Vermißten und Toten wurde nie genannt. Um sieben Uhr dreißig stellte sich die Armee, was nicht vorauszusehen war, geschlossen hinter die aufständische Miliz und ihre ausländischen und zivilen Hilfskräfte. Damit war der Aufstand beendet.

Dies sind ein paar Anhaltspunkte, die sich später ermitteln ließen und als zutreffend erwiesen.

Die Unbekannte

Die Unbekannte, *Lara* oder *Mara*, Ausländerin, fünfzehn Jahre alt (das scheint alles zu sein, was man von ihr weiß), wurde ein paar Tage vor der Befreiung der Insel von Virginia gesetzlich adoptiert. Sie soll diese Adoption gefordert und sofort bestätigt bekommen haben. So gelang es ihr, auf legale Weise, eine frische Geliebte in den Palast zu holen, und es schien sie zu amüsieren (sie amüsierte sich immer), daß das Kind als Nutte des Präsidenten galt. Sie hatte *im Wohlsein der Macht* alle Hemmung verloren, verrohte in Leidenschaften und Indiskretionen und galt als gefährlichste Intrigantin im Staat. Von den Leuten der Insel, die das Mädchen sahen (irgendwer muß sie gesehen haben), hat keiner den Untergang überlebt. Sie verschwand in den Zerstörungen oder danach, vergewaltigt von Marodeuren, vielleicht verschleppt, blieb wie Virginia seither verschwunden und ist – wie Virginia – zur Legende geworden. Man kann mit ihr umgehen, wie man will, und da das Bedürfnis nach Verklärung zunimmt, ist *die Kleine* fast zur Unschuld geworden, mißbrauchter Engel, *une fleur du mal.*

Wer war dieses Kind. Ein Import des Menschenhandels, eine Drogenheilige, eine Lumpenprinzessin, verwahrloste

Seele, einem Puff entlaufen. Nach ihr scheint sich niemand erkundigt zu haben (und wer hätte je riskiert, nach Vermißten zu suchen), eine von Tausenden, die spurlos verschwanden. Ein Satz, ihr nachgesagt und oft zu hören: *Sie muß eine Schönheit gewesen sein.*

Ein Bericht

Das Motorboot lag ein paar Meter vor dem nördlichen Steilhang. Wir wateten in Dreimeter-Abständen durch Sand und verfaultes Holz auf die Insel. Da lag schon der erste Tote, kopfunter auf dem Bauch zwischen den Baumstämmen, das Blut war aus der Halswunde über die trockenen Blätter gelaufen und glänzte noch. Der lag in Pullover und Hose da, hatte vielleicht Nachtschicht gearbeitet und war vom Computer weggelaufen, als dort die Hölle losbrach. Die Sträucher am Ufer waren runtergebrannt, ein paar umgestürzte Bäume qualmten noch. Der Hang war von Granateinschlägen aufgerissen, rausgeschleuderte Steine lagen bis weit in den Fluß. Ich war ausgerüstet wie jeder mit Maschinenpistole, Stablampe und Staubbrille, das war alles. Man hörte Schüsse auf der Insel und explodierende Minen, wer so was noch nicht gehört hatte, wunderte sich über den hellen scharfen Knall. Wir hörten auch Rufe weit weg, Hilferufe und Zurufe, und eine Menge Geschrei von Leuten, denen es schlechtging, die zu Ende gemacht wurden, was sonst. Tonio und ich gingen direkt nebeneinander in den stinkenden Rauch, der war voll von fallenden, hellen und schwarzen Flocken, so was wie Aschenregen, wenn es das Wort gibt. Ziemlich heiß, wir durchkämmten die Insel. Wenn wir einen Sterbenden fanden, erschossen wir ihn, es kam auf den Zustand an, oder schleppten ihn zu der vereinbarten Stelle hinter dem Palast, wir hatten am Abend vorher ein paar Pläne der Insel studiert. Dorthin trugen wir eine bewußtlose Frau, die halb nackt auf einem Kiesweg lag. Unter anderen Umständen wäre die Frau ein Anblick gewesen, sie war jung und hatte was in der Haut und die Haut war glatt, eine Wunde entdeckten wir nicht. Was mit ihr gemacht wurde, weiß ich nicht. In dem dichten Rauch überall, in dem heißen oder kalten Zwielicht auf der Insel, liefen allerhand Gestalten durcheinander in jede Richtung, ein paar von den Typen schleppten sich herum und hielten sich an Bäumen und Mauerecken fest, verbrannten sich da die Hände, andere krochen auf allen vieren zwischen den Trümmern herum oder hockten im Schutt, einer rannte weg und wurde erschossen, ich weiß nicht woher und von wem, er fiel um und war weg. Immer mal wieder stürzte eine Ruine zusammen, eine verkohlte Mauer fiel uns vor die Füße, hinter uns schlug ein brennender Ast auf den Boden. Seit wir vom Boot weg waren, schwitzten wir. Von einem unserer Boote kam viermaliges Hupen, aber was das bedeutete, wußten wir nicht. Dann kam uns ein Typ im Unterholz entgegen. Als er uns sah, machte er kehrt, aber wir holten ihn ein, wir holten ihn ein. Er sah wie ein kleiner verschmierter Neger aus. Der Kopf war halb abgebrannt und die Kleidung verdreckt. Er sagte nichts. Wir fragten ihn, aber er gab keine Antwort, keine Antwort, das macht in der Situation keinen guten Eindruck. Weil wir gerade am Rollfeld vorbeigekommen waren (zwei unserer Leute bewachten die kaputten Maschinen), konnten wir uns denken, daß unser kleiner schwarzer Typ auf dem Weg dorthin war. Er war ziemlich fertig, aber nicht verletzt, blutete nicht, bewegte sich noch normal. Er sah sich schnell, immer schneller in jede Richtung um und sagte nichts, der wollte auf gar keinen Fall den Mund aufmachen. Die Gegend hier kannte er, es sah so aus, aber ob er sie wiedererkannte, weiß ich nicht. Er sprang durch ein ausgebranntes Gestrüpp und lief in Richtung auf das Rollfeld weg, wir riefen *Stehenbleiben!* und so weiter, was man in solchen Fällen ruft, aber er lief immer weiter und wir schossen auf ihn. Er fiel vornüber auf das Gesicht, als wir hinkamen, war er tot. Wir legten ihn auf den Rücken und schauten ihn an, und Tonio, der weiß, was er sagt, wischte sich den Schweiß vom Gesicht, ließ sich Zeit dabei und sagte: ich glaube, wir haben Papa Plomb erwischt.

Die Tage danach

Der Leichnam des Präsidenten wurde verbrannt, sein Tod am Abend des Tages bekanntgemacht. Daß Papa Plomb nicht mehr lebte, war nicht zu bezweifeln, Amateure hatten ihn fotografiert, auf dem Boden der Insel liegend, ein leeres Gesicht. Am Tag danach war der Zugang zur Insel frei, wer wollte, ging hin und sah sich den Schauplatz an. Immer mal wieder ging eine Mine hoch. Das *Publikum der Befreiung* erschien gemischt, Goldsucher-Gesindel, Spaziergänger, Profiteure, Fotografen und Presseleute aus aller Welt. Man hackte und schaufelte in den Ruinen, schleppte Fundsachen ab, kampierte an kleinen Feuern und besichtigte auf dem Rollfeld die toten Maschinen. Man watete durch die Kloaken, kroch durch die Schächte und schlich sich in die entlegensten Winkel ein, entdeckte Tote und ließ sie liegen oder deckte sie mit Erde und Steinen zu. Musikanten und Eisverkäufer stellten sich ein, konkurrierende Bootsverleiher an allen Ufern und bettelnde Schwergeschädigte des Regimes. Man ließ sich vor Booten und Schutthaufen fotografieren, auf Trümmern posierend, mit Frauen und Milizionären, mit einem Pferdekadaver, vor einem Wrack. Der Tag war kalt, eine weiße Sonne, und ein leichter Ostwind vertrieb den Gestank. Am Abend wurde der Schauplatz geräumt, das gesamte Publikum auf die Schiffe gesetzt und die Insel *geschlossen auf unabsehbare Zeit*. Milizionäre mit Hunden blieben zurück. Sie verhinderten illegales Betreten der Insel und zogen nach vierzehn Tagen ab.

An den Tagen danach war die Metropole geschlossen, von Kontrollen und Straßensperren der Armee, von Ausgehverboten und Sperrstunden fast entvölkert, der Verkehr fiel aus, der Flughafen war gesperrt, die Autobushöfe verödet, die Bahnhöfe leer. Es verkehrten noch Unfallwagen und einzelne Taxis, rasend auf menschenleeren Boulevards. Man hörte Schüsse, Sirenen und Detonationen und hielt sich hinter verschlossenen Türen still. Auf Kreuzungen und Plätzen stand die Miliz, die Armee patrouillierte langsam in Panzern und Jeeps. Die Insassen aller Gefängnisse waren befreit, die Politiker des Regimes saßen hinter Gittern, am frühen Morgen verhaftet und abgeführt, zwei Minister wurden auf offener Straße erschossen, nach unzähligen *Vollmachtmenschen* wurde gesucht, Vollstreckern und Funktionären des Papa Plomb. Dr. Kreng, der Innenminister, wurde vermißt und am späten Abend von einer Streife gestellt, in einem Feuerwehrwagen ohne Sirene, als Milizionär verkleidet, mit falschem Bart, von einer unbekannten Dame begleitet, die die Streife, offenbar taktvoll, entkommen ließ. Er wurde ausgezogen und leergeprügelt und in blutigem Zustand zur *Exekutive* gebracht. Das Ausmaß der Plünderung war enorm – trotz Androhung hoher Strafen – und nahm noch zu (wie die Unzahl der öffentlichen und heimlichen Morde), ein munterer Vollbetrieb aller Gangs und Ganoven (der zukünftigen Republik und des alten Regimes). Der rudelte animiert durch die Dunkelstrecken, durch Höhlen und Afterquartiere der Guten Gesellschaft, durch die Beletagen der City und durch die Slums, zu Fuß allein und in sondergenehmigten Fuhren, und hinterließ einen ausgepowerten *Soot*. Dieses Loch in der Zeit blieb fünf Tage offen und wurde danach *Die Epoche des Ausgleichs* genannt.

– nehme ich meine Notierungen wieder auf, ein Jahr nachdem die *Studie* beendet ist. Sie ist Bruchstück, Teil einer Untersuchung, die von mir nicht vollendet werden kann. Ich bin damit einverstanden. In einer Studie der Wissenschaften sind die Hintergründe des Systems, die Charaktere der Protagonisten und Chargen, in erschöpfender Weise erschlossen und analysiert. Darüber vergehen Jahrzehnte, vielleicht das Leben. Das kann Aufgabe eines Teams von Historikern sein, meine ist es nicht, ich bin Architekt. Was ich in Zukunft notiere, betrifft mich selbst und hat mit System und Studie nichts zu tun. Ich will atmen. Kein Mensch, dem ich vertraue – die Geliebten und Frauen –, hat von den Verhältnissen profitiert, und keiner hat sie ertragen und keiner mißbraucht. Sie haben mir, wie jedem, den Atem genommen, die Zeit geraubt, die Biografie entstellt, das Lebensgefühl gebeutelt und erschöpft. Wem eigentlich wurde klar, daß zur *Unterwelt der Vollmacht* nicht viele gehören, daß es wenige sind, die die Verfälschung bestimmen, und daß sie ohne Ausnahme Reißwölfe sind. Kein Mensch braucht Kontrollen, Morde, Einschüchterungen, Schikanen der Polizei und der Bürokratie. Ich habe mich dem Regime verweigert, und verweigere mich der Genugtuung über den Sturz. Ich teile nicht die neue Zufriedenheit, in der man sich eigenmächtig entlasten und mit leerem Gedächtnis einrichten kann. Wo befinde ich mich. In einer Republik. Was soll das heißen. Meine Gewißheit ist, daß auf der Insel – für Jahre oder Jahrzehnte, und nur dort – kein neues Zentrum des Schreckens entstehen kann, während überall sonst und jederzeit die Deformation des Daseins betrieben wird. War es sinnvoll, in der Isolation, in persönlicher Art ohnmächtigen Zorns, eine Form des Widerstandes behaupten zu wollen. Ich halte das für Illusion. Illusion ist die

Folge von Bequemlichkeit, sie vermehrt sich ohne Ende und ohne Grund. Es ist niederschmetternd, historische Trivialitäten immer wieder als lebensbestimmend erfahren zu müssen, und im progressiven Rückschritt an Zukunft zu denken.

Ich bin tätowiert wie jeder, der überlebte, doch für Melancholie bleibt keine Zeit. Es geht um mich selbst, um mein Zeithaben, meine Zukunft, um meine Lebenden und meine Toten. Und es ging darum, die Privatheit zurückzugewinnen, jene immer gefährdete, unmittelbare Gewißheit, die durch das Dasein selbst gegeben ist. Ich habe erfahren, daß sie zerstört werden kann. Es geht um Unsinn, Freude und Jubel, ohne *Unsinn, Freude und Jubel* beim Namen zu nennen. Es geht um Selbstvergessenheit, Schlaf und Traum.

Und es geht um meinen Beruf als Architekt. Nach fünfzehn Jahren gigantomanischer Plattheit, byzantinischer Stillosigkeiten und schäbigen Pomps ist wieder die Zeit, an Architektur zu denken und Häuser zu bauen, die bewohnbar sind, Siedlungen einzurichten, die keine Silos, und Straßen, die keine Potemkinschen Aufbauten sind.

Ich bewohne wieder ein Haus am Fluß (kaufte es als Ruine und baute es aus). Es steht am Uferhang, zwischen Buchen und Kiefern, eine Steintreppe führt zum Wasser und an den Steg, ich besitze ein Boot. Von der Veranda aus sehe ich über die Ufer, in die südlichen Ebenen und auf den Nordteil der Insel, der unzugänglich war und weiter verwildert. Ich war nur noch selten dort und nie ohne Gewehr – es wurden Hunde und Affen ausgesetzt –, und fahre immer noch gern an den Ufern entlang, langsam und nah und atme den Duft der Bäume. Ich umfahre sie am frühen Morgen im Sommer, wenn die Brise kommt und die Wildnis von Vogellärm schallt. Ich höre die Rufe der Rohrdrosseln, Schnepfen und Amseln, der Kuckuck ruft, die Wildtaube gurrt, der Sprecht schlägt zu –

das schnalzt und pfeift und knattert im Unsichtbaren, als sei diese Insel über Nacht entstanden, taufrisch von der Schöpfung in den Fluß geschwemmt. Die Geschichte scheint untergegangen in Raum und Zeit, eine neue Wildnis löst ihre Rückstände auf. Ich bin dort gern allein, und gern mit Clarisse, die nie auf der Insel war und nichts von ihr weiß, so gern wie mit Joanna, die einmal mitkam, als ich den Herbst auf der Insel fotografierte. Am amüsantesten ist eine Picknickparty, vor den Ufern der Insel, in Begleitung der Schwestern. Joanna lebt seit zwei Jahren in meinem Haus, sie kennt die Geschichte der Insel vom Hörensagen und hat, wie sie sagt, *kein gutes Gefühl, wenn du da drüben allein bist mit deinem Gewehr*, und weigert sich, noch mal auf die Insel zu gehen. Sie weiß – und glaubt mir unbesehen –, daß der Kern dieser Wildnis eine Ruine, die Geschichte der Ruine ein Nachtmahr ist. Clarisse glaubt mir nichts. Sie verschwendet Heiterkeit, singt und lacht, beschenkt mich mit Unglauben, glaubt aber jedes Märchen und sagt: *Gott war mal ein Zeisig im Lorbeerbaum, verwandelte sich in einen Dieb, ja Dieb, und verschwand unter Menschen. Dort finde ihn mal, du kannst lange suchen, du hast es ja nicht geglaubt, du findest ihn nie.*

Im Sommer ist von den Ruinen nichts zu sehen. Sie liegen in Laub verpackt, von Dickichten verschlungen, Skelettwerk in Schlinggewächsen, Robinien und Moos. Sie erscheinen im Winter hinter kahlem Geäst, von Schilfgürteln hell umgeben, im Nebel verstreut. Es sind Reste von Mauern, die nicht an Zerstörung erinnern. Man stellt sich vor, daß dort Bauwerke existierten – Sanatorien, Fabriken, Sommerhäuser –, die aus unbekanntem Grund in der Zeit verschwinden. Die Insel erscheint als erloschene Cythera, mit den Umrissen alter Sumpfzedern, Eichen und Erlen, von wochenlanger Nässe geschwärzten Stämmen, der schnelle Ostwind sucht morsche Äste und wirft Hagel und Schnee in das Unterholz. Die Lastkähne dröhnen, die Krähen und Fischreiher fliegen, das ölige Wasser zieht träge und schwer vorbei. Im Januar friert der Fluß um die Insel zu. Es ist eine menschenleere Zeit, die ich liebe. Die Sonne blendet flach auf beschneites Eis, das von Rissen und Rinnen weit durchzogen ist. Wir laufen im frisch gefallenen Schnee um die Insel, Clarisse hat Freude an Pelzmantel, Stiefeln und Muff, sie deutet auf ihre Spuren im blanken Weiß, und Joanna fliegt uns auf Schlittschuhen schwarz voraus. Der Nordwind kommt kalt, fegt die Eisflächen frei, Schnee treibt in Fahnen über die spröde Bahn, häuft sich leicht und glatt an quergefrorenen Schollen, an alpin durcheinandergeschobenen Kanten und Spitzen. Die Insel liegt unschuldig weiß unter Schnee oder Rauhreif, erfrorene Fischreiher hängen in den Ulmen, lautlos und schnell entfernt sich ein Fuchs von der Insel, und wenn das Flußwasser gegen die Eisdecke prallt, das Eis mit nicht geheuren Geräuschen singt, wirft Clarisse mir besorgte Blicke zu und hält sich mit zögernden Schritten neben mir. *Ich würde ja wegfliegen, aber du läßt mich nicht –*

Ich habe das Angebot einer Firma erhalten, die Leitung einer zivilen Großbaustelle, ein Zweijahresvertrag zu guter Bedingung, an der Küste eines afrikanischen Staats. Joanna käme mit, Clarisse bliebe hier, oder ginge zu ihren Freunden nach Lissabon. Eine Zusage fällt mir schwer, eine Absage – schwer. O Clarisse! Ich war heute morgen nicht in meinem Büro. Ich bin ohne Zeit und Ziel durch die City gelaufen, habe Wein getrunken mit Blick auf die Boulevards (und nichts war entschiedener, als allein zu sein). Ich habe Wein getrunken und nichts versucht, nichts erinnert oder vergessen und nichts erhofft, noch weniger wahrgenommen, noch weniger, nichts. In diesen Augenblicken fiel es mich an – ein Taumel fort- und weiterreißender Freude –, und einmal werde ich das Wort nicht mehr brauchen – wenn das Wort seine Sache nicht mehr festhalten muß –, und sah die Leute da draußen im durchsonnten Regen, Tausende vorbei auf den Trottoiren, waren es Ungeheuer, waren es keine – und hatte von allem genug und mehr als ich brauchte –

Abraum

Er wachte auf von Geräuschen, die er nicht kannte, lag in der heißen Schwärze und hörte den Wind – DER IN DER WÜSTE BEGINNT UND IN IHR VERSANDET – flau und schwer im Blechdach des Schuppens, und die Atemzüge der schlafenden Männer, Schnarchen und Husten in seiner Nähe, und einen Laut, der nicht zu bestimmen war. Sein Moskitonetz war gerissen und oft geflickt, Löcher und Risse mit Schnur zusammengezogen, er hob es zur Seite und stieg vom Brett, schmales Zweimeter-Brett unter kratzender Decke, trat durch die offene Tür in die Nacht, stand im Dunkeln und horchte.

Die Hitze war unerträglich in allen Nächten, nicht auszuhalten in dieser Nacht, die EL RARR, der flammende Wind, zu ersticken schien. EL RARR war gefährlich wie Sonne und Gift, machte selbst den harten Kalibern zu schaffen und hatte Rauchern den Tod gebracht. In allen Camps, die er kannte, war irgendein Haken, der an die Nieren ging oder mörderisch war – Fäulnis der Regenzeit, Wanzen, Skorpione, verpestetes Wasser, Gestank von Aas –, und hier im C 17 war es EL RARR. Das Geräusch kam aus dem einzigen Baum, hoher schiefer Stamm am Nordrand des Camps, mit dünn und dicht durcheinandergewachsenen Ästen und dürftigen Mengen verstaubten Laubs. Aus dem Labyrinth kamen irrende Laute, Sausen und Schlagen bewegter Flügel, er suchte und fand eine Taschenlampe – sie hingen zu Dutzenden im Camp – und erwischte mit ihrem Strahl eine Fledermaus, die im Astwerk schwirrte, nicht ins Freie fand, klein wie ein Kolibri, aber ohne Farbe, wo kam in dem Camp eine Fledermaus her. Keine Seele hatte hier je einen Vogel bemerkt, es gab in der Luft Insekten und sonst nichts. Hatte EL RARR die Fledermaus irre gemacht? Sie hing unbeweglich an einem Ast, schien das Licht zu spüren und wartete ab. Er richtete den Strahl am Baum vorbei – er verlor sich als Dunstfleck hoch in der Nacht –, vielleicht daß die Fledermaus dem Lichtstrahl folgte und auf diese Weise ins Freie kam. Er erinnerte sich, daß die Fledermaus blind war – blind war auch der Maulwurf –, doch auf Licht oder Helligkeit reagierte, ein Nachttier, das Licht mit dem Körper aufnahm – er hatte vergessen, was er wußte –, und als er den Strahl in den Baum zurückwarf, war die Fledermaus nicht mehr da.

Er leuchtete durch die Äste, sie war fort.

Er machte das Licht aus, stand schwitzend im Dunkeln, hörte Husten und Schnarchen in den Baracken, und es kam ihm unglaubhaft, fast unheimlich vor, daß der Zwischenfall nicht bemerkt worden war.

1.

Ich bin untergetaucht, um am Leben zu bleiben, und wieder aufgetaucht im Camp, an der Seite von Leuten, die mich umlegen werden – killen, grillen, durch die Schraube drehn –, wenn sie rauskriegen sollten, wer ich bin. Ich bin Niemand, ein Nemo, das ist der Grund. Ich habe kein Standrecht durchgeführt, keinen Flammenwerfer bedient, kein Bordell geplündert, weder Waffen noch Dynamit transportiert und niemanden nachts durch die Linien gebracht. Meine weiße und schwarze Liste steht weit dahin, aber ich habe keinen Menschen geschändet, und das genügt. Ein Grund, sich den Typen mal anzusehn.

Die Art von Unschuld ist eine Weile her. Das persönliche Dasein ist vorbei – seit dem elften Oktober des letzten Jahrs –, eines der beiden Daten, die ich behalte, das andere betrifft den Schluß meiner LAUFZEIT, der Vertrag wird verlängert, sofern ich dann lebe und einsatzfähig bin wie der Killer vom Dienst. Die Chance hat kein Kind und kein alter Mann, eine Frau hat nichts. Die Chance hat nur ein Mann mit Gebiß und Kralle, der mit einer Knarre umgehn kann. Ein Dreizehnjähriger kann sie haben, wenn er glaubhaft macht, daß er sechzehn ist. Ich habe uralte Kids gekannt, gerissene kleine Stinktiere, Reißwolf-Pennäler, deren Alter kein Schwein gekümmert hat.

Der Morgen des elften Oktober war heiß und stank, die schlaflose Nacht war spät vorbei. Die City von Montza qualmte aus Höfen und Türmen, ich sah vom Hotelbalkon auf verödete Ufer, die Wellingtonbrücke lag im Fluß. An den Stumpf eines Pfeilers gerammt, hing ein altes Fährschiff, auf dem ich übersetzte an ruhigen Tagen, zu Parks und Karussells auf dem Gegenufer – seit Tagen menschenleer, von Gangs kontrolliert –, dröhnende Barke mit bespritzten Scheiben, Feuerlöschern und BADEVERBOT.

Die unteren Etagen des MANCHESTER waren geräumt, das Entree und der Lift zusammengeschossen, die Treppen dahinter existierten noch, von Brettern verrammelt bis in die fünfte Etage, wo zwei Räume und eine Suite noch bewohnt werden konnten, darunter die Nummer 5/9 von Annette und mir. Sie lag auf dem Rücken, ruhig atmend, als läge sie unter dem Himmel mit nacktem Bauch, aus der Wärme der Sommernacht in das Gras gefallen, und schlief, da die Einschläge aufgehört hatten, seit dem frühen Morgen, ohne sich zu bewegen, ohne Schrei und Seufzer, mit offenen Händen, ohne Sorge, seit sie zu mir ins MANCHESTER kam – eng umgeben vom Rest unsrer Utensilien, Gaskocher, Büchsen, Wasserflaschen –, Wasser und Licht waren Luxus aus anderen Leben, ich plünderte Mineralwasser an Kiosken, in Seitenstraßen erhalten, noch nicht entdeckt – Kleider und Zwieback und teure Konserven, ich schnitt mit dem Messer die Deckel auf.

Annette schlief weiter, ich stand vor dem Zimmer im Schatten, auf dem höchsten, letzten der dreißig geschwungenen Balkone, die mit Schutt behäuft von der Fassade hingen, im Schutz der Wand, mit dem Rücken nach Osten, die Strahlung des Sonnenaufgangs vor Augen, des verfluchten feurigen Frühlichts und seiner Stärke, die das Ausmaß der Zerstörung erbarmungslos bloßlegt – City von Montza, Bezirk aus Schlacke, Abgrund voll ungezählter Höhlen und Schächte, Gas, Qualm und Gestank aus nicht sichtbaren Schluchten, Massengräbern im Großen Schutt. Die Nächte sind besser, weil die Beleuchtung fehlt. Dem Licht entkommt keiner.

Ich sah sie kommen, näher kommen, durch die menschenleere Tiefe des Boulevard, neun Bewaffnete einer Miliz ohne Uniformen – Marodeure, Kommandos, Corps von Killern – drängten sich in die Hotels und verließen sie wieder, Bordelle des Zentrums, das MAAR, das NEW ZEBA, und orientierten sich auf das MANCHESTER hin.

Was das bedeutete, war klar, und was Annette bevorstand, wenn man sie fand. Ich besaß keine Waffe, weder Karte noch Ausweis, doch Taschen voll Geld, zog Khaki und Stiefel an, packte Geld in die Jacke, vermied es, Annette noch einmal im Schlaf zu sehn, und schloß die Zimmertür ohne Geräusch. Turnte auf Mörteln und Scherben die Stufen hinunter, durch lichtlose Bretterverschläge ins Entree, stand auf der Treppe im Halbdunkel, bis ich sie hörte, Stiefel, Stimmen, Handy – Signale, vom Trottoir durch die Drehtür, die splitternd klemmte.

Man sah sich gründlich in der Lobby um, durchsuchte nach Alkohol die verwüstete Bar, trat umgestürzte Hocker fort. Hinterm Tresen der Bar, auf dem Laufbrett, lag eine Puppe,

Schleifchen um den Bauch mit der Aufschrift Love. Sie wurde auf einen Tisch plaziert und von drei Revolvern im Akkord zersiebt, zuckte und tanzte in den Schüssen und verschwand unterm Tisch. Ich stand auf der Treppe und sah zu, der Raum war grau von hochgewirbeltem Dreck. Ein paar von den Typen hatten mich bemerkt, ich wurde in ihre Mitte genommen, schnell, geräuschlos, und umgedreht, mit Bauch und Gesicht an die Wand gedrückt, von Fingern und Fäusten abgeklopft, und als man das Geld fand, zurückgedreht. Sie standen vollzählig da mit ihren Blicken, mit ihren Schlappen, Kopfdeckeln, Waffen, bärtigen Kinnladen, nackten Hälsen, mit ihrem Schweigen neunmal hart und kalt. Dann eine Stimme: Wo kommst du her.

Von da oben. Ich zeigte hinter mich auf die Treppe.

Kommt das Geld von da oben?

Da oben ist nichts. Alles kaputt.

Wo kommt das Geld her –

Eine Gelegenheit vor drei Tagen, es war eine Bank –

Welche Bank.

Die West Credit, am Wasserzirkus –

Am Wasserzirkus, sagst du –

Ihre Unbeweglichkeit löste sich auf. Man rempelte durch den Raum und rauchte und schien das Hotel vergessen zu haben. Ein Kaugummi wurde mir angeboten, das Geld war weg. Der Chef der Patrouille war mir noch nicht bekannt.

Ich wurde nach draußen geschoben und abgeführt.

2.

Warum ich dabei blieb, mich nicht verdrückte, nicht über die Straße lief und verschwand – und einen Schuß in den Rücken riskierte –, mich unsichtbar machte in einer Nacht. Eine Stimme sagt: Die Gelegenheit war nicht da, du warst der Gefangene ohne Chance, und nach den Verhören so schikaniert, daß Schlaf ohne Traum dein einziger Wille war. Ich wußte damals genau wie heute, daß ich nicht im Verdacht war, ein Mensch zu sein, nicht umgedreht wurde von Spezialisten und nicht wochenlang unter Drogen stand. Ich glaubte leben zu müssen um jeden Preis, und wenn der Preis ein Nasenring war, an dem ein dressierter Affe mich hinter sich herzog. Was heißt Nasenbluten, mein guter Freund. Ich war vom Alleingang ausgepumpt, ging unter die Schläger, getarnt als Schläger, und blieb der einzige, der keiner war, der einzige, der noch glaubte, kein Schläger zu sein.

Am Ende der Einweisung in den Job – ein Mensch wird ausgeräumt, verstählt, vereist – erhielt ich einen gedruckten Text mit der Order: abschreiben, auswendiglernen, vernichten. Ich kopierte den Text mit Tintenstift, vernichtete die Kopie und das Original, wurde abgehört von einem Computer und behielt die folgenden Sätze im Kopf:

– BIG PARTNER (BP) begrüßt dich. Er folgt damit der englischen und hebräischen Sprache, die kein SIE kennt. Du redest alle Personen des BP mit DU an, und wirst von ihnen mit DU angeredet.

– du verpflichtest dich zu uneingeschränkter Solidarität mit den Zielen des BP, seinen Personen, Auftraggebern und Verbündeten.

– du hinterlegst deine Pässe, Ausweise und Versicherungskarten, alle Unterlagen und Dokumente im BÜRO des BP und erhältst einen Ausweis mit anderem Namen. Ausweis und

Namen sind gültig für deine Laufzeit, sie beträgt fünf Jahre. Du hältst den zivilen Namen im Camp geheim.

– du erhältst eine dreistellige Nummer (– – –). Du hältst die Nummer im Umgang mit zivilen Personen geheim.

– du erhältst eine vollständige Ausrüstung, Geräte und Arbeitskleidung nach Bedarf.

– BP zahlt dir eine Summe von monatlich (– – –) Dollars.

– bei Sondereinsätzen erhältst du a) Prämie, b) Zulage, c) Notfallgeld.

– BP garantiert angemessene Verpflegung und Unterkunft im Camp. Während des Arbeitseinsatzes ernährst du dich selbst.

– das Tragen von Uniformen mit Zeichen und Abzeichen, Achselklappen, Halstüchern und Anstecknadeln ist untersagt. Deine Uniform ist anonym. Sie entspricht in Schnitt, Farbe und Stoff dem internationalen Standard einer paramilitärischen Arbeitskleidung.

– du verpflichtest dich zu einer Grundausbildung von sechs Wochen ohne Freizeit.

– Besucher sind im Camp nicht zugelassen. Du betrittst und verläßt das Camp ohne Begleitung.

– Kontakte, z. B. mit Angehörigen einer Familie, eines Vereins usw., unterhältst du außerhalb des Camps unter deinem zivilen Namen, ohne Angabe deiner Adresse, d. i. das Camp.

– Kontakte im Camp unterhältst du unter dem Namen, den BP dir zur Verfügung stellt.

– was dich und die Arbeit des BP betrifft, bist du zu absolutem Stillschweigen verpflichtet. Du gibst nichts Schriftliches aus der Hand.

– BP übernimmt keine Garantie für dein Begräbnis/Grab im Fall deines Todes. BP garantiert angemessene Versorgung für den Fall von Krankheit oder Verletzung im Camp.

– während des Arbeitseinsatzes des BP gelten für dich die

gewöhnlichen Übereinkünfte im gesellschaftlichen und persönlichen Umgang mit Personen aller Art.

– im Fall von Gefangennahme, Folter u. a. m. ist absolutes Stillschweigen deine Pflicht.

– was dir während des Arbeitseinsatzes des BP an Gewinn zufällt, gehört dir.

– Aufnahmegeräte aller Art, Telefone und Fotoapparate sind im BP nicht erlaubt.

– in der Sprachregelung des BP gelten ohne Ausnahme die Bezeichnungen EINSATZ, ARBEITSEINSATZ, AUSHILFE, HILFSKRAFT, HILFSTRUPPE, HILFSORGANISATION, AUFRÄUMUNGSARBEIT und AUFRÄUMEN (AR).

– für Fragen und Auskünfte steht BP jederzeit zur Verfügung. BP hat ein offenes Ohr.

– die möglichst wörtliche oder sinngemäße mündliche und schriftliche Wiedergabe des vorliegenden Textes gilt als Unterzeichnung des Vertrags.

– Zuwiderhandlungen sind zu vermeiden, damit nicht gegen dich verhandelt wird.

– BIG PARTNER heißt dich willkommen. Er wünscht gute Zeit.

3.

Mein erster Job ging nach Gabon. Ich wurde am Abend in Kenntnis gesetzt, hatte langsam gepackt und schnell geschlafen und wurde vor Mitternacht zur AIRBASE gebracht, dort warteten vierzig Leute mit ihrem Gepäck. Ich kannte ein paar vom Sehen, der Rest war fremd. Es war in der Nacht des neunzehnten Juli, die Luft war heiß im Freien, erstickend im Hangar, die Rollfelder lagen leer im Dunkeln, der Transporter, eine SPONTA 3, stand am Ende der Startbahn, wir liefen hin und kletterten in die Maschine – ein Vorgang, der sich in Zukunft wiederholte, auf Militärflughäfen der halben Welt, Verladestationen, privaten Airports, in Airbussen, Jumbos, Helikoptern, im türkischen, russischen, syrischen Hinterland, auf unbefestigten Pisten in Busch und Wüste, von Funzeln markierten Bahnen am Meer, in guter und schlechter Verfassung und oft in Nächten, informiert oder ahnungslos und ohne zu wissen, welche Order bevorstand, wohin man kam. Auf dem Rückflug erfuhr man, wo man gewesen war, hörte Namen von Provinzen und Ländern, Völkern, Schauplätzen und Sponsoren, war froh, daß man lebte, und vergaß sie schnell. WIR MACHEN DIE DRECKARBEIT, heißt der Satz, DAS WORT EXISTIERT NICHT.

Die Nachthitze in Apulien war zu ertragen, die Hitze in LIBREVILLE ein Schock, und der Schweißausbruch hörte nicht mehr auf. Überhitzte juckende Haut in durchnäßten Stoffen – ein Zustand, der sich von nun an wiederholte, man stand nicht oft in der Kälte herum. Wir wurden festgehalten in einer Baracke, bei verschlossenen Türen uns selbst überlassen, knapp mit Wasser versorgt, in ein OFFICE getrieben und von schwarzer Polizei zusammengedrängt. Die Order wurde auf englisch verlesen und stehend von uns entgegengenommen, wir erhielten Blaupausen, Nummern und Pläne, der Bus stand im Dunkel mit laufendem Motor, klapperdürre Strapaze, ein BUSCHGESPENST. Die Tour durch den Busch hörte nirgends auf, man schlief geschüttelt, mit wackelnden Köpfen, schwitzend an offenen Fenstern im flauen Wind, geweckt von Geschrei, wenn ein Fahrzeug entgegenkam, vorbeigewinkt wurde, über dem Graben hing, hoch und breit überladen mit Kisten und Säcken, mit Militärs, Zivilisten, Kindern, die in die Fenster herübergriffen, lachten, pfiffen, auf das Busdach schlugen, Kleingeld bettelten ohne Erfolg. WIR SIND KEINE SÖLDNER UND LEGIONÄRE, WIR SIND EIN CLUB, DER KEINEN NAMEN HAT.

Die Siedlungen wurden schnell durchfahren, in Staubfahnen grau zurückgelassen, Märkte in Fliegenwolken, ein Palmhain, ein TRINKHAUS, Militärstationen mit schlaffen Fahnen, alte Hotelanlagen und Tempelbezirke, der Regenzeit preisgegeben, der Hitze, dem Gleichmut, ein verfallendes Hochhaus, zwei Rohbauten ohne Treppen, aus Hütten sickernde Nässe, Schwarzwasserlagunen, Bettgestelle und Autowracks über den Gräben, Kinder mit Trommeln, Affen, Benzinkanistern, schlafende Hunde, geweckt von Tritten und Flöhen – Ansichten, die sich in Zukunft wiederholten. Die Chauffeure rauchten und kauten Cola, die Piste war ihre Routine, ihr Job, ihr Geld. Man schien sie zu kennen, erkannte das Fahrzeug, sah ihm entgegen und blickte ihm nach. HIER FIEL ES MICH AN – das kann ich mir nicht erlauben. Der Busch sah aus wie ein Sperrmüllbezirk.

SPERRZONE, STOP, ein Schlagbaum stand offen, der Bus fuhr durch. Auf einem Parkplatz flimmerten Limousinen, der Transport war zu Ende, wir standen im Licht – es fieberte senkrecht auf unsere Köpfe – und wurden auf vier Zelte verteilt. Ein Schattenspender auf Pfählen, ein Neonbeleuchter, eine Waschanlage aus Weißblech, ein offener Abort – das war unser CAMP für die nächste Zeit. Unser Chef am Ort war ein Bantu in Uniform, unzugänglich, wortkarg, frei von Humor, von der AUFSICHTSBEHÖRDE hier eingesetzt. Er bestimmte das Tempo, behielt uns im Auge und bewachte den Bus, wir chauffierten selbst. Wir wurden mit Präservativen versorgt und Handschuhen, Gasmaske, Jod, Aspirin. ZUERST KOMMT DER AFFE, DANACH KOMMST DU.

Wir wurden sofort in den Busch geführt, ich war seit drei Nächten ohne Schlaf. Ein Gebirge aus Müll war zusammengebrochen, unter den Massen war ein Bahnhof verschwunden, und ein halber Güterzug mit Schlachtvieh beladen, die Strecke nach Libreville war blockiert, und es wurden zwanzig

Personen vermißt. Es war unser Job, den Berg zu versetzen, den Abfall abzuräumen und wegzuschaffen, das Vieh und die Toten wegzuschaffen, die Trümmer von Bahnhof und Zug – IHR FANGT SCHON MAL AN. Das Gebirge lag seit drei Tagen still, ein Dreihundert-Meter-Quadrat ORDURES aus zehn Jahren, zentrale Müllkippe einer Provinz, von Ratten belebt und von Geiern umflogen, der Gestank war himmelweit sichtbar, ein brauner Dunst. Uns standen zwei Bulldozer zur Verfügung, ein Schaufelbagger, drei Lastwagen und ein Kran, drei Gewehre zum Rattenschießen, Benzin, Dynamit, ein Feuerlöscher und etwas Kalk.

Wir sprengten den Bahnhof – drei Ziegelbaracken –, legten den Güterzug frei, sechs zerdrückte Container, schoben, schaufelten, spritzten den Schleim von den Gleisen, transportierten den Müll auf den Berg zurück; ließen die Frauen ihre Toten begraben, wir fanden nicht alle.

Es war eine Zeit von drei Wochen und dreihundert Jahren. Sechs unserer Leute gingen drauf – Koliken, Blutsturz, Blutvergiftung – und unser Benjamin, Tet, der am meisten lachte, hielt sich plötzlich den Bauch und fiel tot um. Fünf starke Leute kamen ins Hospital – Vereiterungen, Erbrechen, Fieber – und ein paar eiserne Typen wurden irr – Prügel, Schreikrämpfe, Apathie –, Vorfälle, die sich in Zukunft wiederholten – sie hockten im Dreck und wußten nichts mehr.

Was mich wie alle fertigmachte, war das Publikum in dem Müllberg-Theater – Tausende von Schwarzen in sicherer Entfernung, starrten uns an aus den Bäumen und schwiegen – klatschten und tanzten und lachten sich krank.

4.

Die letzte Nacht ging in Besäufnis unter, am nächsten Morgen erschien der Bus. Wir hatten noch nicht zusammengepackt, als das Camp auseinandergenommen war, der Abort im Müllcontainer verschwunden, die Waschanlage zerschlagen und im Container, die Abfallboxen und Zelte verbrannt. Vor der Abfahrt im Bus wurde desinfiziert, wir würgten in dem beißenden Dampf, das Verbot, die Fenster runterzukurbeln, galt dreißig Minuten bei laufendem Motor und wurde nach Vorschrift durchgeführt – Schnellfeuergewehre –, man starrte von draußen in den Bus. Die Fahrt in den Norden zog sich hin, man war fertig mit diesem Land, dem BP, dem Job, fertig mit den Kollegen und mit sich selbst.

Ich wachte auf, als das Meer in Sicht kam, es war mein erster Augenblick, der erste Atemzug und das erste Licht. Licht überm Wasser, zuviel für den Augenblick. Ein Motorboot brachte uns in die Quarantäne, auf ein Passagierschiff der African Lines, seit vierzig Jahren vor Anker und Teil der Küste, übriges Luxusvehikel der Kolonialzeit, zurückgelassenes Symbol, aber weiterhin brauchbar, für die achtundzwanzig BP's ein legaler Urlaub, ein sauberer Hort, ein sicheres Idyll. Man schwamm im Meer, schluckte Pulver und Pillen, wurde medizinischen Tests unterzogen, neu eingekleidet, rasiert, geschoren, nach Vorschrift ernährt und in Ruhe gelassen, schlief auf flohfreien Pritschen, vermied Schlägereien und hatte für Präservative keinen Gebrauch. Das Personal bestand aus trainierten Leuten, man stand unter Aufsicht und war kein Gast. Man wartete auf Resultat und Stempel und neue Order vom BP. Man hoffte nicht, man erwartete den Bescheid.

Vor dem Weitertransport kam THE BIG EVENT, es wurden Frauen auf das Schiff gebracht, zu einer Party, von uns finanziert, sie kamen mit Alkohol und Musik und manchem, was nicht auf der Liste stand. Es waren schwarze Frauen und ein paar Weiße, handelsübliche Damen und nette Pumpkins, flotte, patente und ausgelutschte, ein rundes Sortiment aus der Metropole, Frauen, die uns kannten, bevor sie uns sahen – in der Quarantäne traf man immer dieselben, in derselben Verfassung, mit denselben Dollars, mit derselben Vergangenheit und derselben Zukunft –, du weißt es, vergißt es, du amüsierst dich, liegst auf der Schnauze, bist deine Dollars los. Aber du hast eine Chance gehabt.

Das Schiff ist verrufen wie ein Zuchthaus. Es liegt weit draußen vor den Buchten, geräuschlos, dunkel, kaum erhellt in den Nächten, und was sich dort abspielt, erfährt man nicht. Einmal in einer Nacht gehn die Lichter an, der ferne Koloß wird sichtbar in greller Beleuchtung, man hört Musik und ahnt, was da draußen passiert.

Feste sind Stoßseufzer der Erleichterung, und eine Party ist dazu da. Wer eine Dame per Slowfox da oben herumschiebt und danach mit ihr abzieht, der hat recht, der macht, was die Natur von ihm verlangt. Man trinkt zuviel und zu schnell, wird zu früh betrunken und kriegt von der Party nichts mehr mit; und weiß nicht, wer wen ins Wasser warf, und wer wen aus dem Meer fischte früh um vier. Die Kollegen amüsierten sich, elegant wie Pinguine, galant wie Hunde, stark entschlossen und groß in Form. Du läßt die Sau ab und bist sie los. Du bist sie los garantiert bis zum nächsten Mal.

Zum erstenmal war das Deck beleuchtet, zum erstenmal fiel Licht auf das Meer. Ich war früh am Abend an eine Schwarze geraten – und die Nacht lang mit ihr zusammengeblieben –, die gerne lachte und wenig sprach – englisch/französisch, sorgloses Pidgin –, gern mit mir tanzte und gern mit mir trank, white wine, red wine und durcheinander, und wer hier wen anmachte, war nicht klar – das beste, was mir seit langem passierte. Daß die Frau mir gefiel, war fast genug. Neugier in ihrer Nähe, in ihrem Geruch, Gefühl für den Körper leicht und fest, Hoffnung auf eine Frau und ihre Bewegung – was dir fehlt, konzentriert sich auf eine Frau, wird in ihr gesucht und nicht gefunden – sie war die Zukunft für eine Nacht.

Das war nicht genug. Irgendeine Frau war nie genug, irgendeine Nacht, irgendeine Lolita, zwei schnelle Füchse allein im Regen, der eine hungrig, die andere satt – ein Anlaß mehr für den nächsten Hangover, für mich und ein paar Romantiker in der Gondel, für mich und fast jeden im BP. Was willst du, sagte Canou, der Maori, eine Frau allein für lange, das schaffst du nicht, nicht in dem Verein, Mann sei doch froh.

Das Schiff war ein Tanzsaal mit dunklen Ecken, für keine Kabine ein Schlüssel da. Ihr Name war UNDA. Ich erfuhr ihren Körper, er war nicht jung, etwas von ihrer Stimme, es war kein Geflüster, eine Menge von ihrem Lachen, ich hörte es gerne, sie hatte nur diese Sprache, ihr Dasein war stumm. Was sie wußte, schien nicht der Rede wert, für einen Freier nicht interessant. Sie wollte zurück in den Osten, nach Gowo Gowo, dort war das Hochland mit dem vielen Gras, dort war sie geboren. Ich erzählte ihr, wo ich geboren war, über meinen Job war sie informiert.

Ich schlief mit ihr, sie schlief mit mir ein, wir lagen zusammen bis gegen Morgen, als die Brise über das Schiff lief, wir lagen im Freien, das Licht wurde abgeschaltet, die Party war aus.

Wer sich aufrecht hielt, wartete mit den Frauen, schweigsame, rauchende Frauen im Arm der Männer, bis kurz vor der Sonne das Schnellboot kam. Servietten und Pappbecher schwammen im Meer, das am Morgen klar wie Quellwasser war. Wir packten den Abfall der Party in Säcke und wurden auf neue Jobs verteilt.

5.

Wir näherten uns dem Haus bis auf zweihundert Meter. Die Männer verteilten sich im Busch um das Grundstück. Ich wartete eine halbe Stunde, stieg den Grashang hoch ohne Waffe und ging auf das Haus zu – näherte mich schnell der Veranda des Hauses. Die Beschreibung traf zu: ein getünchter Flachbau, Typ des Bungalow von Weißen bewohnt, mit breiten, gazebespannten Fenstern. Separat daneben ein verschlossener Schuppen – Kühlhaus? Garage? –, dahinter der Busch, ansteigend zum Vorgebirge des Pic Camohabo, heiß, trocken, endlos, voll gelber Schlangen, hoch über der Piste und dem vertrockneten Flußbett, der Lastwagen stand, bewacht vom Chauffeur, an der Furt unter Bäumen.

Die Order lautete, Dr. Van Toost zu erreichen, zu konsultieren, in ein Gespräch zu ziehn – ich war hier der einzige, der drei Sprachen beherrschte –, bis unsere Leute und so weiter – verhaften, abführen, alatrap. Die Umgebung des Bungalow war still, ich bemerkte kein Fahrzeug, kein Gerät lag herum, die Tür zur Praxis war angelehnt. Was erwartete mich da drin, was stand bevor – ein paar Hingerichtete, Schüsse in Kopf und Rücken, ein abgestochener Boy, zwei verblutete Frauen, ein ausgebranntes Labor, ein verkokeltes Haustier, und wenn das zurücklag, Schwärme von Fliegen und Ratten – übliche Szenerie unserer Säuberungen, egal ob wir das verursachten oder entsorgten. Oder nichts, eine Sekretärin, ein Warteraum, DR. TOOST WIRD JEDEN AUGENBLICK HIERSEIN.

Man hofft auf einen kurzen Tod und gerät in einen langsamen Niedergang. DU WIRST AUF DIE VENUS GESCHICKT, DU WIRST IN DAS WASSER GERUFEN. Ich stand vor der offenen Tür und nichts geschah, mir und dem Zufall passierte nichts. Der Vorraum war anonym, die Praxis sauber, die umgebende Wohnung menschenleer. Die Aircondition war in Gang, Telefon und Alarmanlage abgestellt. Mich irritierte die offene Tür, welcher Unsichtbare erwartete uns. Ich winkte durchs Fenster die Leute her, das konnte ein Fehler sein, auf den andere hofften, ich vergaß immer wieder, was Selbstschutz war. Wir durchsuchten das Haus, den Schuppen und die Umgebung, entdeckten kein Lebewesen und zogen ab. Ich konnte verhindern, in diesem Fall, daß geplündert wurde, wir zerschlugen nichts; wußten nicht, wer den Job bezahlte.

Zwei Stunden später am Fluß, der Wagen war weg. Wir rannten zurück in den Busch, aber nichts geschah, uns und dem Zufall passierte nichts. Der Chauffeur war weg, wir gaben auf, und hatten viel Zeit uns zu fragen, wer vor uns da war. Der Mißmut, das Unbehagen, die knurrenden Witze. Weißglut ohne Bewegung über dem Flußland trübte die Sonne, überfüllte den Raum. Nach stundenlangem Laufen und Schwitzen im Flußbett erschien mir das Camp unerträglich, ein enger Stall, doch gab es hier Wasser, soviel man brauchte, kaltes und heißes, und kaltes Bier. Der letzte, man hatte ihn nicht vermißt, kam zwei Stunden nach dem ersten an.

6.

So ist es, sagte einer, der lange dabei war. Du kannst froh sein, daß du nicht alle kennst und später nicht alle gekannt hast. Du bist noch am Anfang, vielleicht bleibst du dort, wenn du rechtzeitig rauskommst aus dem BP, wenn du rechtzeitig rauskommst. Ich kenne alle, weiß nicht wie viele, war mit jedem mal irgendwo im Job, und kann einen vom andern unterscheiden.

Unterscheiden kannst du sie, wenn sie älter sind. Wer alt wird im BP, wird müde, verliert den Humor, die Courage, die Kondition sowieso, stumpft ab oder schlägt sich mit irgendwas rum – Überdruß, Heimtücke, Feigheit, Haß – Haß auf Chinesen, Georgier, Trambahnen und Palmen, Haß auf Salzwasser oder Schwarzbrot, er wird pervers und sentimental, das gehört zusammen. Es gibt den Typ, der sich nicht mehr rasiert, und den Typ, der sammelt, was er kriegen kann – Perücken, Glasaugen, Fingernägel. Ich kenne einen, der knallt alles ab, was schwarz ist – Senegalesen, Leichenwagen, Zylinder –, auf eine Beerdigung kannst du den nicht lassen, der läuft dort Amok. Einer unserer Freunde ist Pyromane vom Dienst, der hat ganze Inseln in Asche gelegt, Dutzende Köpfe abgefackelt. Hat früher mal Angst vorm Feuer gehabt, jetzt glaubt er, man wirft ihn in den Ofen, er verbrennt im Schlaf.

Wenn sie älter werden, erkennst du sie. Jeder ohne Ausnahme raucht, säuft, onaniert, heult im Schlaf und schreit um Hilfe, und schlägt dich zusammen, wenn du ihn weckst. Er versteckt seine Würgelaune in Geduld, er kann warten. Paß mal auf, wer mit dem Gesicht zur Wand schläft, und wenn er sich umdreht, wie sieht er aus. Du mußt ihn gesehn haben, wie er die Brille aufsetzt, wenn er grünes Licht hat, und auf das Leben losgeht mit seiner Spritze. Das mußt du gesehn haben, wie er die Brille aufsetzt.

Wenn du ein Freund bist, sagst du mir nach zehn Tagen, was mit mir los ist. Irgendwas ist mit mir los, aber ich weiß nicht, was es ist, ich krieg es nicht raus, mir sagt das keiner. Aber du sagst mir, du kannst es mir sagen. Du mußt es mir sagen, egal was es ist, du mußt mir das sagen.

Du erkennst sie an den Redensarten, an ihrer Art, das Maul zu halten, und wie sie die Augen zusammenkneifen, Schließmuskelvisagen. Wie sie in den Zähnen stochern, wie einer die Order kaut und runterschluckt. Und wie einer das macht mit den Frauen und mit dem Geld. Und wie er zurechtkommt mit dem Job, der persönliche Stil beim Zuschlagen und Verladen, wann er den Fangschuß ansetzt, wie er mit der Schaufel hantiert. Wie er dich angrinst, nett bescheuert, und umlegt, wie er dich umlegt.

Es gibt nichts, überhaupt nichts, woran du ihn nicht erkennst. Früher oder später erkennst du ihn, und dann weißt du, daß du dich selber nicht gut getarnt hast. Daß du den andern nichts vormachen kannst. Daß du keine Seele reinlegen kannst. Daß du ein Dreckschwanz bist, du bist eine Kanaille. Und du merkst, deine Maske ist nicht dicht, du hast keine Maske, du hast keine zweite Haut. Und daß mit dir nicht viel los ist. Daß du ein timider Brutaler bist.

La Tschatsche zum Beispiel, du erkennst ihn am Namen, das hauptsächliche Schandmaul im BP. Wenn du clever bist, durchschaust du ihn, du bist gewarnt und machst um ihn einen Bogen, Tag und Nacht einen Bogen um ihn. Er ist nicht bescheuert und merkt was, La Tschatsche merkt alles, und revanchiert sich auf seine Art – er denunziert dich, du kannst drauf warten. Und du – dich hat man auch erkannt, mach dir nichts vor. DER SCHAUSPIELER bist du, so wirst du genannt, den Namen wirst du nicht mehr los – du kannst ja vielleicht was draus machen, wenn du das weißt. Du wirst nicht für harmlos gehalten, das ist ein Vorteil, das kann ein Nachteil sein. Für harmlos gehalten wirst du nicht, harmlos ist schlimmer als gefährlich, nichts ist so gefährlich für dich wie Blauäugigkeit. Du ziehst deine Schlüsse daraus, dann hast du was. Irgendwas hast du, das dir gehört, damit kannst du machen, was du willst.

Joint, DIE KIPPE, weil er raucht und die nasse Kippe im Mundwinkel hängt, du kennst ihn. Wenn du ihn siehst, wie er dasteht mit seiner Fresse, und wenn du hinhörst, was er sagt, dann hältst du ihn für Tuttikwanti im Camp, ein ganz normaler kalter Hund. Wir waren mal nebeneinander auf der Linie, als es auf eine Oase losging, im Tschad, früh am Morgen – dahinter steckten die Franzosen, jedenfalls wurde kein Dollar gezahlt –, wir knallten zuerst die Hunde ab, es war noch kalt, die Luft war wie Schlamm, rot wie der Schlamm. Es stank – alle Oasen stinken nach irgendwas, Seifenwasser, Dieselöl –, die Oase stank nach vergorenem Mais. Paar Minuten später, als die Schießerei losging und die Leute flogen zwischen den Hütten herum – sah ich im Augenwinkel, daß KIPPE nicht angelegt hatte, nicht genau angelegt hatte, er schoß daneben, in die Luft, in den Sand, vor die Füße, egal. Als wir später die Leute sortierten, sah ich noch mal, daß mit ihm was nicht stimmte. Ein Schwarzer lag der Länge nach da, der lebte noch, und er hob ihm den Kopf und gab ihm zu trinken – ich meine, er hielt ihm die eigene Flasche hin, hielt ihm die Flasche hin und es war ihm egal, daß ich das mitgekriegt hatte neben ihm. Er hat ja vielleicht mal wen umgelegt und gemerkt, was ihm da gelungen war, und ist erschrocken, der ist erschrocken. Jedenfalls schießt er in die Luft, gibt halbtoten Leuten zu trinken, behalt es für dich –

7.

Wir schlugen uns durch die Steppe und suchten den See. Bewegten uns durch endlose Steppe auf der Suche nach einem See. Durchkletterten Felsbassins voll Schotter und Schlangen, entdeckten Bachbetten ohne Wasser, verfallene Straßen in alle Richtungen, aber ein Wasser war nicht da. Es war nicht im Norden und Süden und nicht im Westen, und das Hochland im Osten war Sand und Karst. Der Name SUSSAH war überliefert, seit hundert Jahren in Plänen verzeichnet – ein weißer Fleck –, die Landkarten, die wir benutzten, waren nicht alt, aber das Wasser war nicht da.

Man hatte den See aus der Luft gesucht, in Sumpfgebieten

und Dschungeln vermutet, und hatte kein Flußbett entdeckt, das zu ihm führte, und kein Rinnsal gefunden, das ihn verließ. Der See war nicht da.

So kam man auf die Idee, ihn woanders zu suchen.

In den Steppengebieten, der Menschenleere des Nordens, im Grasland von Smirno, aber man suchte kein Wasser mehr.

Man suchte den Umriß des Wassers und seine Fläche, die Beschaffenheit der Ufer, die Form seiner Buchten, Fundamente von Bauwerken, Reste von Schiffen, und wir wurden noch mal auf die Suche geschickt.

Das Grasland von Smirno ist unbewohnt, dort wächst außer Gras und Unkraut nichts. Aber das Gras steht dicht verschlungen, meterhoch, trocken, ein Reich von Insekten, wir bemerkten kein Raubtier und keine Maus. Singvögel fielen ein und verschwanden wieder, der Raum war still und das Ausmaß der Stille erschreckend. Ich gewöhnte mich nicht an den Raum und die Stille, und nicht an die Nacht, die Zeit blieb fremd.

Wir durchkämmten das Land an verschiedenen Fronten, Jeeps und Container voraus mit CHINESISCHEN SICHELN – Schneidegerät mit rotierenden Klingen –, gefolgt von Vögeln über der Schneise, bunten Lýbus, schwarzen Ritzenstopfern, ich habe den Job überlebt und die Namen der Vögel erfahren. Für die Nacht wurden Kreisflächen freigemäht, die Zelte auf Stoppeln und Sand gestellt, im Zentrum des Kreises ein Feuer gemacht, es verbrannte den Abfall, verschlang das Gras.

Wir verteilten die Nachtwachen doppelt um das Camp, weit hinaus in das Grasland. Uns war hier kein menschliches Leben begegnet, es gab keine Tiere, es gab bloß Insekten und Mücken in furchtbaren Massen, gegen die wir nichts ausrichten konnten mit unseren Sprays. Wir mißtrauten dem Dunkel. Was wir mit uns führten, war unersetzbar, Proviant und

Sprit und Wasser in großen Mengen. Wir mißtrauten uns selbst und schliefen schlecht.

Nach vielen Tagen mißtrauten wir auch dem See. Der See konnte alles sein und eine Legende, ein Reservoir, ein Tümpel, ein Wunschtraum, die Fata Morgana eines Verirrten, ein Löschteich, ein Pool, ein vergessenes Projekt. Und er konnte eine Falschmeldung sein, ein Code, eine Falle – ja der See konnte eine Falle sein, und man saß in ihr fest und döste noch. Wer waren die Auftraggeber und seine Agenten. Wer führte uns an der Nase herum.

Wenn einer durchdreht, sind alle verloren, da legt man den einen besser flach. Der eine war einer von uns, der nur noch fluchte, wir steckten ihn in den Container, dort war er still. Bei dem Job, den man kennt, passiert so was nicht. Mißmut, Laune, Übelsinn. Nach zwanzig Tagen und Nächten im Grasland von Smirno, in dieser Öde aus Gras und Insekten, war noch eine Nacht für einen zuviel. Das Grasland brannte. Qualm wälzte sich über die rennenden Flammen, drang heiß in die Zelte, verhüllte das Camp. Wir ließen die Zelte zurück, Proviant und Wasser, drängten uns in die Jeeps und rasten zurück in die Schneise. Als wir haltmachten, stellten wir fest, daß vier Leute fehlten.

8.

Die Vermißten werden gestrichen, die Toten vergessen, nicht mehr erwähnt. Sie liegen am Boden herum, bis die Häute verfault und die Knochen von Tieren verschleppt sind. Sie liegen durchsiebt in Häusern und Wäldern, in Wassergräben, auf offenem Feld, weil im Sperrfeuer keine Chance war, sie rauszuholen; weil keine Zeit blieb, ihre Wunden zu waschen; weil es gleichgültig ist, was mit ihnen passiert. Man begräbt sie in

Eile, bevor sie stinken, einzeln oder in Haufen, irgendwo, sie werden zusammengesucht und beiseite gekarrt, in Massengräber geschmissen, am Weg verbrannt. Nicht oft kommt vor, daß ein Name an sie erinnert, auf Stein gepinselt, in Holz gebrannt. Die Verwandtschaft erfährt von seinem Tod, bezahlt die Überführung und einen Sarg, die Geliebte erfährt es oder erfährt es nicht. Der Tod ist ein Hörensagen, ein schnelles Gerücht, eine kurze Meldung im Aushang des Camp. Was von Toten zurückbleibt, ist nicht viel, eine Brieftasche ohne Geheimnis, ein Foto, ein Ring, die Klamotten werden gewaschen und weiterverwendet, die Utensilien kann haben, wer will – Armbanduhr, ein Rasierzeug, ein Amulett –, seine Tätowierungen hat er nicht vererbt. Wer ein Testament im Büro hinterlegte, hat im Tod ein Recht auf Sonderbehandlung. Sein Fall wird in Einzelheiten registriert.

Niemandem im BP ist der Tod egal. Kein Lebender wird gefragt, was er davon hält. Der Aberglaube flüstert, die Angst macht stumm. Ich bin nicht verstummt, doch konnte ich keinen finden, der vom Tod wie vom Wetter spricht und sich nicht blamiert. Der Tod ist tabu. Er ist die einzige Scham eines Typen, der alle Scham verloren hat.

Später besucht man eine Geliebte des Toten, erzählt Erinnerungen, erfindet was Nettes, beschwört ein paar Eigenschaften, die nicht existierten, und hört sich an, bei einem Glas Tee, was eine Frau für das Bild eines Mannes hielt. Ich war im Urlaub nach Como gefahren und begegnete einer Frau von vierzig Jahren, sie managte den Empfang eines Uferhotels, ich lud sie in ein Café am Wasser ein, eine halbe Stunde zum Aperitif. Auf eine Dame war ich nicht gefaßt. Ihr Geliebter – er starb in Djakarta an einem Fieber – war Spieler gewesen, potenter Hammel, der über Geld und Zeit verfügte und im BP ein Zuhälter war, aber freiwillig in die Großen Einsätze ging, nur GROSSE WÄSCHE interessierte ihn – zu Himmelfahrten wurde nicht abkommandiert –, und mit Prämien zu Geld kam wie keiner sonst. Die Dame hatte seinen Tod erfahren, sie wußte, daß er Frauen wie Gulasch verbrauchte und daß sein Job nicht gewöhnliche Arbeit war. Den Namen BOWLING hatte sie nie gehört, und vom BP war ihr nichts bekannt. Sie bedauerte seinen Tod, sie fand es schade – schade er tauchte selten auf, schade er kam nicht, wenn ich ihn darum bat –, ich hörte und sah, sie hatte den Mann begraben und den nächsten Geliebten kennengelernt.

Mit zwei heilen Augen davongekommen, Gleichmut ist furchtbar. Ihr Blick war fremd, sie dankte für meinen Besuch, und ich fuhr nach Apulien zurück ins Camp.

9.

Für den Fall, daß ein Filmteam am Schauplatz erschien, galt für uns die Devise MACH DICH DÜNN. Unauffindbarkeit war das erste Gebot, nicht sichtbar gewesen zu sein die einzige Chance. Man kam, wenn es gutging, zurück in ein anderes Leben, ohne die Hoffnung war der Tag verloren und die Nacht ein Probetermin im Grab. Es war tödlich für uns, im Bild zu erscheinen. Wer dokumentiert worden war, hatte keine Chance.

Wir räumten in Djirba auf, als wir hörten, aus Paris war ein Filmteam angereist, dokumentierte die Rolle der Amerikaner – ihren Friedenswillen und ihre Courage –, unser Geld kam aus Washington in dem Fall –, man war hinter uns her wie die Wilddiebe hinter den Hasen, schien einige vom BP auch erwischt zu haben, das hieß bei der Arbeit gefilmt oder fotografiert. Für Vorsicht war es zu spät, wir mußten uns zeigen, sie wohnten im RAMBA PLAZA nicht weit vom Meer, vier Amerikaner, zwei Griechen und eine Schwarze, Hosteß des

Teams. Unsere Gang – fünf Leute – ging nachts in der Sperrstunde hin, das Hotel wurde abgehört, aber nicht überwacht, und trat als Gemeinschaft von Ganoven auf – es gelang uns nicht oft, uns zu amüsieren –, in Strumpfmasken, Bärten, Beute-Uniformen, sperrte die Leute ins Bad und ließ sie drin – man prüfte die Leitung, das Wasser lief –, zerstörte das Material und machte sich dünn.

Am Morgen erschien der Hotelboy und holte sie raus. Das Team war am Abend nicht mehr da.

10.

Sie schlief, als ich schnell aus dem Zimmer ging, geräuschlos, soweit das möglich war, es lag Mörtel herum, der Schritt war laut. Die Tür war nicht zu verriegeln, der Schlüssel fehlte, ich fand kein Papier für eine Nachricht, Erklärung war nicht mehr möglich in der Eile, und in der Befürchtung zu spät zu kommen, ich mußte schneller sein als die Gang. Im fünften Stock war eine Frau allein.

Sie lag entblößt auf dem Bett und atmete ruhig, das war mein letztes Bild von ihr, ich sah sie nicht wieder. Und hatte Zeit zuviel, mich zu fragen, was mit ihr und dem Zufall dort oben passierte. Sie wird wach vom Lärm tief unter ihr – Getrampel und Schüsse, die Exekution einer Puppe –, springt aus dem Bett vom Herzschlag getrieben, ist allein im taghellen Raum und bemerkt es, hastet an den Balkon und sieht: ein einzelner Mensch wird abgeführt. Er ist es, der mit ihr atmet und schläft, in dessen Nähe sie träumt und spricht, schweigt und flüstert, ißt und trinkt – sorglos, soweit das möglich ist – , zu dem sie flüchtete aus dem Feuerbereich, aus Straßenkämpfen, verschütteten Kellern, mit dem sie zwei Wochen im MANCHESTER überlebte, im Zwischenraum außer

Betrieb, nicht außer Gefahr, ihr CACHETTE, ihr Geheimnis, ihr dürftiges Paradies.

Sie hängt sich seinen Mantel um, der einen zersprungenen Spiegel bedeckte, und horcht in den Flur, in die Treppen, hinaus in das Licht. Sie weiß oder ahnt, daß er etwas macht, das mit ihr und dem Zimmer zu tun hat, mit ihm und ihr, allein mit ihr. Der späte Morgen ist fahl von Hitze, das Zimmer liegt noch im Schatten, die Trümmer qualmen und stinken, sie qualmten und stanken, seit sie das Zimmer bewohnten, sie hat noch Wasser in Flaschen für eine Zeit, etwas Brandy und Tee und ein paar Konserven. An Blumen und Gärten hat sie nicht mehr gedacht. Wann der Geliebte zurückkommt, weiß sie nicht. Ob er zurückkommt, das weiß sie nicht. Ob er was mitbringt, weiß sie nicht, sie hat für ihn nur ein Leben, das ihm gehört und das er – sie weiß nicht wie – zu erhalten versucht. Sie blickt hinaus in den Tag, sie heißt Annette, ihr Haar ist schwarz wie das schwarze Haar vieler Frauen, ihre Augen sind kühl und klar, ihre Brüste leicht, ihre Hüften schmal, die Beine schlank und fest. Sie ist schön, er hat es gesagt und wiederholt. Sie erkennt ihr Bild im Spiegel, es ist nicht schön. Die Räume des Hotels sind leer, ein Brett rutscht ab, ein Stein stürzt in den Schacht. Ein Kolibri, der erste seit Tagen, fällt aus der Höhe, blitzt am Balkon vorbei.

An einem Mittag geht sie aus dem Hotel, nicht für immer, sie gibt es nicht auf, sie kommt zurück. An einem Morgen – er kennt ihn nicht – verläßt sie das MANCHESTER und geht fort, das ist sein letzter Gedanke, sie läßt ihn los. Sie hat das Hotel verlassen und bleibt fort.

Der Ort war still, es gab keinen Vogel mehr. Wir hatten die Toten gesammelt, gezählt und begraben, und noch mal gezählt, das konnten nicht alle sein. Die Schulhaus-Fassade war stehengeblieben, ich saß auf der Treppe im Schatten und machte nichts. Trank warmes Bier aus der Flasche, sah mich nicht um, ruhte aus. Die andern tranken und schliefen, ich wußte nicht wo.

Auf der mit Schutt bedeckten Straße kam ein Unbekannter mit einem Hund, sah mich von weit, lief aber nicht weg, er kam und setzte sich neben mich. Der Hund saß zwei Stufen tiefer und blickte mich an. Er war schwarz, klein, struppig und still, die gelben Augen sagten ICH BIN GUT. Der Anblick des Fremden war normal, er sah aus wie alle, von Hunger gebeutelt, ich dachte DER WILL WAS, aber er bat um nichts.

Ich bot ihm eine Zigarette an.

Er sagte: Alle weg, von denen kommt keiner zurück. Seine Stimme war belegt, trocken wie der Ort und die Jahrzeit.

Von den andern auch nicht. Die eigene Stimme war nicht lauter, klang nicht besser.

Wie kann man das wissen, Sie sind da, das ist schon mal einer!

Auf einmal ein Mensch, der mich mit SIE ansprach.

Alle weg, erschossen, verhungert, von Steinen erschlagen – immer dieselben und immer dasselbe Geschlecht, ob das Kinder sind oder alte Leute, es sind – was soll man sagen – Männer und Frauen, entweder Frauen oder Männer, was andres ist nicht dabei, keine Mickymaus und kein Engel, kein Batman, kein Vogelmensch, Baby mit Flügeln, Schlange auf Beinen – nichts, immer wieder dieselben Leute, liegen immer nur Leute herum, Menschen und Leute und was man schon kennt, ein paar Hunde, ein Pferd, ein Kaninchen, das keiner mehr ißt – immer dasselbe aus der Umgebung des Menschen, kein Wunder, ein Wunder ist nicht dabei, und wenn es ein totgeschlagenes wäre – ist das Gerechtigkeit für die Übriggebliebenen?

Er zeigte auf den schlafenden Hund. Er hat recht, er spricht nicht, mein kluger Freund. Wissen Sie das Datum, heute?

Es war der sechste Mai im Jahr der Asche. Das auf das Jahr der Sonne folgt. Das dem Jahr der Dürre vorausgeht.

Dann wäre morgen mein Tag! Er lachte, aber ich hörte nichts.

Was für ein Tag –

O ich hätte hier meinen Auftritt gehabt, Tet Malou –

Malou – was?

Tet, das war ein Clown und der bin ich! Er versuchte aufzuspringen, sich zu verbeugen, setzte sich aber wieder hin. Der Mensch schien geschwächt, vielleicht vor Hunger, vielleicht auch der Hund. Er sagte: So ist das, was andres kann nicht draus werden. Ich kam auf die Minute genau, da wurde mein Auto bombardiert – zum Schießen, was!

Sie haben keinen Wagen mehr –

Alles zerfetzt und verbrannt.

Sie können nichts machen ohne Ihre – wie heißt das –

Es heißt GARDEROBE, STAFFAGE, REQUISIT und so weiter, alles weg. Der Clown kann auf einen Steinhaufen klettern und seine Witze reißen, aber eine Vorstellung ist das nicht. Ich bin arbeitslos –

Ich hatte Arbeit, das sagte ich ihm. Was mein Job war, sagte ich nicht.

Alle arbeitslos außer Ihnen! Das ist mal ein Grund zur Freude, was?

Ich sagte, das weiß ich nicht so genau.

Genau oder ungenau, egal, alle andern sind arbeitslos. Zuallererst arbeitslos sind die Toten, dann die Halbtoten und die

Bewußtlosen, dann die Beschädigten und die Verrückten, die den Verstand verloren haben, sind arbeitslos –

Ich sagte: Die Untoten, die Flüchtlinge, die Eisenbahner –

Ja die Rathaus- und Schulhausbeamten, die Weinanbauleute, die Taxichauffeure, arbeitslos, die Maurer sowieso, die Schreiner und Bäcker, Tierschlachter, Wurstverkäufer, die Teppichhändler, Teppichhändler! und alle zehntausend Vertreter von Irgendwas + Irgendwem –

Ich sagte: Sind arbeitslos –

Die Schattenschneider sind arbeitslos, die Köche, sogar die Nutten und zuletzt der Clown.

Er sprang wieder auf und verbeugte sich, schwankend auf einer Stufe, ich gab Applaus. Das Echo des Klatschens sprang zwischen den Trümmern herum.

Er setzte sich hin, seine Stimme klang laut, sie gehörte ihm wieder. Ich kann für meinen Freund eine Vorstellung geben – er zeigte auf den schlafenden Hund –, aber der kennt mich und weiß, was der Clown macht, das entbehrt an Reiz –

Er wiederholte, es entbehrt an Reiz.

Und doch – es gibt einen Lichtblick! Zwei, zwölf, zwanzig Lichtblicke der Reihe nach! Er hob den Finger, sah mich belustigt an. Ich merkte, er war jünger als ich, der war keine vierzig Jahre alt.

– denn bemerken Sie die Kehrseite: Arbeit kommt nicht von ungefähr. Jetzt sind es die Rattenfänger, die Arbeit haben, wenn sie Lust an der Arbeit haben, die Hunde- und Vogelfänger, Sprengmeister, Ziegelklopfer, die Abräumer und die Schrottverdiener, die Trümmerspekulanten, Kellerdiebe, Totengräber – und noch mal die Grabschaufler und die Totengräber, mein Publikum ist das nicht!

Ich sagte, Sie werden woanders Publikum haben –

Und ob ich das haben werde, und wann und wie! Haben werde, so sieht der Clown das auch. Er wird ein Publikum haben, zwei, drei Länder weiter weg, an einem schönen Tag mit Galgenvögeln, Enkeln und Limonadenverkäufern, was trinken Sie?

Ich stellte die leere Bierflasche hin.

– in einer herrlichen Nacht mit Frauen und Wein, Frauen und Wein, Eintritt frei und gratis, Tet Malou!

Ich sagte, solange Sie sich bewegen, alles geht weiter –

Ich bewege mich, Tet Malou, und wie und warum er sich bewegt, der Clown! Er geht jetzt zu Fuß, muß keine Koffer tragen, er trägt jetzt den Hund – darf ich um Ihre Zigaretten bitten?

Ich gab ihm die Schachtel, er steckte sich eine an.

Sehen Sie – so! Er hielt das Streichholz hoch und blies die Flamme aus.

Es hat mich gefreut!

Es war ein Vergnügen –

Biertrinker, Sie sagen es.

Danke, Spieler.

Der Clown bewegt sich, er tritt ab, Tet Malou. Danach kommen Sie!

Er lief die Treppe hinunter, gefolgt von dem Hund, drehte sich auf der Straße um, blickte mich an, ohne sich zu bewegen – der Hund sah in die andere Richtung –, und verschwand in den Trümmern.

12.

Monsunregen in der Nacht – die Geräusche sind gut, wenn man ein Hotelzimmer hat, eine Hängematte für den schlaflosen Traum, ein trockenes Bett für die Liebe, Tabak und Bier. Der Lärm war haarsträubend, als ich im Dunkeln wachlag, auf dem Holzboden knapp überm Wasser, das in die Hotelsäle unter mir schwappte, sich schmatzend und stinkend herumbewegte, Möbel und Abfälle gegen die Wände warf – wir hatten die Kähne in das Hotel gezogen, am Geländer der Treppe festgemacht. Der Regen war eine schwarze Masse, die aus dem Raum auf das Wasser fiel, in Palmen zischte, auf Blechdächern schallte. Dunkel und Wasserlärm rund um die Uhr, wir waren seit dreißig Stunden voll im Job. Das Wasser stand meterhoch über den Straßen, vier Meter über den Kellern, sechs Meter hoch über dem Strombett, das war keine Flut mehr und stieg noch an. In den Nächten lag oder saß man im Dunkeln, schwitzend, frierend in der nassen Hitze, in Stockwerken über dem Wasser und ohne Licht. Es gab kein Licht mehr in diesem Land, es gab noch Feuerzeuge von Rauchern, Streichholz in ambulanten Kantinen, und es gab, vereinzelt und schnell vorbei, Flammenstöße von Fackeln, Feuern, Waffen. Wir holten die Toten aus dem Wasser – Ertrunkene, Erstickte, von Treibgut Zerschlagene – und die Lebenden von den Dächern und aus den Bäumen, luden sie in Kähne und brachten sie weg, in irgendein CENTER, irgendein Hochhaus, wo es Decken und Kleider gab, nicht für alle, ein paar vorletzte Medikamente, wenig Wasser, vielleicht etwas Zwieback, getrockneten Fisch. Was weiter geschah, konnte niemand wissen, wer hier rauskommen wollte, brauchte Glück, woher hier ein Glück kommen konnte, war unvorstellbar, ich saß wie alle in dem Wasser fest. Wasser bedeckte die Slums fünf Meilen weit. Wir hatten seit Tagen kein Flugzeug gehört, vom Himmel fiel Wasser und sonst nichts. Wer den Job bezahlte, war schleierhaft.

Ich lag auf trockenem Holz im Dunkeln, mehr war nicht los. Andere saßen und lagen in der Etage, man erkannte sie morgens im trüben Licht. Ich besaß ein Schließfach im Camp wie jeder, in der schönen Provinz Apulien, im Süden Europas, da drin war, was ich besaß, aber kein Geheimnis – jeder besaß dort ein Schließfach ohne Geheimnis –, und wenn man krepierte, wurde es ausgeräumt. Der Schlüssel war im Büro hinterlegt. Mir fiel nicht mehr ein, was ich dort besaß, hier besaß ich nichts. Man konnte noch schlafen, wenn man im Trockenen lag.

13.

Louis – LALSASS wie er hieß – kam aus den Vogesen, der einzige Weintrinker im BP, aber man lachte nicht über ihn. Er hatte nicht die Chance der anderen, die alles tranken, was trinkbar war – Schwarzbier, Palmwein, Kartoffelschnaps –, Louis trank nur Wein, GESCHMACKSACHE war das nicht – vielleicht der instinktive Versuch, etwas wie Würde zu bewahren, die Seele des andern ist dunkel. Ich kannte ihn ein Jahr lang auf vielen Plätzen, man hielt es Seite an Seite aus, bewarf sich nicht mit verfaulten Hühnern, und ich trank Wein so gern wie Schnaps und Bier. Man stand am Rand einer Szene und sah sich um, überlegte, wo man war und was da passierte, was überhaupt los war und so weiter, und wurde vom BP in Ruhe gelassen. IN RUHE GELASSEN, das war schon genug, das war das meiste, und daß man nicht abgeschmiert wurde, wenn man schwieg. Er war nicht schwul, kein Friseur und kein Affe, das war sein Glück.

Wir bewachten den Ausgang eines Parks. Er deutete zum Eingang hinunter, wo ein Mensch mit Koffer erschienen war. Er sagte: Da kommt ein Jude.

Die Gestalt kam uns entgegen mit zögernden Schritten, alt und klein, mehr erkannte ich nicht.

Woher weißt du das.

Keine Ahnung. Er ist Jude.

Kennst du ihn?

Nein.
Bist du Jude?
Nein.
Was hast du gegen Juden –
Nichts.
Und du bist sicher, daß er Jude ist.
Ja, ein Jude.

Der Mann trug den Koffer an uns vorbei, seine Lippen bewegten sich, er schien uns zu grüßen, und ich konnte glauben, daß er ein Jude war. Woran hatte Louis den Alten erkannt – an den Augen, dem Koffer? Wir grüßten und blickten ihm nach, woher wußte er das. Der Mann konnte Grieche oder Armenier sein, er trug keinen Hut und keinen Bart.

Nein, er ist Jude.

Louis lachte, er war nicht froh.

Er wurde gefunden, nicht von mir, erstochen am Rand einer Wüstenstation, das war in Asien. Ich kümmerte mich um seine drei Sachen, eine Adresse war nicht dabei.

14.

Der Job fing mit einer Party an. Zum erstenmal in meiner Geschichte kam zuerst die Party und danach der Job. Man fragt sich, was das bedeutet, und feiert mit, man hat ein paar Zweifel und hält den Mund. Im BP wurde Dampf abgelassen bis nachts um drei. Weiter weg, im Camp, wurde Bier getrunken, ein Adjutant – oder ähnlich – hielt eine Rede, ein paar Schlägereien wurden verhindert, dann wurde weitergetrunken bis nachts um zwölf.

Wir waren viele wie noch nie. Sechs Lastwagen brachten uns hinter die Grenze, man wartete auf den Tag, verteilt auf drei Pferche – einen Stall, eine Scheune, den Rest einer Villa –

, mit dem Blick auf ein untergewalztes Land. Es gab, so weit ich sah, keine Landschaft mehr. Menschenleere mit Panzerspuren, leblose Stille mit verbrannten Wäldern, kein Hund, kein Hahn, kein Vogelflug – das gewöhnliche Bild nach der Invasion, nichts Neues für uns, mir geht die Routine ab. Die Armee war durch, sie stand vor der Hauptstadt, wir waren die Nachhut, die den Rest besorgte, die Order hieß: Was lebt, wird abgeschafft. Nichts bewegt sich, nichts atmet, nichts fliegt davon. Keine Minengefahr, das Zeug war schon explodiert. Ein rebellisches kleines Volk wird umgeharkt. Ein Land ohne Auferstehung war unser Job.

Man bewegte sich langsam, in Rufweite, ohne Tarnung, die Fahrzeuge folgten in unserer Spur. Man durchkämmte noch einmal das Niedergewalzte, der Herbstregen war vorbei oder stand bevor, die Tage waren klar, ein trockener Oktober, die verbrauchte Erde lag fest wie Beton. In übrigen Bäumen verdorrte das herbstliche Laub. Es gab noch Feuergefechte in kleinen Orten, es wurden Tote gesucht und Verletzte gefunden, fünf Erhängte abgeschnitten, zwei Kirchen befreit. Man wurde aus Bahnhöfen noch beschossen, vor einer Zementfabrik aufgehalten, verbrachte die Nächte in festen Häusern, kam aber weiter ohne Verluste und erreichte ROVENO wie geplant. Am zwölften Oktober war man im Camp.

Ein Teil der Hauptstadt existierte noch. In der Skyline fehlten Fassaden und Türme, die Plätze waren verrammelt, die Brücken gesperrt. Lärm aus Lautsprechern hallte aus den Ruinen, widerhallte an Ufermauern, verhallte im Raum, der stumpf von Rauch und leer überm Schauplatz hing. Die Boulevards waren leer, die Cafés zerschossen, was hier noch lebte, hatte sich abgesetzt. Der Mensch war ein Schrei, ein Schuß, wenn man ihn erwischte, ein Schatten in Totenstille, wenn er entkam.

Das Camp war ein Camping am Rand von Roveno. Mein

Luxus war eine defekte Dusche, ein Trailor zu viert und fünf Stunden frei. Man wurde mit Suppe, Tabak und Seife versorgt, aus einem Radio von weit kam Rock und Swing. An der Peripherie wurde weiter geschossen, ich hörte Gewummer im Halbschlaf und wußte, der Job ging weiter am nächsten Tag.

Transport im Fahrzeug war nicht mehr möglich, wir wurden von Trümmerpiloten zum Schauplatz gebracht, auf Trampelpfaden, durch Katakomben und Schutt. Der Weg durch das Zentrum war Spießrutenlaufen, Verneinung der Lebenden durch die Toten – Kreischen, Verfluchen, Jammer ohne Laut –, die an mich oder niemand gerichtet schien. Sie lagen herum wie die Steine, in Haufen, einzeln, und ich sah, wer auf welche Weise krepiert war. Es war ein Unterschied, ob der Körper erstochen oder von Granaten zerrissen war; ob er erstickt, in den Kopf geschossen oder im Koma verblutet war. Der aufgerissene Mund, der zertrümmerte Schädel, die aus Fenstern hängenden Rümpfe, das faule Fleisch. Der auf Haut oder Stoff getrocknete Auswurf, das vertropfte, verströmte Blut, das Blut auf den Steinen, das von Wasser verflüssigte Blut, Blutschwärze im Sand. Ich sah, was ich immer sah, zum erstenmal: daß der einzelne unter allen verschwunden war. Kein Mensch hatte Zeit, sich um ihn oder alle zu kümmern. Es gab keinen Grund, sein Gesicht zu waschen, sein Gepäck zusammenzusuchen, ihn wegzuschaffen. Nur der Dieb ging hin und faßte ihn an.

Wir wurden vor einem Stadion uns selbst überlassen. Die Armee war abgerückt, das Stadion still, zweihundert Zivile waren da drin verbrannt. Es lag jetzt an uns, den Rest zu erwischen, der sich in Kantinen unter dem Spielfeld verschanzt hielt, ohne Nahrung nicht lang überleben konnte, doch in Wasser schwamm bis zum Jüngsten Tag. Ich war nicht dabei, als man nachts in das Stadion vordrang, durch Hintereingänge der Sportclubs in die Kabinen – dunkle Trainingshallen und Garderoben –, und nur ein paar Tote auf den Treppen fand, enttäuscht und erleichtert von diesem Plot. Drei Tage später war der Job vorbei. Was am Ort zu tun blieb, veranlaßte eine Besatzung. Der Transporter flog ein, man verlud die Verletzten, und wir flogen zurück nach Apulien, ins Camp.

15.

Apulien ist schön, das hört man gern. Ich habe dort ein paar Nutten kennengelernt. Die Stelle der Welt ist schön, weil dort nichts passiert und kein Job an der Stelle in Frage kommt. APULIEN – das ist die Basis des BP, Stützpunkt der INTER TRANSPORT und CAMP NUMBER ONE, in dem man mal Pause macht, sein Geld überlegt, zwei Briefe schreibt, wenn man Adressen hat, und sich allein und mit andern besäuft. Das Land ist tief und weit, man sieht es von fern, die Küste ist hell und der Himmel hat eine Höhe, die über der AIRBASE gefährlich wird. Man fährt mit dem Bus nach Brindisi oder Taranto, sitzt vormittags im Café, steht nachts an der Bar und gerät, wenn man Glück hat, an eine Frau, die nicht Albanierin oder Deutsche ist – Italienerinnen lachen und heulen, schlagen und spucken, das vergißt man nicht. ARM WAR DER MANN, UM DEN KEINE FRAU GEWEINT HAT. Er sitzt im Camp.

Seit dem Job in Roveno war ich erschöpft, mir war lebend nicht wohl. Ein paar Tage im Camp waren schon zuviel. Der Tag ging mir auf die Nerven, zu laut, zu lang, die Nacht verging schlaflos, zu schwarz, zu still, und die Zeit hing durch – wenn man selbst kein Ende macht, die Zeit hört nicht auf. Freizeit ist eine Erfindung der Hölle. Zuviel Zeit im Camp, wer hält das aus.

Die Bierbüchse ist dein Bier, wenn sie voll ist.
Die Bierbüchse ist dein Bier, wenn du Bier trinkst.
Die Bierbüchse war dein Bier, wenn sie leer ist.
Die leere Büchse ist kein Bier.

Ich meldete mich für den nächsten Job, er ging noch am gleichen Abend raus. Schwertransporter, zweihundert Leute, die Gesichter der meisten waren neu, Youngsters auf ihrem ersten Flug, nach Unschuld und Hoffnung sah keiner aus, die hatten sechs Wochen Training hinter sich. Ein paar Neue wurden zur Taufe geflogen, und das hieß, daß der Job keine Himmelfahrt war. Wie gewöhnlich wußte niemand, wohin es ging. Wer den Job finanzierte, erfuhr man nicht. Der Westen versank in Zwielicht, der Flug ging nach Norden – er ging nicht nach Afrika, nicht nach Asien –, in dieser Erleichterung schlief ich ein.

Die Maschine schütterte runter und rollte aus. Im Halbschlaf sah ich gewohnte Bilder – ein nächtliches Rollfeld mit wenigen Lichtern, Militärmaschinen ohne Beleuchtung, eine Aschenbahn im Dunkeln und ein paar Jeeps. Am Ausgang der Flughafenhalle – sie lag in Trümmern – las ich ROVENO in zersplitterter Schrift –

– KOMMT ZURÜCK UND SCHAFFT WEG, WAS ER HINTERLIESS.

Sie wurden aus der Ruine nach draußen geführt, Taschenlampen flackerten durch die Schwärze, ein Konvoi von Lastwagen stand bereit. Während der Haufen verladen wurde, schlug er sich seitwärts ins Dunkel und ging weg. Er beeilte sich nicht, das Entsetzen war stärker als er, ein Vogel flüchtete aus dem Gras. Nach einer Weile hörte er den Konvoi, er entfernte sich in eine andere Richtung, danach war Stille um ihn, er war allein, er war zum erstenmal in der Stille allein. Im schwachen Gegenlicht unterschied er Bäume, Mauern und

Tore eines Parks, danach einen Schlagbaum, Garagen und Rampen, und eine Straße, der er horchend folgte und weiter folgte, bis es hell um ihn wurde, er erkannte den Raum und den Boden, der Tag war da. Er war nicht Teil der Armee, kein Deserteur, er war bloß weggegangen aus dem BP, endgültig abgebrochen, im falschen Gelände, ohne Anlaß und Hoffnung, ZUM ABSCHIESSEN FREI.

An diesem Tag, der sein erster und letzter sein konnte, umging er Roveno, ohne sich umzusehn, ohne Angst, ohne Vorsicht, am Stand des Lichts orientiert, durch Vorstadtstraßen, Höfe, Ödgelände, Fußballplätze, Wald am Wasser, wusch sich und trank an einer Fontäne, bemerkte Menschen und Tiere und ihre Schatten, Eile und Heimlichkeit und ihre Geräusche – Türenschlagen, ein Sturz, ein Klirren – und legte sich, als er nicht weiterkonnte, an eine Hauswand und schlief ein.

Der Tag war noch hell und warm, als ein Laut ihn weckte, er kam aus den Fenstern über ihm. Ein Hoftor stand offen, er betrat das Haus, ging durch Türen und Flure, menschenleere Räume, abgedunkelt von zugezogenen Läden, schien etwas gehört zu haben und blieb stehn. Die Gestalt eines Menschen lag entfernt im Raum, sie versuchte sich aufzurichten, es war eine Frau.

Er setzte sich auf eine Bank am Fenster, seine Augen gewöhnten sich an das gebrochene Licht.

Sind Sie allein?

Er fragte noch mal auf Englisch, hörte ein stilles Ja.

Sind Sie verletzt?

Sie hob eine Hand und ließ sie fallen.

Die Frau war verletzt. Er blieb auf der Bank und sprach. Mit ruhiger Stimme – vergessen, daß er das konnte – sagte er seinen Namen und wer er war, woher er kam und warum er im Zimmer saß. Dann ging er zu der Liegenden hin, setzte sich zu ihr und hörte zu.

Sein Beutel lag draußen vor der Wand, er holte ihn in das Haus und blieb. Im Hof gab es Wasser, zu essen war nichts mehr da, er entdeckte ihr Blut auf den Treppen und auf dem Parkett. Sie war von einem Schuß in die Hüfte getroffen, auf der Flucht zurückgelassen von ihren Leuten, eine Nacht lang im Ort herumgeirrt und hatte sich in das Haus verkrochen, seit Tagen im Halbdunkel überlebt, schwach von Blutverlust, heiß von Hunger, benommen von Fieber. Im Stockwerk darüber standen Betten, er trug sie die Treppe hinauf und legte sie hin, deckte sie zu, holte Wasser und gab ihr zu trinken, wusch ihr Gesicht.

Dann ging er in den Ort mit einem Sack. Im Park am Fluß waren Tote liegengeblieben, die Kirche war leergeplündert, das Schulhaus verbrannt. Er ging durch verlassene Besitze, verwüstete Höfe, fand einen Erhängten und schnitt ihn ab, entdeckte Konserven und Brote und nahm sie mit, steckte ein, was ihm brauchbar erschien, es war nicht viel – Mehl, Öl und Salz und alte Äpfel, Jod, Seife, Mull, Papier und Kerzen; goß Reste von Wein in Flaschen zusammen; fand gebrauchte Spritzen in einem Topf, nahm Medikamente aus Schubladen mit. Nicht jedes Haus war unbewohnt. Er witterte das Bewohnte und Unbewohnte, der Instinkt war angeboren, die Vorsicht trainiert; hörte die Angst in den Häusern vor Nacht und Licht, Angst auch vor ihm, der vorbeiging, das war seine Stärke – aber er wollte nichts riskieren, er war seit dem Nachmittag nicht allein.

Als er ins Haus kam, war es Nacht. Die Wunde mußte gereinigt werden, seine Hände überzeugten sie. Sie konnte gebettet und gewaschen werden, Kleider wechseln, essen und trinken, atmen, schlafen, vielleicht vergessen, und wie er das machte, überzeugte sie. Seit er bei ihr war, starb sie nicht mehr. Ihr Name war Lida. Sie vertraute der gemeinsamen Nacht, den verschlossenen Türen, dem verdunkelten Haus.

Fahrzeuge fuhren durch den Ort, sehr langsam, sehr schnell, und hielten manchmal an. Rufe von Männern, Schritte am Haus vorbei, sie kannte noch nicht den Unterschied der Geräusche, wenn Tote verbrannt, auf Wagen geworfen, Leute aus Häusern geholt und fort. Er war immer wieder im Ort unterwegs, die Tage waren noch warm und die Nächte kalt, er wußte wieder, was Herbst war, und roch den Nebel, hörte den Regen und sprach davon. Sie sprachen davon. Er sagte nicht viel von dem, was er wußte –

– Hört er Schritte und Stimmen im Hof. Wartet am Fuss der Treppe. Sollen sie schiessen.

Aura

Damaskus! Die Vorstellung hinzufliegen, an dieser uralten Stelle der Welt zu sein, Cenci war aufgeregt – Dimischk esch-Scham! Eine Hoffnung, blendend, ungewiß – vielleicht war Damaskus der eine Ort, den sie überall suchte und nirgends fand. Was ich von Syrien wußte, sprach dagegen, und der Grund meiner Reise war fatal. Aber der Mai war eine gute Zeit, und Cenci war glücklich, sie bestand darauf.

Die Düsenmaschine der SYRIANAIR war zur Hälfte leer; ich glaubte, ein paar Kollegen erkannt zu haben, man grüßte an Passagieren vorbei; die Ankunft war wie in allen Airports dieselbe, Freudlosigkeit und Routine, Schlangestehen mit Paß und Papieren, in einer wesenlosen, heißen Halle, Rauchverbot, Übermüdung, Ungeduld verschwitzter Touristen und die Jagd nach Cencis Koffern (es waren drei). Ich flog gewöhnlich allein, daher erschien es mir sonderbar, eng neben meiner Geliebten Schlange zu stehen, um ein unbekanntes Land betreten zu können. Mit vier oder fünf Kollegen, Europäer alle, unter ihnen André Cairó, wurden wir im Bus durch den Airport gefahren, auf Pisten aus durchgebrochenem Beton, an ausrangierten Maschinen vorbei, und zu einem Helikopter gebracht, der sofort abhob und niedrig über Damaskus in südöstlicher Richtung fortflog. In Damaskus wollten wir bleiben, wenn der Job vorbei war, angehängte Tage, sorglos, frei von Zeit. Herrlich ist der Ort, den man nicht kennt.

Der Koloß – BIUR – liegt südlich des Stromlandes in der Wüste, nicht weit von der Grenze zum Irak. Die nächstgelegene Wüstenstation – Ebla Dschem, ein Flugplatz – bestand aus drei oder vier Baracken, einem Hangar für die Maschinen – Helikoptern des Militärs – und mehreren Landeplätzen aus Beton, von Sand überrieselten, kreisrunden Flächen, umgeben von Wüste und gleißendem Licht. Die Zufahrt markierte ein Mast mit der syrischen Fahne, ausgebleichtes, schlaffes Tuch. Zwei Arbeiter standen schweigsam vorm Office, Gleichmut und Stolz in den schwarzen Blicken, und ließen geschehen, was geschah. Die Journalisten verschwanden mit einem Kombi, der von Damaskus aus organisiert worden war. Um unabhängig zu sein, mieteten wir das einzige oder letzte Fahrzeug, das hier zu haben war, einen grauen verbrauchten Renault. Die Piste zum Hotel, eine steinige Rinne, zog sich in Kurven endlos hin. Nach zwanzig Meilen erschien vor uns ein Massiv, vereinzelter dunkler Punkt auf dem Horizont, nach dreißig Meilen erkannte ich den Koloß, seine südliche Breitseite, schwarz verschattet, wir fuhren direkt auf ihn zu. Ist er das? Ja, das ist er. Cenci verstummte und sah geradeaus. Sie hatte von mir so viel über ihn erfahren, daß sie auf den Anblick gefaßt sein mußte. Aber ich merkte, sie war verwirrt. Sie sah nicht die Wüste, die Schluchten im Schatten, die steinigen Wadi, sie sah nur den Koloß. Nach ein paar Meilen blickte sie weg und sagte: Ja, er sieht furchtbar aus.

Das Hotel heißt HOTEL, es hat keinen weiteren Namen. Es steht erhöht an einem Hang, der Koloß liegt tiefer, so daß man auf ihn und seine Umgebung blickt. Der Koloß – BIUR – gilt als Monument, in der Landkarte eingetragen als roter Punkt. Das HOTEL ist die nahe Wasserstelle, der Schlafplatz, der Parking, der Bierautomat, und die Notfall-Station mit Konserven, Verbandszeug und Jod, mit dem einzigen Handy an diesem Ende der Welt. In Eimern stehen Bäume und Pflanzen herum, an den Außenwänden, in Flur und Kabinen, verstaubte, verdorrte, neu eingepflanzte, die kein Gast als verschönernd empfinden kann. Das HOTEL ist nur zeitweise in Betrieb, es scheint von Fall zu Fall geöffnet zu sein, wenn ein Filmteam kommt, ein Club von Touristen, Fachleute für den Koloß oder Geometer, dann hat das Hotel seine gute Zeit. Was an Waren gebraucht wird, kommt durch die Luft, man bringt es im Wagen aus dem Stromland mit. Den Rest des Jahrs steht die Baracke leer.

Der Besitzer ist Franzose, Monsieur Bodon, vor dreißig Jahren hier hängengeblieben, NACHKOLONIALER LADENHÜTER – er lacht, wenn er von sich selber spricht –, der im Stromland ein großes Hotel unterhält, die Baracke hier am Koloß ist eine Filiale, er kommt nur noch selten für wenige Tage her. Jetzt ist er hier, vielleicht zum letztenmal, um an Ort und Stelle zu erfahren, was mit dem BIUR passieren wird. Verlederter alter Gamin in Sportsmen-Dreß, arabisch beschrifteter Kappe mit Nackenschutz, und bottes de cautschou, die er lieber trägt als Pantoffeln im Grandhotel. Er scheint mal ein COSMOPOLITE gewesen, zeigt Distance zu seiner Erscheinung und seinem DESTIN, gibt ohne Anlaß Humor zu erkennen, hat Céline gelesen, zitiert Rimbaud und schätzt das Gespräch mit seinen Gästen, vor allem wenn sie NICHT FRANZÖSISCH sind. Der BIUR ist ihm egal, ein gewohnter Anblick, er hat aufgehört, sich Gedanken um ihn zu machen.

Cenci gelang es, ihn zu bezaubern, er präsentierte sich als BALADIN. Aber Madame – er verbeugte sich ohne die Kappe –, was verlieren Sie Zeit in der Nähe des Monsters, er deutete durch die offene Tür (der Koloß war aus acht Fenstern des Hauses zu sehen). Alle Jahre mal taucht hier eine schöne Dame auf und verschwindet wieder. Denken Sie nicht daran, zu verschwinden, Madame! Erholen Sie sich – sein Charme schloß mich ein – in meinem Hotel im Stromland, tout comfort –

Er wiederholte: Wenn der Fall hier vorbei ist, nehme ich Sie mit, tout simplement.

Wir bedankten uns für die Chance, Cenci war froh. Meint er es ernst? Du hast ihn dazu gebracht.

Es hatte hier keine Siedlung gegeben, außer dem Wasserloch war nichts da, ein Ort von Bedeutung war das nie. Die Baracke, ein Schnellbau aus Fertigteilen, wird in zwanzig Jahren verschwunden sein, und kein Mensch mehr wird wissen, wie lang sie hier stand. Unsere Kabine verfügt über Aircondition, Metallschrank, Dusche und Doppelbett, Heizung für kalte Nächte und dreimal Neon und hat ein Fenster mit Aussicht auf den BIUR, man könnte von hier aus verfolgen, was dort passiert. An der Plattenwand Fotos ohne Rahmen, die Chimères von Notre Dame de Paris, vielleicht weil der Koloß ihnen ähnlich sieht. Ich ließ Cenci mit dem Gepäck allein und sah mir das Hotel von außen an.

Der frühe Nachmittag war heiß und hell. Der Ort war nicht leer. Es gab Spuren von Abfall und Exkrement, Motoröl und Nässe, Knochen und Fett. Reste von Tabak, Papier und Blech. Der Bau stand breit auf behauenen Steinen, zehn Zentimeter über zertretenem Sand. Unter den Böden Kanister und Kleider, Konservenbüchsen, zerbrochenes Glas. Alles Vorhandene zieht Leben an, den Wüstenfuchs, den Moskito, die Schlange, die Maus. Ich glaubte, eine Zikade zu hören, die MIT GLÄSERNER RASSEL AN MEINE SEELE SCHLÄGT – Nebengeräusch der lastenden Stille, unterbrochen von einer Propellermaschine, die krachend, in niederem Bogen nach Süden flog. Ich entdeckte Gräser und Steingewächs, senffarbene Moose, verkrüppelten Dorn, von dieser Wüste hatte ich nichts gewußt, und versuchte mir vorzustellen, was hier geschieht. Vogelschwärme in herbstlichen Flügen nach Norden, verlaufene, wilde, irre Hunde, ruhige schwarze Hunde der Beduinen, in Bodenlöchern wachende Spinnen, Brand und Schrei am nächtlichen Horizont.

Die Wüste war durch den Koloß entstellt, noch mehr ihrer Weite beraubt durch das kleine Hotel. Ein Bau wie diese Baracke verschwindet schnell, er wird verlassen, doch nicht zerstört, da es keinen Grund gibt, ihn zu zerstören. Er zerfällt im Sand. Ob ein anderer Bau dort hinkommt, kann niemand wissen, vielleicht ein Luxuskasten mit Pool & Court. Einer Firma gelingt es, hier Bäume zu pflanzen – Eukalypten, Pinien –, Gärten und Spielplätze hochzuziehen, schattige Säle gegen das Licht zu bauen. Eine Garnison wird aus dem Fels gestampft, eine Deponie ins Gestein versenkt. Nach zehn Jahren kommt man noch mal vorbei, mit der einen oder anderen Geliebten, glaubt in der Wüste zu sein und liest: STOP! LEBENSGEFAHR! Um was es geht, kann man nicht erfahren, man reist auf derselben Strecke nach Mari zurück.

Cenci war lange im Hotel allein. Sie saß im Reisekostüm mit dem Rücken zum Fenster, auf dem Klapptisch vor ihr ein Teeservice mit zwei Tassen, ihre Koffer ungeöffnet neben dem Bett. Sie war erleichtert, daß ich kam.

Seltsam, sagte sie, Rima war hier.

Wer ist Rima –

Die Hotelangestellte, offenbar die einzige. Bodon hat sie aus dem Stromland mitgebracht.

Was wollte sie –

Sie brachte den Tee, eine OFFERTE DE LA MAISON. Cenci zögerte.

Das ist doch sehr aufmerksam –

Du wirst sie kennenlernen, sie ist hübsch, französisch-syrisch, etwas jünger als ich. Sie blieb eine Weile, wir unterhielten uns –

Dabei scheint etwas gesagt worden zu sein, das dich beschäftigt –

Alles mögliche, wenn man sich kennenlernt, über das Hotel, über die Gäste, die Journalisten, und natürlich über den Koloß. Sie sagte etwas vom Tod ihres Mannes –

Sie war verheiratet, ihr Mann ist tot?

Ja, auf nicht feststellbare Weise gestorben. Nicht umgebracht, offenbar auch kein Unfall.

Was ist seltsam daran, daß eine Frau das einer anderen mitteilt.

Das meine ich nicht. Rima glaubt, daß der Tod etwas mit dem Koloß zu tun hat.

O bitte kein Gerede. Bitte nichts Mysteriöses um den Koloß. Es genügt doch, daß er da ist.

Ihr Mann hat hier gearbeitet, wie sie, sagte Cenci langsam, Wort für Wort, er hat das Hotel unterhalten, er war der Koch, der Chauffeur, er hat die Reparaturen besorgt –

Wann ist er gestorben.

Vor acht Wochen. Rima wirkt verstört –

Es ist nicht einfach für sie, sie macht jetzt die Arbeit allein.

Hat sie Kinder?

Davon sagte sie nichts. Es ist – ich meine, sie sagte, daß auch andere gestorben sind, die sich längere Zeit hier aufgehalten haben. Es ist nicht lange her, daß sie gestorben sind –

Woran ist er gestorben.

Das eben weiß man nicht.

Und die andern?

Man scheint nicht zu wissen, woran sie gestorben sind. Wir müssen so schnell wie möglich weg!

Ich versuchte, Cenci zu beruhigen. Wir tranken lauwarmen Tee, ich erzählte ihr von draußen, von den bescheidenen Wahrnehmungen in der Umgebung des Hotels (an dieser Stelle in Raum und Zeit, in diesem verheerenden, herrlichen

Licht, an diesem beginnenden Abend), und schlug ihr vor, mit mir zum Koloß zu fahren, der jetzt noch unberührt da draußen stand. Ich sagte ihr, es sei notwendig für mich, ihn in dem Zustand zu sehen, der jahrtausendelang normal war, sich selbst überlassen in vollkommener Stille von Sand und Wüste, Licht und Luft.

Sie wollte nicht. Sie lehnte ab – mit gereizter, heller Stimme –, noch näher an den Koloß heranzugehen. Noch näher nicht. Nein. Ich sagte ihr, sie sei müde, kein Wunder nach der erschöpfenden Reise, nach dem Klimaschock, und du warst noch nie in der Wüste. War es nicht besser, etwas zu unternehmen, als in dieser Kabine die Nacht zu erwarten. Wir sollten zusammen hinfahren, uns dort umsehen – damit er seine Unheimlichkeit verliert, damit du den Schrecken loswirst, höchste Zeit. Cenci, komm mit!

Du meinst, ich soll –

Ich flüsterte ABERGLAUBE! rief COURAGE!, unbesorgt, mit vertrautem Spott, und Cenci gab nach. Sie versprach, sich umzuziehen und mich zu begleiten.

Sie erschien wie zu einer Wanderung, in festem Hosenanzug und flachen Schuhen, die umgehängte Tasche voll Proviant – Schokolade, Feigen, Rosinenbrot, gekauft auf dem Airport Athen während eines Stopover –, das üppige schwarze Haar im neuen Hut, Schattenhaube aus Stroh mit wippenden Rändern, den sie mir vorführen wollte, SOBALD ES GEHT, ABER NICHT VOR DEN LEUTEN, IM FLUGHAFEN ODER SO. Die sandüberwehte Piste war kaum zu erkennen, wir fuhren auf Schotter und Fels, durch Wellen von Sand – hier schien lange kein Wagen gefahren zu sein – auf das Massiv zu und in die Sonne, die weiß in den flachen Westen fiel.

Der BIUR warf uns seinen Schatten entgegen, wir hielten in ihm und waren allein, ausgesetzt vor einer geschlossenen

Masse, die nichts als Stein zu erkennen gab. Das Glacis nach allen Seiten war platt und leer. Cenci hielt sich an meiner Seite, bedrückt, benommen, ich legte den Arm um sie. Wir umrundeten das getürmte Gestein, in unmittelbarer Nähe und weiter entfernt, um den Umriß und die Höhe erkennen zu können, die schwindelerregenden Ausmaße dieses Trumms, ohne Möglichkeit, seiner Ausstrahlung zu entkommen, uns entziehen zu können in eine Distance. Natürlich fasziniert er dich, sagte Cenci, du wärst sonst nicht hier. Zwanzig Meter über uns, auf dem Rand des Podestes – auf der Kante des Sockels –, schien etwas Gras gewachsen, vereinzelte Halme, Schmarotzerpartikel in Ritzen und Höhlen, verdorrte Moose auf rauhem Gestein. Keine Spur von Leben, kein Vogel, kein Falter, hier wurde seit tausend Jahren kein Nest gebaut, hier hatte kein Lebewesen zu hausen versucht. In der Höhe, zum Himmel hin lagernd, eine Gestalt, verwüstete Greifwerkzeuge, verwitterter Schädel, erodierte Gliedmaßen, Knochen, Rippen, sofern das ein Abbild von etwas Menschlichem war, sofern überhaupt GESTALT zu erkennen war, falls etwas Organisches als Modell vorausging – lebender Körper, einer Opferung wert –, ein Dämon, ein Gott, die Rechtfertigung einer Skulptur. Sofern das kein hingestreckter Affe sein sollte, die Nachbildung eines Phantoms, eine Ausgeburt. Das Licht lag stumpf auf den weiten Flächen, aus der Ferne erschien seine Masse hell.

War es falsch, mit Cenci hierhergekommen zu sein. So zerschlagen wie sie, so klein, so verzweifelt stumm. Ihre Schönheit war überflüssig an diesem Ort, ohne Wert für sie selbst, ohne Sinn im Bereich des BIUR. Nichts war jetzt notwendiger für mich, als diese Frau, die nichts mehr von sich empfand, von hier fortzubringen und in ein Leben zurück, in dem ihre Anmut entscheidend war. Leben, ein Leben, das uns gehörte.

DAS VORHANDENSEIN DES BIUR BLEIBT OHNE ERKLÄRUNG.

Urzeitliches Bauwerk, das auf nichts verweist, keine Spur von Gebrauch zu erkennen gibt.

Ich brachte sie in den Schatten zum Wagen zurück. Ihre Erstarrung löste sich, als wir hinausfuhren in das Licht, den Koloß im Rücken, das Hotel vor Augen, dürftiger Anhaltspunkt am Horizont (wir fuhren in der eigenen Spur zurück). Cenci begann überstürzt zu sprechen, unverständliche Sätze, und lachte viel. Wir lachten, weil ein Stein einer Ente glich, ein anderer meiner Nase ähnlich sah. Cenci lachte bis vor die Tür des Hotels.

Monsieur Bodon saß im Büro, hinter offener Tür, vor einem Radiogerät, dessen Knistern die Abendnachrichten verschlang. Er wußte, wo wir gewesen waren, einen anderen Ausflug gab es nicht. Sie sind drüben gewesen? Sie haben recht. Man muß sich das Ding – ce truc là – schon aus der Nähe angesehen haben. Was in den nächsten Tagen dort los ist, weiß offenbar niemand.

In einem hinteren Raum waren Stimmen zu hören. Die Kollegen hatten ce truc là noch nicht besichtigt, das Hotel nicht verlassen. André Cairó war nicht im Haus.

Halt mich fest, noch fester, so ist es schön. Wir dürfen uns nicht mehr trennen, nie. Man kann das doch nicht, den andern im Stich lassen, einfach so. Kannst du das? Du kannst es nicht – oder? Ich auch nicht. Unmöglich, wir können es nicht.

Wir hatten die Mäntel vor das Fenster gehängt. Die Nacht der Wüste war schwarz und still, furchtbar still, wie abwesend, sagte Cenci (und war herrliche Stille allein für mich). Befindet sich ein Koloß in der Neuen Welt, an einer Küste, am Suezkanal, steht er nachts unter Flutlicht, von Türmen und Schiffen zu sehen. Der undurchdringliche Riese, verschluckt von Nacht, Bestand ihrer Schwärze und Lautlosigkeit, erschien mir bedrückender als sein Anblick bei Tag. Ich empfand seine Gegenwart durch Nacht und Raum. Cenci schien nicht berührt, sie schlief bald ein.

Als sie schlief, ging ich in den hinteren Raum. Tabakrauch quoll durch die enge Box, die Kollegen tranken Bier aus dem Automaten, offene Hemden, am Boden liegende Schuhe, schweißnasse Gesichter, von Neon fahl. Es war der Beginn einer letzten Nacht, der Vorabend eines Tages, der bald begann, ein lässiger Augenblick ohne Gefahr, geschenkte Zeit, die keinen Zeugen brauchte. Man verbrachte sie in einer Bar, an abgegessenen Tischen im Restaurant, die Mitternacht war vorbei, die Sektflasche leer. Was am kommenden Tag geschah, konnte niemand sagen, die Vermutungen waren besprochen, die Zweifel verhallt, die älteren waren auf ihre Zimmer gegangen, die jüngeren rauchten noch vor der Tür. Man kannte sich von den Schauplätzen, aus der Etappe, aus Jerusalem, Lagos, New York oder Lima, aus Anlässen von Zerstörung, Terror, Tod. An diesem Abend traf ich André Cairó, Fotograf und Reporter aus Paris, der beste confrère unter unseresgleichen, langer schweigsamer Mensch mit schläfrigen Augen, vor allem ungesprächig, vor allem ermüdet, vor allem frei von Zynismus, ein fairer Typ. FAIR? WARUM NICHT, SOLANG ICH JA VON NEIN UND LICHTBLICK VON ILLUSION UNTERSCHEIDEN KANN. Ich war erstaunt, ihn in der Wüste zu treffen, denn was hier geschah, war keinen Bildtitel wert. Es war kein Verbrechen, kein Politikum. Ihn hatte, wie mich, etwas anderes veranlaßt zu kommen, darüber zu sprechen blieb keine Zeit, wir hatten uns in Damaskus begrüßt, jetzt wünschten wir eine gute Nacht. Der Koloß war durch die Presse gegangen, ich kam als Zeuge seiner Beseitigung, war da ohne Auftrag, bezahlte die Reise selbst, und ob ich daraus was machte, stand weit dahin.

Wir hatten vergessen, Kerzen zu besorgen.

Als ich zurückkam, schlief Cenci im Dunkeln, sie hatte das Neon ausgedreht. Meine Geliebte hat keine Angst, sofern eine Spur von uns ihr Gewißheit gibt – ein paar Blumen, ein Duft, eine Fotografie. Dann genügt ihr als Nachtzeug ein Hemd von mir. Wenn sie im Auto singt, ist alles gut.

Cenci ist meine wievielte Geliebte, und die dritte Frau, die mit mir lebt; sie ist die dritte Frau, mit der ich lebe, und die letzte, mit der ich die Kräfte teile, noch einmal anfangen will ich nicht, noch mal in der Abwesenheit eines Körpers verzweifeln, mit der Liebe von vorn beginnen als Amateur, mit dem Blumenstrauß an der Ecke und törichtem Lächeln, bis die Unbekannte kommt, ihr Stiefelchen zeigt, den Mantel zurückschlägt und Sie sind dran.

Cenci begleitete mich zum erstenmal, obwohl ich sie bat, darauf zu verzichten, auf einer Berufsreise geht das nicht. Daß sie nicht mitkommt, ist die gemeinsame Chance. Sie fehlt mir nicht in der Eile und den Terminen, in Hotelzimmern ohne Charme und unter Kollegen, kein Profi nimmt eine Frau in die Unterwelt mit. Du verlangst das Unmögliche, Schaden für dich und mich. Du weißt nicht, was du tust. Cenci sagte – sie hatte mir zugehört – o ihre Honigstimme, ihr Wille aus Erz –: Ich bin die Frau, die dich liebt. Ich kann nicht noch mal auf deine Anrufe warten und leben von dem, was du mir erzählst. Ich kann nicht schon wieder darauf warten, daß du endlich zurückkommst. Es geht nicht mehr.

Ich will Cenci behalten, und sie kommt mit. Unsere Reise führt am Koloß vorbei nach Damaskus, und Damaskus ist der Name, den Cenci träumt, wofür sie Strapaze und Erschöpfung in Kauf nimmt, meine Schwerarbeit und ihre drei Koffer, weil Damaskus ihr Traum für uns beide ist – Dimischk esch-Scham!

Ich versuchte es noch mal mit Venedig und Dublin – persönliche Ferien, die allerprivateste Weltfahrt, Herbst und gemeinsames Zeithaben an der Küste –, aber Damaskus war gesprochen, rien ne va plus.

Cenci ist vierunddreißig und ich bin älter, ich bin sechsundvierzig, das wissen wir beide. Jeder weiß das im Hinblick auf sich und den andern, da kann man nichts machen, es ist kein Spiel. O doch, daraus kann man was machen, es kann ein Spiel sein – wir haben es schon gewonnen, es ist unser Spiel!

Der Unterschied spielte keine Rolle, er war bloß da, und er kam zum Vorschein, wenn ein Anfall von Streit oder Schmerz uns trennte, das ging vorbei, unser Lachen kam wieder, und die Liebe war ohne Alter wie zuvor. Uns hielten sechs gemeinsame Jahre fest, und ich war froh, daß sie nichts Besonderes waren, Zeit ohne Reichtum und Sensation, nicht erstickt von Routine oder Comfort, nicht entstellt von Enttäuschung, Krankheit, Zweifel, wie auch Cenci, zu meinem Glück, nichts Besonderes war, bis ich im Flug der Zeit erfaßte, daß Cenci, die Nichtbesondere, einzig war, und daß Besonderheit Illusion sein konnte und das Nichtbesondere Schutz vor Toska und Spleen. Ein Zauber Gewißheit ging von ihr aus, bestärkte ihre Nacktheit und ihren Blick, ihr Schweigen und ihre Stimme, mir fehlte nichts. Was mir fehlte, fehlte mir nicht durch sie. Daß auch ihr nichts fehlte, durch mich nichts fehlte, war ein Wunsch, bei dem es bleiben konnte, solange die Liebe ohne Alter war.

Eine Wohnung in Straßburg, eine Stelle als Bibliothekarin, die bemerkbare Zeit mit den Jahreszeiten und Festen, Ferien und Reisen, Landschaften, Nächten, die nicht bemerkbare Zeit mit Schlaf und Tagtraum, Atem und Freude und jenem Wort, das uns fehlte, DENN WENN WIR ES HÄTTEN, WÄR ES EIN WORT ZUVIEL. Ob es uns gelingt, sagte Cenci, morgens im Zug nach Antwerpen, ich meine, ob wir – sie unterbrach sich, sah in die Landschaft und schwieg. Der IC fuhr an einem Fluß entlang, der Herbst schien zum Fliegen leicht und hell. Ein großer grauer Vogel flog aus dem Schilf – jetzt sollst du mir sagen, daß er ein Reiher ist.

Etwas von dem, was wir wußten, schien wahr zu sein. Und nun unsere erste Nacht auf dem Weg nach Damaskus.

Die Kabine war erstickend schwarz, ich hörte Cenci atmen in dieser Grube, Flackern von Neon hätte sie geweckt. Die Tür zum Büro stand offen, der Raum war leer. Ich suchte irgendwas, ein bescheidenes Licht, eine Kerze, sofern das kein Luxus war, tastend wie ein Dieb an wertlosen Sachen – Regal und Schrank aus Metall, kein Bild, kein Safe – wo befand sich die Lichtmaschine des Hotels – draußen, wo die Garage im Dunkeln stand – und fand einen alten Leuchter mit Docht und Öl, arabisches Kleinod aus gestanztem Blech, der gläserne Aufsatz war verrußt – ein Besitz von Rima? –, und nahm ein Feuerzeug vom Bürotisch mit. Im schwachen Schein des Leuchters am Boden sah ich Cenci atmen und schlafen, sie war es – zusammengerollt auf ihrer Seite des Lagers, schmaler Umriß unter grauem Leintuch –, lag dann neben ihr, ohne zu schlafen, das Licht verglomm gegen Morgen, es zuckte weg.

Als durch die Presse die Nachricht ging, der Koloß sei von Vernichtung bedroht – DER KOLOSS SOLL VERNICHTET WERDEN, ER WIRD ZERSTÖRT – Dementis und Widersprüche und nichts geschah –, war ich schnell entschlossen: ich fliege hin. Kein Gedanke an Cenci, ich flog wie immer allein, und wie immer fast ohne Gepäck, eine Reisetasche – Kamera, Kleider, Medikamente, Notizbuch und Stift. Die Geschichte des Ungeheuers war nicht bekannt, und es gab über ihn keine neuere Literatur. Ein paar Hinweise in verschiedenen Sprachen – arabisch, französisch –, verstreute Beschreibungen, wenige Fotos, ein Interesse der Wissenschaften schien nicht vorhanden, die Touristik kam selten hin seiner Lage wegen – hier war ein Fall für mich und meinen Job. Wenn Fanatiker ein Monument angreifen, weil es den Gott – Mohammed – verhöhnt, die Gesetze der Religion und den Menschen verneint, dann kommt eine Sache in Gang, die gefährlich wird – der Fall hat Folgen –, egal wie die Presse das formuliert: Fundament-Schritt, Menetekel, Fanal von Verachtung und Hybris, gezielter Ausbruch religiösen Wahns. Die Arabische Liga hält sich zurück, das heißt, sie befürwortet die Aktion. Die Regierung Syriens verhält sich neutral. Ein Minister weist die Bedenken Italiens zurück. Proteste westlicher Staaten sind folgenlos.

Ein Artikel im PARIS MATCH schloß mit den Sätzen: Nicht wenige erwarten die Zerstörung des Kolosses mit Spannung. Man fragt sich, auf welche Weise und mit welchen Mitteln hier vorgegangen wird. Die immer wieder gehörte Frage, ob in dieser Gesteinsmasse etwas verborgen sein könnte und um was es sich handelt – Schatzkammern, Gräber, ein Heiligtum –, wird in absehbarer Zeit beantwortet sein.

Der BIUR liegt fern von den alten Verkehrsknotenpunkten, Heer- und Handelsstraßen, Nomadenfährten, 200 Meilen südwestlich des Euphrat, und hat nichts gemein mit den Architekturen des Weltteils – Zitadellen, Palästen, Toten Städten. Ihre Geschichte ist bekannt, sie wurde rekonstruiert und als Schrift überliefert, allein der Koloß scheint keine Geschichte zu haben, das einzige Monument, von dem man nichts weiß. Die Zeit der Entstehung liegt im dunkeln, von einer Baugeschichte ist nichts bekannt, Bestimmung oder Bedeutung sind ungeklärt. Ein Monument ohne Sinn hat es nie gegeben, doch erscheint der BIUR als ein Gegenstand ohne Funktion. Um 1900 hoffte ein Dr. Sylvester, den Koloß durch Vermessung erschließen zu können, durch Analyse der Form einen Schlüssel zu finden; er rechnete damit, einen Code zu entdecken, kam mit zwanzig Mitarbeitern und blieb sechs Wochen und fuhr ohne Resultat nach Stockholm zurück. Etwas Ähnliches scheint sich nicht wiederholt zu haben, ich kenne keine Berichte aus neuerer Zeit.

Der Koloß liegt quer zu den magischen Linien, die die Lage antiker Bauten bestimmte, errichtet von Ost nach West und von Nord nach Süd, den Kopf zum Meer, den Fuß zum Gebirge gewandt. Der Biur liegt ungefähr parallel zum Stromland, in dieser Position ist kein Sinn zu erkennen – Findling, aus dem Raum auf den Erdball gesetzt. Er steht weithin sichtbar auf der Wüste, wie eine Titanic auf dem Meer erscheint, 100 Meter lang, 30 Meter breit, 70 Meter hoch, man nimmt diese Maße mit Befremden wahr, sie erscheinen willkürlich. Er scheint an seiner Stelle entstanden zu sein, denn sein Material ist der Stein dieser Wüste. Zu ihm gehört eine weite Fläche aus Fels, die ihn nach allen Seiten umgibt, abgeplattet, mit Sand überhäuft, mit spärlichem Steinkraut bewachsen, ein schwaches Grün. Der liegende Körper auf dem Podest – sofern man ihn als Gestalt erkennt – ist an allen Stellen mit Beulen bedeckt, steinerner Aussatz, verwitterter Schanker, man glaubt Wunden und Striemen zu unterscheiden, hat aber keine Gewißheit in dem, was man sieht. Gedunsene Mißgeburt, Krötenmensch-Leib; Gestalt oder Mißgestalt ohne Anatomie.

Die Herkunft des Namens ist nicht bekannt. Biur soll hebräischen Ursprungs sein, aber bewiesen wurde nichts.

Der Koloß liegt in einer Weltgegend des Parcours, der wechselnden Herrschaft und Eroberung, des Verfalls und des Aufbaus, des assyrischen, babylonischen, römischen Reiches, des jüdischen, islamischen, christlichen Glaubens, und der Biur lag unangetastet da, gemieden von Kriegern und Dynastien, Mamelucken, Seldschuken, von Tamerlans Horden besetzt und für wertlos befunden. Kundschafter kletterten auf das Schädelplateau, Nomaden und Sklaven, verirrte Pilger, barfüßige Söldner wurden hinaufbefohlen, Verbrecher in seinem Schatten ausgesetzt. Der Selbstmörder stürzte ab, der Prophet verschwand, und die Vögel des Stromlandes holten die Reste ab. Pilger und Büßer beteten zu ihm, Potentaten brachten ihm Opfer dar – Blut von Frauen, Fleisch von Kindern –, fremde Könige ritten in Eile vorbei.

Der BIUR entstand als Altar eines Weltraumtempels – der Phantasie sind keine Grenzen gesetzt. Er verhöhnte Gottheiten, die vermutet wurden, verlachte Götter, die sich dem Menschen entzogen, dem Geruch, dem Gehör, der irdischen Sichtbarkeit. Orgien obszöner Tänze, sinistrer Gesänge, schwarze Messen mit Feuern und Foltern. Man sprach der Allmacht das Recht ab, zu existieren, verfluchte das Licht und die Sonne, die Nacht und den Mond. Der BIUR blieb zurück mit Spuren von Blut und Ruß, sie lösten sich im Wind der Wüste auf. Ihn zu zerstören war nicht der Mühe wert. Er tauchte noch auf in Geschichten der Völker, in Berichten von Osmanen, Mongolen, Christen, und wurde vergessen, ein Bau ohne Sinn und Bedeutung, dessen Zustand sich nie zu verändern schien.

In einer Schrift des Antonius Tentius, römischer Historiker, 60 vor Christus, wird der COLOSSUS erstmals erwähnt: SOLL SICH IM UNBELEBTESTEN TEIL DIESER WÜSTE EIN KOLOSS ERHALTEN HABEN, DEN NUR JENE ENTDECKT HABEN KÖNNEN, WELCHE DIE GROSSEN STRASSEN NACH NORDEN VERLASSEN UND IN OBSCURER ZONE –. Später sind es arabische, türkische Zeugen, Kuriere, Reisende, Geologen, die von einem BIUR gehört haben wollen, aber ihrer Sache nicht sicher sind – urzeitliches Bauwerk, das auf nichts verweist, keine Spur von Gebrauch zu erkennen gibt. Um 1700 wird seine Lage bekannt, er wird beschrieben und kommentiert, in seiner Nähe ziehen Karawanen vorbei, vor allem sein Schatten wird entdeckt und empfohlen, sein Schatten macht ihn brauchbar als Reiseetappe – man kann, seine Seiten mehrmals wechselnd, lange Teile des Tags im Schatten verbringen. Sein einziger Vorteil wird wahrgenommen, aus ihm entwickelt sich eine Station in der Wüste, bescheidener Umschlag – und Rastplatz für fünf Jahrzehnte, arabische, dann türkische Freistatt, die aus Wassermangel wieder verfällt. Der Schatten des Biur wird nicht mehr genutzt, der Große Transit bewegt sich auf anderen Strecken, durch das Stromland des Euphrat, auf Straßen des Nordens und Südens. Das Hotel, ein Hobby seines Besitzers, wird zu Anfang der Sechzigerjahre errichtet und als Notquartier von Touristen in Anspruch genommen. Länger als ein paar Nächte bleibt niemand dort.

Als es Tag wurde, hörten wir Lärm, aber Cenci schlief weiter. Sie hatte vergessen, wo sie war, die gemeinsame Wärme beruhigte sie, sie atmete tief. Die Unruhe vor dem Hotel nahm zu, ich hörte Motorengeräusche, arabische Stimmen, es eilten Schritte durch das Hotel. Ich verschob den Mantel vorm Fenster, der Tag wurde hell, das Hotel war umstellt. Zivilisten und Uniformierte liefen herum, mit Maschinenpistolen gerichtet auf das Hotel. Bodon stand vorm Eingang draußen, er schien zu verhandeln, zwei bewaffnete Kindergesichter hörten ihm zu, schüttelten die Köpfe und ließen ihn stehen, er kam mit besorgtem Gesicht in das Haus zurück. Ich traf ihn im Büro, neben ihm stand Rima, sie tippte auf einem Handy und blickte weg. Er bat mich, meine Kollegen zu informieren – Ausgangsverbot. Das Hotel ist umstellt für die nächsten zwölf Stunden, verschlossene Türen, weg von den Fenstern, wer nicht aufpaßt, riskiert, erschossen zu werden. Die Garage ist beschlagnahmt, die Piste bewacht. Journalisten und Ausländer nicht erwünscht, man hält sie auf allen Flughäfen fest oder schickt sie zurück nach Deir ez-Zor. Man nimmt uns die

Pässe, Schuhe und Handys ab – niemand weiß, was passiert und wie lange es dauert –, kontrolliert die Kleider und das Gepäck. Waffen und Kameras vor die Tür.

Fünfzehn Minuten später war jeder wach, und Cenci stand schön gekleidet mit Rima im Flur. Die vier Kollegen bestanden darauf, den Schauplatz mit heiler Haut zu verlassen – Anweisung ihrer Redaktion. Sie wurden in einen Kombi verfrachtet, der sofort auf der Piste nach Norden verschwand. Cairó blieb da. DAS FERNGLAS GEHÖRT ZUR AUSSTATTUNG EINES HOTELS, Monsieur Bodon – er lächelte wieder – versenkte es in sein bestes CACHETTE, unter den Plattenboden am Wassertank. Cenci lachte, CACHETTE war ein hübsches Wort. Wir ließen die Mäntel vorm Fenster hängen, das gab uns die Chance, nicht sichtbar zu sein und durch Lichtspalten in die Wüste zu sehen. Die Wüste, die wir sahen, war menschenleer.

Gegen acht fuhr ein Lastwagen zum Koloß, sehr langsam, und kam nach zwei Stunden schnell zurück. Der Dynamitschlag schütterte durch den Raum, die Wüste bebte. Der BIUR verschwand in Massen fliegenden Staubs. Auf den Donner folgte vereinzeltes Knacken, verschiedenes Wummern, die Stille kam nicht zurück. In zwanzig Minuten verzog sich der Staub nach Norden und fiel in die Wüste zurück.

Der Koloß stand im Licht mit verwackeltem Umriß, hoch und breit wie vorher, aus Löchern rauchend, herausgesprengte Bauteile lagen im Sand, Trümmer und Bruchstein weit in die Wüste verstreut. Sand in Schleiern hob ab und verflog im Wind, der mit leichten Stößen aus dem Süden kam. Nachhall der Detonation füllte Kopf und Ohren, der sichtbare Raum war aufgeschreckt von Getöse, das schwer durch Blau und Leere zu wälzen schien, keinen Ausweg fand, sich dumpf in der Luft erschöpfte. Cairó hatte den Befehl befolgt, seine Kamera vor das Hotel gestellt (sie war in seinen Papieren vermerkt). Ich hatte die meine zurückbehalten (kein Mensch vermutete das Ding bei mir) und die Attacke auf den BIUR gefilmt, durch das Fenster von Rimas Zimmer, von niemand bemerkt. Unsere Wächter achteten nicht auf uns, sie standen mit dem Rücken zum Haus, in Gruppen und einzeln, starrten auf den Koloß, einige rauchten, die Waffe leicht im Arm. Die Art der Attacke machte mir klar, daß die Gang, wie angesagt, den Koloß zerstörte, ohne Rücksicht auf seinen Inhalt – Gräber, Schätze –, in der Absicht totaler Vernichtung und mit dem Ziel: DAS SCHANDMAL WIRD DER WÜSTE GLEICHGEMACHT.

Im Schatten des BIUR tauchten Lastwagen auf. Männer bewegten sich durch die Landschaft aus Trümmern, eilten in Gruppen um das Massiv, das weiter Gestein zu verlieren schien, Staubfahnen stiegen vom Boden auf (Bodon gab nicht gern sein Fernglas her – Sie haben die Kamera, ich habe mein Glas!). Die Wagen verschwanden, der BIUR stand frei, von wo aus die Zündung erfolgte, war nicht zu sehen. Das Massiv, von der ersten Attacke zerrüttet, wurde weiter aufgerissen, in Stücke zersetzt – verstärkter Steinschlag, verringerter Staub –, die Teile schleuderten quer in die Wüste fort. Die Detonation verrollte im heißen Raum, ein Schall wie Sirenengesang kam von fern zurück, Tinnitus-Gezwitscher in meinen Ohren; wir standen hinter den Fenstern und horchten und hörten keine Stille mehr.

Cairó hatte unbeteiligt am Fenster gestanden, ich überließ ihm die Kamera, er war froh. Aus dem Innern des Hotels war nicht viel zu machen, die Klappfenster blieben verschlossen, das Glas war verstaubt. Das Bildmaterial mochte schwach sein, war aber vorhanden, und die einzigen Zeugen waren wir. Der BIUR war geschrumpft, er hatte an Höhe verloren, sein Umriß war deformiert, die Gestalt unkenntlich, und im Podest waren Höhlen und Sprünge zu sehen. Sein Schatten hatte sich stark verkürzt, ein ausgefranster Lappen hing am Koloß, der einer Ruine zu gleichen begann.

Am Nachmittag wurde mit Granaten geschossen. Sie schlugen in alle Seiten ein, sprengten die Reste der Gestalt, vertieften die Einbrüche im Podest und rissen neue Spalten auf. Die nordwestliche Ecke stürzte zusammen – ein Dreißig-Meter-Bereich aus Quadern –, und wieder war nichts als Stein zu sehen.

Am Abend endete der Beschuß. Der Biur glich einem alten Koffer, den ein Gigant auf der Flucht vergaß. Wir waren erschöpft und darauf gefaßt, am Morgen von Detonationen geweckt zu werden. Unruhig, gereizt. Rima lief laut im Hotel herum, schien etwas zu suchen, vergaß, was es war. Cenci schlief mit verstopften Ohren, Bodon schlief vorm knisternden Apparat. Cairó trank eigenen Kognak und rauchte viel. Die Wachmannschaft – zwölf Männer – war plötzlich verschwunden, zwei Uniformierte blieben zurück. Ich hörte ihre Stimmen im Dunkeln, sie bewachten die Garage und das Hotel und verweigerten wortlos jeden Kontakt. Ein knapper Wink mit der Waffe – VERSCHWINDE! –, als ich nach draußen ging, um mit ihnen zu sprechen – das müssen Sie mir überlassen, sagte Bodon.

In dieser Nacht sprach ich lang mit André Cairó. Wir tranken seinen Kognak in seiner Kabine – es gab nur noch Wasser, der Automat war leer –, die Wächter im Dunkeln sahen uns zu. André, der Erschöpfte, Schweigsame redete viel –

– ich habe die Sphinxe fotografiert und den Arc de Triomphe, Stonehenge und die mexikanischen, ägyptischen Pyramiden, die Köpfe der Osterinseln, Luxor, Afghanistan, Rom, die Mauern in China, Korea und Berlin. Seit zwanzig Jahren sehe ich diese Riesendinger, Carceri alle, es ist mein Job – sehe sie auswendig und immer wieder, weiß, was man darüber wissen kann, weiß, was sie waren und bedeuteten und was sie heute sind und heute bedeuten, und werde nicht dafür bezahlt, daß ich träume, in ihnen gefangen zu sein –, aber kein Bau der Welt hält mich in Atem und hält mich hin wie dieser verfluchte Koloß, ce truc là, wie Bodon sagt, der auch nicht von ihm loskommt, nicht die Absicht hat, von ihm loszukommen, und freiwillig hier in Gefangenschaft sitzt und ihn belauert, er belagert ihn – was hat der BIUR an sich, was macht sein DILEMMA aus, sein Rätsel, und was stimmt da nicht –, denn daß da was nicht stimmt, das ist doch klar. Ce truc là ist jetzt so sehr zusammengeschossen, daß ein Inhalt zum Vorschein gekommen wäre, wenn der BIUR einen Inhalt hätte. Oder ist der Inhalt – und was heißt INHALT – so unauffindbar, so verschwindend klein, fast unsichtbar, ungreifbar – daß er in einen Stein paßt, in eine Kapsel, eine Schale aus Mörtel. Ist der Inhalt ein Stein, und als Kilo-Gescherbel in den Trümmern verschwunden. Ist er ein in Dreck und Staub verpackter Diamant, das kostbarste Glitzerding der Menschheitsgeschichte, einer Königin geraubt, vor dem Neid der Götter versteckt im BIUR. Ist er das Bild eines Götzen, eines Diktators, einer Magierin, die man umbrachte aus Angst, und einmauerte, weil man fürchtete, sie könne sich ins Dasein zurückverwandeln. Ist der BIUR der Triumph eines Wahnsinnigen, der sich langweilte und eine halbe Million seiner Sklaven beim Bau des Monsters krepieren sehen wollte. Ist seine Inhaltlosigkeit ein gewaltiger Witz, eine finstere Intrige ohne Substanz und Anlaß, Herz der Finsternis, Gelächter der Hölle, von irre gewordenen Priestern aus dem Boden gestampft. Ich verstehe nicht, wie man das Ding ignorieren kann. Sie sind wie ich ohne Auftrag hier, wir verdienen kein Geld und kein Falschgeld mit solchen Fragen, wir bezahlen unseren Trip selbst und sind nun – der Irrsinn ist fast vollkommen – die einzigen Zeugen dieser Art von Schlachtung – dieser Abart von TUERIE eines leblosen Gegenstandes, der ein so erschreckendes Leben hat oder zu haben vortäuscht, wesenlose, nicht faßbare Existenz – er hat ein Leben, er hat es, er wird es gehabt haben –

Wir wurden wach, bevor der Beschuß wieder losging, aber Cenci wollte nicht. Kein Tag, keine Wüste, kein Koloß, sie wollte liegen und nichts als schlafen, bis die Zeit für Damaskus gekommen war. Im Hotel war alles zuviel für sie, selbst der schlafende Bodon ging ihr auf die Nerven, der dünne Cairó mit seinem Schweigen, die aufgescheuchte Rima und du auch. Ich werde den Fehler nie wieder machen, dich nie wieder begleiten, ihr habt es mit Höllensachen zu tun, du und Cairó und deine Kollegen, das weiß ich jetzt, und es macht mir angst.

Ich erbat von Rima ein Frühstück für Cenci und brachte ihr das Tablett ans Bett. Was im Hotel am Meer ein Vergnügen ist, ging in der verschlossenen Kabine unter, unbeholfener Trost für die schöne Erschöpfte, aber sie lächelte wieder und trank Kaffee und aß entschlossen *diesen Zwieback* auf. Danach schlief sie weiter.

Vor Sonnenaufgang gleißte der riesige Osten, und mit der Sonne war die Wache da, zwölf Männer verteilten sich um das Hotel. Rima machte ein Fenster auf, und ein Warnschuß durchschlug die Plattenwand. Sie hastete in den Abort und schloß sich ein, ich hörte die Tränen.

Gegen acht wurde Dynamit zum Koloß gefahren, gegen neun ging die erste Ladung hoch. Der Staub zog langsam ab, der BIUR war geschrumpft und die Landschaft der Trümmer um ihn hatte sich vermehrt. Abstoßend, ohne Formen, ein Haufen Gesteine, das konnte kein Bauwerk gewesen sein. Am Vormittag wurde mit Granaten geschossen, Hickhack von Detonationen ohne Pause, Einschläge um den BIUR und spritzender Fels. Zwischen den Trümmern taten sich Trichter auf. Cairó stand hinter dem Fenster, die Kamera lief, und etwas passierte –

– irgendwas war draußen passiert, er setzte die Kamera ab und lief zum Fenster, wir liefen zum Fenster und starrten hin.

Der Rest des BIUR war nicht mehr da. An seiner Stelle befand sich ein Loch, aus ihm quoll Staub oder Qualm in den Himmel (ich hörte Donnern, das langsam verrollte – täuschte ich mich?). Wir blickten in Luft und Wüste, der Raum war leer, der Koloß war weg. Die Landschaft der Trümmer war noch dieselbe, sie umgab einen Krater mit vier Ecken, der dem Grundriß des BIUR zu entsprechen schien. Ich sah: der Koloß war unter die Wüste gestürzt.

Unsere Schrecksekunde zog sich hin, ich dachte daran, daß Cenci schlief. Cairó, der Schweigsame, schwieg, in Gedanken versunken, schien sonderbar belustigt und rauchte viel. Rima flehte uns an mit verstörten Blicken, aber wir hatten nicht viel für sie. Bodon glaubte, den Verstand zu verlieren, und verschwand zu Selbstgesprächen in sein Büro.

Am Mittag war die Wüste belebt wie nie. Fahrzeuge rasten am Hotel vorbei, von allen Enden des Horizonts, und standen zu Dutzenden in der Nähe des Lochs. Dunkler Rauch trieb über der Wüste ab, schwärzliche Hitze zitterte über dem Sand. Menschen, immer mehr Menschen umstanden den Krater, wurden wegbefohlen, zurückgetrieben und zu den Fahrzeugen abgedrängt. Eine Postenkette bewaffneter Schatten hielt die Umgebung von Menschen frei, wir hörten Schüsse. Ein Helikopter kreiste über dem Schauplatz, aus einem anderen krochen Gestalten ins Freie, seilten sich ab und verschwanden im Schlund. Kamen nicht wieder. Cairó stand nah am Fenster, die Kamera lief, unsere Wächter stierten in die Wüste hinaus. Die Stille hatte sich in Dröhnen verwandelt, das gleichbleibend dumpf die Luft durchdrang.

Es quälte die Nerven, Gehirn und Gehör und beherrschte den Raum.

Ich ging in unsere Kabine zurück. Cenci lag wach und blickte zur Decke, die wie die Wände aus grauen Platten bestand. Sie streckte die Arme aus, ich ging zu ihr hin, und sie sagte: jetzt bist du wie immer. Bleib bei mir, du bist mein Geliebter, dann sind wir wie immer. Ich blieb bei ihr, sie lächelte schwach und still. Es war unser Geflüster. Das schwarze Haar lag in Strähnen um ihr Gesicht, lange nicht mehr gewaschen, nicht mehr gekämmt.

Sie hob den Kopf und sah mich an. Man hört nichts mehr –

Ja, die Schießerei hat aufgehört, vor einer Weile, du hast geschlafen.

Sie legte den Kopf zurück. Gott sei Dank. Und jetzt?

Man scheint es nicht zu wissen. Wir wissen es nicht. Der Koloß ist weg.

Er ist weg!

Er ist verschwunden.

Was heißt das. Sie versuchte zu lachen. Eine Frau, wenn sie lacht, ist alles gut.

Er hat sich davongemacht –

Jetzt lachte sie. O er humpelt in der Wüste herum – einfach auf und davon auf der Flucht nach Damaskus –

Er ist in ein Loch gefallen.

Du bist komisch. Wo ist er, in welchem Loch.

Was von ihm übrig war, ist in ein Loch gestürzt. Unter ihm war ein Loch.

Was für ein Loch.

Man versucht, es herauszufinden. Ich erzählte ihr, was wir gesehen hatten, was wir vermuteten und was wir nicht wußten. Was sie verschlafen hatte mit ihren Ohren.

Und ihr habt das alles gefilmt?

Vieles, nicht alles, aber durch das Fenster. Was davon brauchbar ist, wissen wir nicht.

Weiß jemand –?

Niemand außer uns.

Niemand darf etwas erfahren, bis wir in Frankreich sind. Niemand. Bodon und Rima bleiben hier. Cairó ist verschwiegen.

Ja schrecklich, er schweigt bloß.

Cenci hörte jetzt Motorengeräusch, die Stimmen der Wächter, das Dröhnen aus der Wüste. Was war das. Sie stand am Fenster, hielt den Mantel zur Seite, und was sie sah, erschreckte sie. Sie drehte sich heftig um. Laß uns hier weg.

So schnell wie möglich. Jetzt werden wir noch bewacht. Wir können vor das Hotel gehen, aber nicht zur Garage und nicht weit weg. Sie schießen sofort.

Bitte, laß uns weg –

Ich umarmte und küßte Cenci. Ich hielt sie fest.

Was war passiert. Bodon hatte durchgesetzt oder erzwungen – der Grund mochte sein Arabisch sein –, daß Cairó und mir erlaubt wurde, auszugehen, nur einmal, und nur bis zur Absperrung um den Schlund. Die Frauen und er blieben im Hotel, als Geiseln, bewacht. In der Zwischenzeit hatte Cairó die Filme verwahrt, meine Kamera verschwand unter seinem Bett. Rima weigerte sich, uns gehen zu lassen, und sie weigerte sich, mich anzusehen. Du hast doch Cenci, du darfst nicht dorthin – nein! Ein Anruf, ein Schrei aus Angst und Zorn. Wir verließen das Hotel, sie war nicht zu sehen. Cenci war still, sie flüsterte: bitte – komm bald.

Der Befehl für uns lautete, zu Fuß zu gehen (an die Garage kam keiner heran). Sie schrauben die Batterien heraus, sagte Bodon, das machen sie immer. Aber sie respektieren die Frauen, den Frauen passiert nichts. Sie sind da unten angekündigt, also machen Sie keinen falschen Schritt. Und lassen Sie Ihre Presseausweise hier, wer die bei Ihnen findet, schlägt Sie tot.

Wir liefen die Piste hinunter im stechenden Licht, Bodons alte Schirmmützen auf dem Kopf. Wir waren hier Fremde und gingen zu Fuß, uns überholten Wagen, sie hielten nicht an. Die Wächter blickten uns hinterher. C'est pas terrible, sagte Cairó, sie lehnen uns ab, spüren Sie das, den Hohn, die Verachtung. Die Hitze war für uns kein neues Erleben, sowenig wie Husten und schleifender Staub.

Wüstenamateure, sagte Cairó. Wir hatten nicht an Wasser gedacht.

Nach tausend Metern begann die Landschaft der Trümmer. Haushoher Fels lag einzeln da, dazwischen Schottermillionen und Berge von Sand, neu aufgeworfen vom Einschlag schweren Gesteins. Die Piste war an verschiedenen Stellen blockiert, schnell eingefahrene Spuren führten vorbei. Am Rand standen Wagen auf platten Reifen, verlassene Limousinen, erschöpfte Chauffeure, wir liefen geradewegs auf die Absperrung zu – Drähte an Stangen, rote Wimpel –, von Bewaffneten der Armee bewacht, laute Verwarnungen, schneidende Stimmen, wenn ein Schatten dem Draht zu nahe kam.

Wir standen vierzig Schritte vom Schlund entfernt. Ein paar Krankenwagen parkten mit offenen Türen, Bündel, auf Bahren liegend, verschwanden in ihnen, Überstürzung, Gedränge, Miliz ohne Waffen, Zivilisten in Schutzanzügen und Luftschutzmasken, ein Flugzeug des Roten Kreuzes warf Säcke ab. Wir stellten fest: es war alarmierend, daß hier kein Journalist zu entdecken war. Nachrichtensperre. Presseverbot. Hunderte von Männern und keine Frau.

Fades süßes Stinken hing über der Wüste. Wir sprachen mit jedem, der sich ansprechen ließ, Syrer, Schwarze, ein paar Beduinen – wir waren die einzigen Fremden auf dem Gelände, in

Gerücht, Gerede, Geflüster arabischer Stimmen, unser Englisch verhallte im babylonischen Lärm. Gesindel der ersten Stunde trieb sich herum, Agentenratten, Spione und Diebe, der Goldzahn mit Sonnenbrille, der flüsternde Luchs.

Der Rückweg zum Hotel zog sich lange hin. Wir waren zerschlagen von dem, was wir wußten, und was wir nicht wußten, machte uns stumm, was wir ahnten, stumm. Kein Gelobtes Land, in das man zurückkommen konnte. Der Schlund, der die Reste des BIUR verschlang, war – nach ersten Einblicken – ein Depot. Eine Deponie nicht bekannter, verheerender Stoffe, Hölle voll eingelagerter Tanks und Container – Gefäße? Kessel? – und über die Zahl war nichts bekannt. Die Equipe, die nach unten ging, kam nicht zurück. Was rausgeholt wurde, war versengt, es war zerfressen und war tot.

Was werden Sie Cenci sagen, fragte Cairó.

Nichts.

Sie wird wissen wollen, was los ist. Sie muß etwas wissen. Irgendwas sollten Sie ihr sagen.

So wenig wie möglich. Sie soll sorglos sein, solange es geht. Ich sage, es ist ein Unfall, er geht uns nichts an, wir fahren weg.

Rima weiß was, sie ahnt es schon lange. Es hat keinen Sinn, ihr was vorzumachen, sie wird es erfahren. Bodon ist alt, ihn täuscht man nicht.

Ja, Cenci bleibt nichts erspart.

Also bleiben wir bei dem Unfall, das ist nicht ganz falsch, der Schock kommt früh genug.

Ich sagte: Jedenfalls müssen wir hier weg, sofort.

Ja, sofort. Aber es wird sich hinziehen, das wissen wir doch.

Unsere Wächter sahen uns kommen, sie grüßten nicht. Wir grüßten und gingen vorbei ins Hotel. Bodon und die Frauen tranken Tee im Büro. Nichts war passiert. Bodon bot uns Tee aus Pappbechern an. Rimas Augen verschlangen mich, dunkel, bitter. Cenci kam mir entgegen, ihr Blick war froh.

Nachts kam ein Schein aus der Gegend des Schlundes. Bodon sagte: Man wird das Loch nicht sich selbst überlassen. Die Nacht wird ausgeleuchtet, so gut es geht, Autoscheinwerfer von allen Seiten, was raus- oder reinwill, verschwindet nicht.

Der Verkehr am Hotel vorbei nahm weiter zu, zum Schauplatz hin und vom Schauplatz fort, Limousinen, Lastwagen, Jeeps in verschärftem Tempo, Licht der Scheinwerfer fiel auf die Fenster, streifte die Köpfe der Wächter, flog über den Sand. WER DEN SCHLUND ERBLICKTE, MACHT, DASS ER WEGKOMMT. ER KOMMT NICHT ZURÜCK.

Rima war bei Cenci in unserer Kabine, Cairó und ich in Bodons Büro. Was stand uns bevor. Tage und Nächte des Wartens, worauf. Abtransport unter Bewachung, wohin. Quarantäne, Untersuchungshaft. Es war nicht mehr viel zu essen da. Man wird Sie loswerden wollen, sagte Bodon, sonst wird nicht viel passieren, ich glaubte ihm nicht. Man legt Ihnen nahe, von hier zu verschwinden, egal wohin. Morgen abend sind wir nicht mehr hier. Sie folgen Rima und mir ins Stromland, erholen sich ein paar Tage in meinem Hotel, tanken den Wagen auf und verschwinden nach Damaskus. Den Wagen werden Sie hier nicht los. Die Baracke bleibt, wie sie ist, ich schließe sie ab und lege den Schlüssel unter den Stein wie immer, dort liegt er für den Fall, daß Sie zurückkommen oder Rima was vergessen hat. Für den Fall, daß ein Unbekannter sich hierher verirrt. Der Koloß ist weg, für mich ist die Sache vorbei. Soll man einen Camion schicken, die paar Möbel abholen lassen, das Geschirr, den Automaten, die vierzehn Matratzen? Kann sein, die Quelle ist seit Jahren verseucht. Das Hotel im Stromland wird nicht mehr gebraucht, da kommt kein Tourist mehr hin, der Koloß ist weg, die Gegend verseucht. Meine Leute verschwinden und Rima geht zurück an die Küste zu ihren Verwandten. Wo man selbst bleibt, spielt keine Rolle, man überlebt als Dauergast in einem Hotel, in Amman, am Strand von Tel Aviv, egal. Er lachte, sein Frohsinn war ohne Bitterkeit. Hier ist jeder Augenblick zuviel.

Cairó hatte keinen Kognak mehr. Wir tranken Wasser im Büro, Bodon war schlafen gegangen, die Nacht war spät. Die Frauen lagen in ihren Betten, Cenci schlief. Der Verkehr ging schnell am Hotel vorbei. Cairó lief im Raum herum und sprach –

– ahnten wir sowenig wie jeder andere, daß der Koloß nicht ein Behälter, sondern der Verschluß eines Behälters war, daß er selbst nichts enthielt außer der Masse Stein, die er umfaßte, aber einen Inhalt markierte, gleichsam verteidigte oder bewachte, der unter ihm gelagert war, in Aushöhlungen des Felsbodens unter der Wüste, in einer Katakombe, ausgeschachtet vor Menschengedenken, und deren Ausmaße niemand kennt. Ein höllisches Arsenal – man kann es nicht treffend bezeichnen –, das in Vergessenheit geriet, aus welchem Grund vergessen werden konnte, vielleicht schon vergessen worden war, als der Koloß endlich dastand, die Kommandos abgezogen, die Deponie sich selbst überlassen wurde. Es muß doch Überlieferungen gegeben haben, Berichte oder Hinweise auf die entsetzlichsten aller Substanzen, die jemals geschaffen wurden, die alles Lebende bedrohten in einer Epoche, da von Bedrohungen dieser Art nichts im Bewußtsein der Vordenker war und der Visionäre. Wer weiß, wie viele Arten von Leben – Menschen, Tiere, Pflanzen – gingen zugrunde an diesem Gift, in seinem nicht sichtbaren Dunstkreis, während die Wüste aufgebrochen wurde, ausgekratzt und ausgeschachtet – mit welchen Werkzeugen, welchen Maschinen – es muß die entsprechenden Fahrzeuge gegeben haben – Kräne,

Sprengstoffe, Bohrmaschinen – und der gewonnene Raum zu einem gigantischen Container ausgebaut wurde, zu einem Sicherheitstrakt, unzugänglich und unangreifbar, einmalig in der Festungsgeschichte der Welt, in der Vorgeschichte einer alten, uralten, älteren als alten Welt, die über ungefähr alle technischen, wissenschaftlichen, industriellen Standards verfügte, die man im zwanzigsten Jahrhundert zum erstenmal glaubte entdeckt und entwickelt zu haben, glaubte beherrschen zu können und nicht beherrscht. Die Epoche, in der wir leben, war schon einmal da. Wie konnten wir ahnen oder befürchten, daß es Leute wie uns schon einmal gab – Destrukteure, Selbstschinder, Herumwirtschafter der Vernichtung, Strategen und Ausschlachter eines pauschalen Untergangs –, wer konnte das ahnen, wer hätte geglaubt, daß sie in der Geschichte vergessen wurden, daß der Erdball sich von ihnen erholte. Der Gedanke – die neue Gewißheit dieses Gedankens – ist nicht zu ertragen, ich ertrage ihn nicht, halte ihn aber aus seit ein paar Stunden und werde ihn aushalten, solang ich den Schlund und seinen Auswurf überlebe. Es muß naturwissenschaftliche Institute, chemische und andere Labore gegeben haben, Fabriken, Kraftwerke, Industrien und eine Elite von Spezialisten, die enorme Massen verheerender Stoffe herzustellen wußten, benutzen konnten und wollten, auf irgendwas anzuwenden imstande waren. Eine hochzivilisierte Gesellschaft von Urbewohnern der Erde, vielleicht existierend ohne Religion, ohne Glauben an Gottheiten oder Mysterien, vom Sinn ihres Vorhandenseins nicht überzeugt, aber auch nicht an ihm zweifelnd, nicht an sich selbst und der eigenen Geschichte verzweifelnd, Übereinkunft eines Barbarentums ohne Leiden, ohne Heilsgedanken und ohne Utopie, jederzeit in der Lage, die vorhandene Welt und sich selbst zu verwüsten, durch Erstickungen, Seuchen, Entvölkerungen en détail und en gros. Und nachdem sie sich selbst ausgelöscht, sich ge-

genseitig ausgerottet hatten, versenkten die letzten ihr Teufelszeug in diesen menschenleeren Teil der beherrschten Welt und überlegten, auf welche Weise die Stelle, die Grabstätte ihres furchtbarsten Vermögens, kenntlich gemacht werden könnte für kommende Zeiten und spätere Lebewesen, Lebende nach zehntausend Jahren, und welche ihrer Symbole, Zeichen und Chiffren, welche Art von Signal oder Warnung in der Ferne einer nicht vorstellbaren Zukunft entziffert werden könnten, überhaupt noch wahrgenommen würden, auf irgendeine Weise bemerkt, beachtet, vielleicht übersetzt – und sie hatten den richtigen Verdacht. Sie ahnten, daß die Wahrzeichen ihrer Verständigung an Bedeutung verloren haben könnten, daß ihr Code nicht mehr entschlüsselt werden würde und die nach dreitausend Jahren Lebenden – Überlebenden, Vegetierenden – ratlos vor einem Warnschild stünden, das sie als Warnschild nicht mehr erkennen könnten, mit einem Kunstwerk verwechseln würden, da ihre Bezeichnungen andere waren, nicht zu vergleichen mit den vorgefundenen. Aus diesem Grund kamen sie – die nichts anderes als Sterbliche waren, Teilhaber einer Gesellschaft, Individuen, Herdenrambos – zu der Entscheidung, ein Monument auf die Stelle zu setzen, das zu allen Zeiten auf den ersten Blick zu erkennen wäre, eine unvergängliche Chiffre aus haltbarem Material, dem haltbarsten der vorhandenen Welt, und das war der Stein, das ist das Gestein und der Fels. Ein Rat von Technikern, Wissenschaftlern und Philosophen wurde einberufen mit dem Auftrag, eine Chiffre zu gestalten, deren Gewalt des Ausdrucks so abschreckend war, so entsetzenerregend und zuwider, ein Bild, das die Gesetze der Kunst von Grund auf verletzte, alle humanen Überzeugungen verhöhnte, so daß kein Mensch den Wunsch haben konnte, sich dieser Stätte zu nähern – und das entsetzlichste Motiv, auf das der Rat sich einigen konnte, war der menschliche Körper, ein Torso aus

Verstümmelung, so sehr zugrunde gerichtet, so sehr entmenschlicht, seiner Selbstähnlichkeit beraubt durch Foltern, Peinigungen und MASSNAHMEN aller Art, daß er als Restbestand eines Menschen, doch nicht mehr als menschenähnlich zu erkennen war. Entsprechend unmenschlich sollten die Ausmaße sein – das war der BIUR, er wurde hingestellt, in langer Bauzeit über den Schlund gewuchtet und sich selbst und der Zeit überlassen –, errichtet aus den Massen von Gestein, die raufgeschafft wurden, so daß das Volumen des BIUR der Aushöhlung unter der Wüste entspricht. Als die Katakombe ausgebaut war, mit Mauerwerk und Trägersäulen befestigt, schaffte man die Reste des Giftes hinunter, abgepackt in Behältern mit vierfachem Mantel aus Stahl? aus Glas? aus Stein? vierfach verfugt und einmal für immer versiegelt – Stoffe aus Schleim, aus Flüssigkeit, aus Pulver, Substanzen aus Gas, für alle Zukunft unschädlich gemacht, sofern der BIUR sich selbst überlassen blieb, die Katakombe nicht aufgebrochen wurde –, so daß in Jahrtausenden nichts geschah – bis das Gift die Behälter zu zerfressen begann, der zersetzte Stein zu lecken begann, der poröse Stahl seine Inhalte abgab, tropfenweise, sickernd und rinnend, rauchend, dunstend – jahrzehntelang, jahrhundertelang, in minimalen, nicht aufhaltbaren Prozessen, und die verschiedenen Gifte sich vermischten, die Katakombe füllten und durch das Gestein sich in alle Richtungen verteilten, am Koloß vorbei ins Freie, hinauf in die Wüste – langsam, sehr langsam, nicht festgestellt von Wissenschaft, Militär, Tourismus. Ein paar Menschen wurden infiziert – es wird sich herausstellen, daß es viele waren –, sie erkrankten, siechten dahin und kamen um – die sich in der Nähe des Monuments aufhielten, Nomaden, Reisende, Archäologen, ihre Tode wurden mit dem Koloß nicht in Verbindung gebracht, einmal mehr gab es keinen Grund, den Koloß zu bezweifeln – ihn zu testen, zu untersuchen – und er blieb weiter sich selbst überlassen – und Bodon, der irgendwas ahnte, aber nichts wissen konnte von Schlund, Katakombe und Gift, setzte sein Haus auf die nächste Wasserstelle und begann, den Koloß zu belagern – er belauerte ihn unter dem Vorwand, ein Hotel zu führen, und scheint von den Giften nicht infiziert zu sein, ein wahrhaftiger Narr – der jetzt, da der Koloß verschwunden ist, endlich erleichtert sein könnte, vielleicht erlöst, aber ERLÖSUNG gibt es nicht in dem Fall, es gab den Koloß, von nun an gibt es das Gift. Es wird alles unternommen, mit ihm fertigzuwerden, man wird versuchen, den Schlund zu verschließen, mit schnell importierten Schußanlagen, mit Flugapparaten ganz neuer Kapazität – man wird Sand und abermals Sand in den Schlund hinunterschütten, schießen, schleudern, eine halbe Wüste kommt dort hinein und darauf ein Gigantendeckel aus Stahl und Beton, Beton und Stahl – wird sich als wirkungslos erweisen, und bis sich das herausgestellt hat, sind Abertausende Leben zugrunde gegangen und Abertausende andere infiziert. Man wird nach Spuren früherer Desaster suchen, aber die sind versunken, verascht, verglüht. Man wird die Geschichte des Weltteils noch einmal durchforschen, nach blinden Stellen zwischen den Epochen, nach ganz anderer Lesart von Überlieferung – kein Ende vom Lied –, denn es kann auch sein, daß das Gift aus dem Weltraum kam, von einem Gestirn auf den Erdball gebracht, ein paar Raumfähren voll von Material dieser Art, und wurde an menschenleerer Stelle versenkt – wie die Katze ihren Dreck beseitigt –, und der BIUR wurde draufgesetzt aus demselben Grund. Man wird Gifte genug aus dem Schlund geholt haben, um sie zu analysieren – überhaupt kein Zweifel, daß dies gelingen wird –, aber zu spät, der Auswurf geht weiter –

Aus Damaskus wurde nichts. Wir wachten am frühen Morgen auf, die Baracke bebte von Faustschlägen gegen die Fenster. Bodon ging im Schlafanzug vor die Tür und sprach mit den Wärtern. SOFORT – ALLE RAUS – VERSCHWINDEN HIER! Wir erhielten unsere Papiere zurück, Cairó nahm seine Kamera in Empfang, der Film war noch drin. Während Cenci sich anzog und Koffer packte – Rimas Taschen standen gepackt im Flur –, ging ich mit Bodon zu den Wagen, wir setzten die Batterien ein, einer der Bewaffneten sah uns zu, der andere saß vor der Tür des Hotels. Rima trug Wäsche und Geschirr in den Wagen, in freudloser Eile, mit starrem Gesicht. Sie war die einzige, die etwas verlor. Nach einer Stunde waren wir unterwegs, Bodon mit Rima fern voraus, Cenci und ich der Staubwolke hinterher – Cairó saß mit der Kamera hinter uns –, unserer Staubfahne folgte der Jeep mit den Wächtern, er bog nach ein paar Meilen ab. Auf der Flugstation – Ebla Dschem – war kein Mensch zu sehen, kein Helikopter, kein Fahrzeug, das Office war zu. Wir folgten Bodon auf markierter Fahrbahn nach Norden, dann stand man in der Wüste, Carrefour ohne Schilder, Bodon bog zum Stromland nach Osten ab.

Unser Abschied war ein Adieu. Cenci und Rima versuchten, nicht zu weinen, schluckten Tränen, ließen sie fallen, man umarmte einander zart und mit Stärke, nicht anzunehmen, daß man sich wiedersah. Ich umarmte Rima, sie ließ es geschehen, küßte die feuchte Wange, die trockene Schläfe, in trüber Melancholie, die ich nicht begriff. Wir sprachen nicht viel. Cairó stand allein und schwieg wie immer, Bodon sah alt und wehrlos aus, lachte aber und lud uns noch mal ins Hotel ein – WANN SIE WOLLEN! TOUT COMFORT! –, wir winkten aus dem Wagen und fuhren fort.

Cencis Augen waren wieder klar, aber sie schwieg. Cairó sah in die Wüste und schwieg. Irgendwann später sagte sie: Doch besser, daß wir nicht zum Hotel mitgefahren sind. Ein anderer Ort, da hat man sich nichts mehr zu sagen. Und Cairó: Der Gedanke, in einer Hölle gewesen zu sein, ohne sie wirklich erfahren zu haben. Cenci sah ihn an und erwiderte nichts.

Der Airport Deir ez-Zor war in Betrieb, und erstaunlich leer. Von dem Desaster schien hier kein Mensch zu wissen. Der Flug nach Aleppo ging über den Euphrat nach Norden, ich sah die Weite des Stromlandes und der Wüste – den RÜCKEN DES GROSSEN CHAMÄLEONS – und war allein mit meiner Enttäuschung, von Syrien nichts gesehen, nichts erfahren zu haben – bloß ein kleines Stück Wüste, und aus der Höhe die verstreuten Zelte der Beduinen, wie schwere schwarze Vögel zu Boden geworfen, tote Raben. Wir flogen über Zypern nach Basel und brachten Cairó zum IC nach Paris, er nahm die vier Filme mit ins Labor. Der Abschied schien leicht, wir umarmten ihn und sprachen davon, uns wiederzusehen – in Paris, in Straßburg ODER WEIT WEG, sagte Cenci, AM FRIEDHOF DER VÖGEL, IM EWIGEN SCHNEE! Cairó erwiderte ihr Lachen nicht.

Wir sind seit zwei Wochen in Straßburg und erfahren nicht viel über das Ausmaß der Katastrophe, die, wie es heißt, vor allem die Beduinen betroffen hat. Die Wüste um den Koloß wurde abgeriegelt, der Schlund soll zugeschüttet, mit Stahl und Beton verschlossen werden, vorher versucht man, ihn zu erforschen, an seinen Inhalt heranzukommen, mit Fachkräften und Gerät aus der ganzen Welt. Keine Rede von Vergiftung, Gefahr und Tod. Das wort VERNICHTUNG taucht nirgends auf. Das kommt noch, sagt Cairó am Telefon und fragt, wie Cenci mit der Sache zurechtkommt. Ihn überrascht die Qualität der Filme, alles Wesentliche kommt gut heraus, der Einsturz in den Schlund ist genau zu erkennen, und wir überlegen, auf welche Weise, über welche Agentur DIESES WAHNSINNIGE MATERIAL an die Öffentlichkeit gebracht werden kann. Er bittet mich um einen Bericht, so kurz es geht, aber nicht zu knapp.

Wir sind verseucht. Es wird notwendig sein, sich untersuchen zu lassen. Cenci glaubt nicht, daß etwas mit uns passiert ist, in Zukunft mit uns passieren wird. Mit uns doch nicht! Wenn es was Schlimmes wäre, würden wir nicht mehr leben. Ich wäre schon lange tot umgefallen. Ich versuche, die unerträglichsten Tatsachen von ihr fernzuhalten, und es scheint zu gelingen. Das kommt noch, sagte Cairó am Telefon, und ich denke an seinen nächtlichen Satz: WER KONNTE DAS AHNEN, WER HÄTTE GEGLAUBT, DASS SIE IN DER GESCHICHTE VERGESSEN WURDEN, DIE ERDE SICH VON IHNEN ERHOLTE. Das kommt nicht wieder.

Staubfang

1.

Ich bin in das Hinterland von Tanka gekommen, um zu überleben. Etwas anderes habe ich hier nicht vor. Ich habe überhaupt nichts vor. Es kommt auf ein Überleben hinaus, wie es immer gewesen war, überleben ohne Absicht, ohne einen Grund, der mich zu überleben veranlaßt, vielleicht gezwungen hätte.

Das Haus, das ich billig übernommen habe, ist ein altes, seit Jahren aufgegebenes Schulhaus aus Stein mit vielen Räumen, die ich nicht gebrauche, sie stehen leer. Ein paar Möbel sind da, Reste von Tischen und Stühlen, eine Wasserrinne aus Blech geht durch alle Wände, sie verbindet die lange Reihe aneinandergebauter Räume. Eine Katze könnte in ihr durch das Haus gehn, ohne anzustoßen, mit trockenen Pfoten. Die Wasserleitung ist ohne Druck, Nässe tropft warm in ein Bassin in der Küche des gestorbenen Lehrers. Die einzige Dusche gibt dünnes Geplätscher von sich. Die Nässe ist klar und ohne Geschmack, ich kann sie ungekocht trinken, das ist ein Luxus.

Das Gebäude liegt 50 Meter hinter der alten Piste nach Tupah, ein Staubpfad führt vor das Haus, den früher die Kinder im Gänsemarsch liefen und tanzten. Die neue Piste geht am Meer entlang und hat die alte überflüssig gemacht. Ich bin auf der alten nie weit genug gegangen, um herausfinden zu können, wohin sie führt. Es gibt dort keinen Verkehr, überhaupt nichts bewegt sich, es sei denn, ein einzelner Mensch kommt vorbei, langsam, mit einer Last auf dem Kopf, einem bunten Koffer, ohne das Haus und mich zu bemerken. Man erwartet nichts von dem alten Gebäude, vor allem glaubt man nicht, daß es bewohnt wird, das erwartet man hier von keinem Haus. Warum das Schulhaus an dieser Stelle steht, ist unverständlich, wie die Standorte der anderen Häuser, Behausungen und Hütten, auch die der Paläste. Ich verstehe nicht, warum ein Haus (es wurde mir angeboten) mit faulenden Fundamenten an einer gewaltigen schwarzen Pfütze steht, in der tote Hunde herumliegen.

Nach den Anschlägen sind die bewohnbaren Häuser in der Gegend billig zu haben. Niemand mehr will hier leben, arbeiten, Ferien verbringen, etwas aufbauen oder kaufen. Die Touristik fällt aus. Ich habe mir ein Klappbett aus Holz und Sacktuch besorgt, ein leicht transportables Armeemodell, das in allen Supermärkten der Küste angeboten wird. Ich habe die Fliegengitter repariert, ohne Ausnahme alle, sehr sorgfältig Maschen und Löcher mit Draht zusammengezogen oder verklebt und mit Insektengift eingesprüht, meine Räume sind frei von Moskitos. Der vordere Raum mit Tür und zwei Fenstern hat elektrisches Licht – eine schwache nackte Glühbirne unter der Decke – und einen Luftpropeller, der träge unter der Glühbirne kreist. Hier verbringe ich meine Zeit, lieber noch auf der Terrasse vor der Tür, auf dem Bretterboden über der Erde, unter dem weit heruntergezogenen Blechdach. Ein Korbstuhl ist mein Thron, ähnlich den Thronsesseln früherer Könige. Sie hielten hof im Schatten ihrer Veranden, wer vorbeikam, blieb stehn und verbeugte sich. Wer auf der Piste da drüben vorbeigeht, weiß nichts von mir, und das ist die Chance, die ich habe. Ich habe keinen Grund, mich unsichtbar zu machen, und keinen Grund, mich ins Licht zu stellen.

Ist der Einzelne ins Blickfeld geraten, wird man sich mit ihm beschäftigen wollen. Ich bin hier fremd.

Mein Job als Manager des GRAND EDEN (200 Betten) dauerte zwei Monate. Hätten die Anschläge nicht ein Ende gemacht, säße ich weiter im Büro Nummer 4 links hinter dem Fahrstuhl am Ende des Foyers. Der Job war gut, weil die großen Hotels, von Schwarzen geführt, einen Weißen brauchen. Die enormen, schnell wechselnden Schübe der internationalen Touristik, Masseninvasionen der Chefsaison, aus Europa vor allem, ihre Ankünfte und Abreisen müssen aufgefangen, rigoros und mit Eleganz bewältigt werden, damit kommt ein Weißer besser zurecht als ein Schwarzer, der Französisch und Englisch spricht, aber nie draußen war, nie unter Weißen lebte und die Forderungen von Holländern oder Russen nicht einschätzen kann. Der Job war gut, weil ich keinen Vertrag zu unterschreiben brauchte, an Verträgen war hier kein Mensch interessiert. Das einwandfrei verdiente Geld wurde am Wochenende auf die Hand gezahlt. Die Hotelleitung konnte mich feuern, wann sie wollte, und ich hatte die Chance, jederzeit zu verschwinden. Die Vereinbarung ist haltbarer als jeder Vertrag. In ihr war ich besser plaziert als im Bett einer Frau, die auf mich, sich selbst und die Liebe Wert legt. In ihr war ich unabhängig, beinahe frei.

Der Leitsatz, meinen Job betreffend, hieß: Wenden Sie sich an Monsieur Claude. Er wird zuverlässig veranlassen, daß Ihre Wünsche so umgehend wie möglich berücksichtigt werden. Zögern Sie nicht, ihn in seinem Büro zu konsultieren, er ist dort 18 Stunden täglich zu erreichen. Monsieur Claude erwartet Sie oder Ihren Anruf.

Mein Büro war selten überfüllt. Zwischen sieben Stühlen saß gewöhnlich ein Mensch, das heißt ein Tourist, und legte mir seine Belange dar. Oder ich fuhr hinauf zu den Zimmern und nahm in geöffneter Tür die Proteste und Order entgegen. Ich war das sprungbereite Faktotum in Weiß – Farbe fast aller Gäste –, und war doch nicht der Mensch, mich um jeden Menschen zu kümmern, der etwas suchte, brauchte oder verloren hatte, dem etwas fehlte, gegen den Geist oder an die Nieren ging. Aber ich machte den Job, und GLEICHMUT ERSCHUF EIN LÄCHELN AUF MEINER VISAGE. Jetzt ist das Lächeln wieder weg. Ich habe mich in mein Gesicht zurückgezogen.

In den zwei Monaten meiner Chefsaison habe ich als DÉPANNEUR EN SERVICE Wohlgefallen verbreitet und Wunder gewirkt, auf die joviale, nette Art, die hier verlangt und als einzige akzeptiert wird (die meisten Schwarzen sind zu höflich, zu humorvoll, zu schüchtern). Ich habe wertvollen Damen teure Medikamente und Ärzte besorgt (das Monopol für Rauschgift und Prostitution liegt bei den Schwarzen, aber ich bezweifle, daß das stimmt), einer rosigen dicken Familie aus Arkansas Helikopter-Rundflüge über der Küste vermittelt; Misses Ushers Spaniel aus einer Tier-Quarantäne in Dakar befreit; dem Sohn eines Gouverneurs mit Namen Gillesen aus einer zähen Verlegenheit geholfen (die Verlegenheit war hübsch, ein Luder mit Nebenverdiensten, Sängerin einer Tanzband im benachbarten Dioula-Inn); ich habe Tombolas organisiert, Quizabende für ältere Ehepaare und Skatrunden für gesetzte Herren, Radrennen an der Küste und Partys für Kinder; habe auf Wunsch eines Filmteams den Zauberer Doba Maal aus der Savanne herbringen lassen und so weiter. Ich habe einen Großbrand im Restaurant verhindert und ein ertrinkendes Kind aus dem Swimmingpool gerettet, was mir drei Dollars Trinkgeld einbrachte.

Nehmen Sie zum Beispiel mich, sagte Mister Davenhoper (er hatte mich zu einer Reihe Drinks in die Hotelbar eingeladen). Ich finde, es soll mir gutgehn, warum auch nicht. Hier ist das einfacher als in den Seebädern da oben, Eastbourne oder Knokke. Hier bin ich so frei, zu machen, was ich will, kein Mensch kümmert sich darum. Ich habe keinen Chef, keinen Partner, keine Bediensteten und keine Begleiter, und meine Frau habe ich nach Toulouse geschickt, manchmal einfach zu Hause gelassen. Das ist eine ganze Menge, finden Sie nicht, das will was heißen, obwohl ich nicht weiß, was es heißen soll, es soll ja nichts heißen. Frauen kriegt man überall, alles andere auch. Meine Rechnungen werden bezahlt oder nicht bezahlt, ich kann es mir leisten, sie zu bezahlen oder nicht zu bezahlen, man weiß das, es ist erfreulich, hat aber nichts zu bedeuten, mir sehr angenehm, I like that. Ich habe erlebt, daß ein Mann mit sehr gutem Namen, Unternehmer, Rotarier, gegen alle Vorschriften durchsetzte, seinen Hund, vielleicht Bordhund, in einem Schiff beisetzen zu lassen. Auf dem Hundefriedhof steht jetzt eine Yacht mit dem Hund drin. Zu bedeuten hat das nichts, but I like that. Ein paar Jahre lang habe ich Gemälde von Schumacher gekauft, vermutlich um auf andere Gedanken zu kommen – na gut, ich bin nicht auf andere Gedanken gekommen, da habe ich die Schumachers wieder verkauft, mit Gewinn muß ich sagen, womit ich überhaupt nicht gerechnet hatte, verstehen Sie, das hat mir gefallen, obwohl da weiter nichts dran ist, aber mit der linken Hand sozusagen, ich fand das gut –

Als Mister Davenhoper betrunken war, ließ ich ihn von zwei DOMESTIKEN in seine Suite schaffen. Er ließ sich schieben und tragen, es war ihm egal.

Das Schulhaus ist heiß an jeder Stelle, trotz wechselnder Winde vom Meer. Die Terrasse unter dem Blechdach ist heiß, Bretterboden und Korbstuhl sind heiß, und heiß sind der Schatten, die Steine, der Staub und das Holz. Heiß ist der Blick in das Licht, der Anblick von Bäumen und Blättern und der Anblick des Wassers. Der Weltraum ist heiß. In den Grandhotels war Hitze ein Zustand, den man draußen vorfand oder zurückließ, man durchquerte sie zwischen Hoteltür und Taxi. Sämtliche Räume der Hotels waren kühl, die Aircondition funktionierte nach Wunsch, mit kühlen, kalten, eisigen Temperaturen, selbst im Kleiderschrank und im Lift. Ich hatte mich an die Hitze draußen gewöhnt, weil ich, in Kühle eingeschlossen, aß, trank, atmete und schlief.

Im Hinterland ist die Hitze unentrinnbar. Die Vernichtung der Hotels und also der Kühle kann den Eindruck erwecken, die Hitze habe die Aircondition zerstört, um den vorenthaltenen Raum zurückzugewinnen. Ich bin Bestandteil der Hitze wie Luft und Staub. Die Farbe der Hitze ist ein diffuses Weiß, ihre Form – sofern es das gibt – ist ein Glast, der blendet, sich so unerträglich massiv verdichten kann, daß der Raum Kontur und Ausmaß verliert. Die Hitze zerstört ihn, der Weltraum verkommt.

Lähmung, Erstickung, Gedunsensein. Schnee und Rauhreif kann ich nicht erinnern, aber das Bild einer nördlichen Julinacht wird wieder lebendig, hier unter dem Blechdach, bei offenen Augen, ein Holzhaus am Schilfrand weiter Wasserflächen. Das Nachtessen auf der Veranda war beendet, ich war mit einer Frau, die ich nicht kannte, im Lichtkreis einer Lampe zurückgeblieben, wir waren allein. Die Nacht war heiß wie nie, sie kühlte nicht ab, ein paar Weinflaschen standen geöffnet auf dem Tisch, der Weißwein war heiß, er brannte im Mund. Wir tranken ihn aus heißen Gläsern wie Verschworene, magische Flüssigkeit, die schnell berauschte, unsinnig leichtes Glücksgefühl hervorrief, einmal, einzig, eine Nacht.

An einem Mittag, in der senkrechten Weißglut, erschien das einzige Fahrzeug, das ich auf der alten Piste sah. Ich hörte

Motorengeräusch aus der Richtung von Tupah und sah einen Lastwagen, der sich im Schrittempo vorwärtsbewegte, in alle Richtungen schwankend, ähnlich einem alten, schwerfälligen oder verwundeten Tier. Jedes einzelne Teil dieses Gefährts oder Fahrzeugs – dieser Rostlaube – schien sich aus sich selbst zu bewegen. Die Motorhaube wackelte unabhängig von Karosserie und Rädern. Die Fahrerkabine, ich konnte den Mann nicht sehn, taumelte seitlich in beide Richtungen, schien gegen den Motor zu stoßen, an ihm zu reiben. Die Ladefläche, mit leeren Holzkisten hoch beladen, bebte unabhängig von seiner Ladung, die knackend und krachend mit sich selbst beschäftigt war. In den Reifen war zu wenig Luft. Drei junge Männer gingen vor dem Lastwagen, ohne zu sprechen, zu singen, unbewaffnet, räumten Steine beiseite, warfen Holztrümmer hinter den Rand der Piste, kickten Knochen und Flaschen weg. Dem Fahrzeug folgten zwei alte Männer, sammelten heruntergefallene Kisten und steckten sie in die Ladung zurück. Niemand sah zu mir herüber. Die Fuhre verschwand ohne Geräusch. Ich weiß nicht, was ich gesehn hatte. Nach den Anschlägen liegt es nahe, zu fragen, was unter den Kisten verborgen war, illegal transportiert wurde – eine Bombe, Waffen, Dynamit. Es kann sich um Tote gehandelt haben – Massakrierte, Erwürgte, Gefolterte – auf dem Weg in ein Massengrab. Der Tag schließt sich nicht.

Als ich Hotelgeschäfte und Kundschaft kannte, durch alle Courts und Patios, um alle Pools und Parkings gelaufen war, nahm ich etwas wie eine Erscheinung wahr (ein Tourist, mit sich selbst beschäftigt, bemerkt das nicht) – unzählige Schwarze, alte Männer und Frauen, sehr viele Kinder, die im Schatten der Bäume hockten und standen und den Hotelbetrieb wie ein Schauspiel verfolgten. Ich sah sie zu Fuß aus den Dörfern kommen, in die Dörfer zurückgehn, immer dieselben ausdruckslosen Gesichter, bewußtlos versunken in den Anblick der Weißen, ihrer lärmenden Ankünfte und Aufbrüche, ihrer Galas und Négligés, Gewölbe-Bäuche und haarigen Bärte, ihres Beschalltseins rund um die Uhr, ihrer Stehpartys, Gelächterausbrüche, Happy-Birthdays und so weiter. Die Schwarzen da draußen im Schatten der Bäume, in schweigsamer Distanz, hatten alle Zeit der Welt und des Lebens, immer wieder anzuschaun, was ihnen da vorgeführt wurde, ununterbrochen, in Hotelanlagen, Badestränden, Nachtbeleuchtungen und im Schatten verborgen. Sie standen, hockten und schauten hin, ich weiß nicht, wer sie waren, kein Weißer bemerkte sie, niemand scheuchte sie weg, Angehörige der Hotelangestellten, ihre Eltern und Kinder, ihre Frauen; Leute, die niemanden hatten, der dort Geld verdiente, die mit Befremden, Neugier, Neid in Handlungen hinüberblickten, die die TOUBABOUS da inszenierten, nach einer Regie, die nicht verständlich war, aber deutlicher zu erkennen als Television. Die dort ihre Väter, Brüder, Söhne singen hörten, zu den eigenen alten Belafongs. Nach den Anschlägen hockten sie wieder da, immer wieder dieselben, blickten in die Ruinen und sahen die Toten, rochen den Gestank aus den Trümmern, sahen, ohne erkennen zu können, zerfetzte Palmen, verglühte Taxis, verkohlte Hollywoodschaukeln, verschüttete Pools –

Heute wurde mir bewußt, auf der Terrasse des Schulhauses, im Korbstuhl, daß ich einer von ihnen geworden bin, obwohl ich kein Schauspiel vor Augen habe, Buschland unter heißem Himmel.

In der Nacht des 5. Januar, einem Sonntag, wurden die drei großen Hotelkomplexe der Côte Samance – BATEAU, TOUBAB BONABA und GRAND EDEN – durch drei aufeinanderfolgende Explosionen zerstört. Die Hotelanlagen mit den jeweils eigenen Stränden, Promenaden und Parks grenzten unmittelbar aneinander, verbunden durch eine Zwei-Kilometer-Zufahrt nach Norden, die, eingefaßt von Palmen und Bougainvillea, an die Prachtstraße eines Öl-Emirats erinnerte. Die Gebäude wurden auseinandergerissen, ihre Meerseiten restlos zerstört. Ungefähr erhalten blieben ein paar abgelegene Wohntrakte des Personals, noch zu erkennen waren ein paar Luxus-Bungalows an den Rändern der Parks. Zwei Wochen wurden gebraucht, um festzustellen, was überhaupt passiert war, und eine Übersicht zu gewinnen. Zu den Anschlägen hat sich niemand bekannt, keine Terroristen-Gruppe, keine muslimische Organisation. Es besteht kein Zweifel, daß es sich um ein professionell gesteuertes Massaker handelte, ausgeführt von Personen, die die Hotelanlagen kannten, die Wirkung der Bomben zu berechnen wußten. Nach zehn Tagen waren 400 Tote gezählt, zum Teil identifiziert worden – 350 Weiße, also Touristen, und 50 Angestellte lokaler Herkunft. 300 Verletzte konnten flüchtig versorgt, auf nahe und entfernte Hospitäler verteilt werden, viele starben am Ort und während der Transporte. Vermißt wurden 150 Touristen und 20 Angestellte der Hotels, darunter KELLNER, BADEMEISTER UND CHAUFFEURE, DIE IN DEN TAXIS SCHLIEFEN. Es dauerte lange, bis Feuerwehr, Armee und Gendarmerie auf den Schauplatz kamen, sehr lange, bis Sand und Meerwasser in die Feuermassive gepumpt und Überlebende aus den Trümmern geholt werden konnten. Die Anschläge folgten in 15 Sekunden Abstand, eine Viertelstunde vor Mitternacht. Das waren ein paar Tatsachen, die immer wieder durch die Nachrichten kamen.

Ich war am Abend mit Freunden im Nachbardorf, um eine Highlife-Band der Westcoast zu hören, die nur in dieser Nacht im JOAL zu Gast war, einem Griot-Schuppen dicht am Meer. Ich wollte raus aus dem Betrieb, einmal raus und sorglos und stumm sein, unbeansprucht, nüchtern und kühl im

Meerwind, einmal eine Nacht lang unerreichbar, in eigenen Kleidern und alten Sandalen (ich hatte den Job unterschätzt). Als wir – Ssaba, Jeliné und ich – in Jelinés Jeep zurückfuhren – wir hatten nicht viel getrunken, die Piste war leer, kein Vogel flog auf, kein Nachttier lief weg –, hörten wir vor uns die Detonationen, maßloser Ausbruch von Getöse und Krach ohne Ende. Die Druckwelle erfaßte uns tausend Meter entfernt, ein Stoß aus Hitze und Gestank. Feuer schoß in die Nacht, sprühte in alle Richtungen des Dunkels, schlug aus allen Richtungen auf Land und Meer zurück. Strudel aus Rauch, Lawinen aus Zeug und Qualm in furchtbaren Massen wälzten auf das Meer, verschlangen Badehäuser, Fahrzeuge, um sich schlagende Palmen, gestürzte Gestalten. Donner setzte sich fort in alle Richtungen, setzte sich ab aus der Hölle, röhrend, knallend. Die Nacht vor uns und über uns, dann neben uns, war von Glut verflammt, verflackert von Funken, verschmiert von heimtückisch geisterndem Licht. Die Piste war nach kurzer Zeit unpassierbar, überfüllt von Fahrzeugen, Menschen, mitrennenden Hunden. Nicht festzustellen, woher sie kamen, sie waren da und beanspruchten Platz für Geschrei und Gejammer in widerwärtigen Lauten. Sie rannten in die Feuerstelle, die an blendender Grelle und Schlagschatten zunahm. Wir hörten Schreie, zuerst nur Schreie, dann erstickte, rufende, schluchzende Stimmen – Stimmen der Schwarzen und der Weißen – von dort, wo Balkone und Mauern zusammenstürzten. Wir ließen den Jeep an der Piste, rannten hinein in Gestank und Glut, durch Gerempel von Leibern, die blutend ins Feuerfreie hinausdrängten, in die lautlose Hälfte der Nacht, aus der wir kamen.

Die folgenden 18-Stunden-Tage verbrachte ich in den Trümmerfeldern, wie jeder nach Lebenden und Toten suchend, zuerst nach den Lebenden, später nach den Toten, zuerst gefunden wurden die Toten. Die Überlebenden wurden fortgebracht, in Flugzeuge gesetzt und in ihre Länder geflogen. Die Küste leerte sich in wenigen Tagen, Straßen und Pisten wurden kontrolliert, die Strände geschlossen, das Meer sich selbst überlassen. Es gab noch Helikopter der Armee, die hoch oder bodennah über die Restbestände flogen, und es gab noch Fotoreporter auf Schiffen, die die Totale der Verwüstung aus großer Entfernung zu sehen wünschten. Die Nächte verbrachte ich mit Weißen und Schwarzen – Helfern, Zaungästen, Marodeuren – in einem erhaltenen Bungalow des GRAND EDEN. Menschen, die sich gekannt, die zusammen gearbeitet, getanzt und getrunken hatten, liefen aneinander vorbei wie wahnsinnig gewordene Tiere, Untote ohne Gruß und Stimme. Ich war davongekommen in meinen Kleidern, einen Wochenlohn in der Tasche.

Nach zehn Tagen verließ ich diese Stelle der Welt (ich hatte mich eintragen lassen, erhielt etwas Geld). Ich ging einfach weg, suchte und fand ein Haus für mich, außer Reichweite der Verwüstung, zwei Fußwegtage entfernt im Hinterland, ohne Adresse und Nachbarschaft. Seither bin ich in dem Loch, das entstand, als Leben und Tod auseinandergerissen wurden. Die Zeit macht keine Pause, ist aber nicht bemerkbar, wo ich bin, sie setzt sich in mir nicht fort. Wesenlos, ein Vakuum ohne Richtung, es kann sich in jede Richtung öffnen, zu mir hin oder von mir fort, es kann mich vergessen. Neue Zeit scheint nicht zu entstehn. Anderes erfahre ich nicht.

2.

Seit ich im Schulhaus bin, ist nichts passiert, was mich beunruhigt, erfreut oder veranlaßt hätte, den Korbstuhl zu verlassen, nachts auf die Terrasse zu gehn. Ich weiß nicht, ob hier je etwas geschehn wird, wie es geschehn wird und was es sein kann. Ob es erträglich ist, daß etwas geschieht, ob ich der Mensch bin, der damit umgehn kann. Ich bin der Mensch für dieses Haus und für die Zeit im Haus, die keine ist. Seit den Anschlägen bin ich aus der Zeit. Ich habe keine Wünsche, Gleichmut, Gleichmut, den Satz kann singen, wer eine Stimme hat und daran interessiert ist, sich selbst zu hören. Munkar und Nakir besuchen ihn nicht. Der Vogel Bélé könnte erscheinen, feuerfarbenes Lufttier mit Tuba-Stimme, und verkünden, meine Rückkehr in die Welt sei erwünscht – steh auf, wirf dich in die Luft, und fort von hier in meiner Schneise.

Ein Lufttier kommt nicht. Gleichmut, Gleichmut.

Vor ein paar Tagen bemerke ich: etwas Unbekanntes kommt den Pfad herüber, langsam, in einer Staubwolke, Lebewesen auf eigenen Beinen, aus eigenen Kräften zu mir unterwegs – Wiedergänger in Gestalt eines Tiers, Irrgast in der Öde, zufälliger Besucher dieses Hauses, etwas, das bettelt, beißt und wieder verschwindet? Ein gelber Hund, weder groß noch klein, weder alt noch jung, nicht verwahrlost und nicht häßlich, kommt auf die Terrasse und blickt mich an. Um das tun zu können, bleibt er stehn und steht lange vor mir, vielleicht der Hund des gestorbenen Lehrers. Er scheint überzeugt zu sein, daß ihm hier nichts passiert, und geht in das Haus. Nach einer Weile, in der ich nichts höre, kommt er wieder heraus, legt sich neben den Korbstuhl und schläft. Das ist der Bericht von der Ankunft des Hundes, meines ersten Besuchers.

Seither wohnt der Hund auf meiner Terrasse, trinkt warmes Wasser, profitiert von meinen Konserven, blickt mich aus braunen Augen an, mit dem gemeinsamen Aufenthalt einverstanden. Gleichmut, Gleichmut, ich habe ihm den Namen Gleichmut gegeben. Wenn er verschwindet, weiß ich, er kommt wieder. Ich kann ihn erschlagen, aber nicht vertreiben.

Am frühen Morgen gehe ich durch die Umgebung und weiter ins Land. Ich sehe, was da ist, was verschwindet und was dazukommt, und was sich verändert. Dazu kommt Müll am Rand der Dörfer, ein Autowrack mehr liegt ausgeplündert in der Savanne, aber wenig verschwindet, nichts verändert sich. Das große Licht scheint verfügt zu haben, daß vorhanden bleibt, was vorhanden ist; daß das Vorhandene bleibt, wie es ist; daß es geblieben ist, wie es war. Der Baobab wird nicht älter, solange der Mensch ihn sieht, und er wird nicht älter, wenn der Mensch nicht mehr da ist.

Seit ein paar Tagen begleitet mich der Hund. Er bleibt einen Schritt hinter mir, bellt keine Ziege an und läuft nicht weg. Ich bin es, der Weiße, Fremde, der hier dazukommt. Ich werde wahrgenommen, wo ich erscheine, die Wasserflasche wird festgestellt, der Stock registriert, vielleicht auch der Hund. Ich wurde bemerkt, sobald ich das Schulhaus verließ. Es spielt keine Rolle für mich, gesehn zu werden, man wird festgestellt haben, daß ich kein Zauberer bin, kein Wiedergänger und kein Dieb. Nicht bemerkt zu werden ist hier unmöglich. Wer unsichtbar sein will, hat keine Chance, er überlebt nicht.

Als ich heute zum Schulhaus zurückkam, sah ich einen Schwarzen auf der Terrasse. Er saß im Korbstuhl, als vertrete er mich, ein hagerer, alter Privatmensch mit Hut und Brille, kein Beamter, kein Gendarm. Ich bat ihn, im Korbstuhl zu bleiben, gab ihm die Hand (ich wäre ihm sonst als Gespenst erschienen) und lachte wie er ohne Grund. So entstand der gemeinsame Augenblick.

Er fragte, ob ich Monsieur Mitchell sei – ist es, Sie sind Monsieur Mitchell? Sein Pidgin schien aus verschiedenen Sprachen zu kommen. Ich verstand vor allem seine Höflichkeit.

Mister Mitchell kannte ich nicht.

Bruce Mitchell, Monsieur?

Nein. Ich schüttelte den Kopf und lachte, um ihn nicht zu enttäuschen.

Aber, ist es, Sie sind Monsieur Mitchell, sollen Sie sagen, dann ist man froh, Sie sind wieder da.

Non, Monsieur, ich bin es nicht.

Wenn ich gewußt hätte, wer dieser Mitchell ist, wer weiß, ob ich nicht behauptet hätte, Bruce Mitchell zu sein; erlöst, ein Mitchell zu sein, den man nach Hause holt und empfängt, um gute Geheimnisse mit ihm zu teilen.

Non, Monsieur?

Vielleicht ein Vermißter aus dem GRAND EDEN. Mister Mitchell hat sich davongemacht.

Ich sagte: Non, Monsieur, mein Name ist Claude.

Ist es, Sie haben ihn einmal gesehen?

Nein, ich hatte Bruce Mitchell nicht getroffen, nicht gesprochen und nie gesehn.

Er gab mir ein Stück Papier mit einer Liste handgeschriebener Namen. Er sagte: Monsieur? Ein paar Namen waren durchgestrichen. Ich entzifferte Whole Barbadan, aber ich war ein Weißer; Sisa N'Gare, aber ich war ein Mann. Carlos Braunberg, Dan Kertowski, Yael Berger, Paolo Vesconti, und ein Mensch mit Namen Carols.

Non?

Nein, ich kannte keinen der Namen.

Er seufzte, richtete sich auf und erhob sich aus dem Stuhl (majestätischer Vorgang, der Zeit erforderte), stand fest auf der Terrasse und sagte: Monsieur.

Ich brachte ihm einen Juice in der Büchse, er war es nicht gewohnt, aus der Büchse zu trinken, stellte die leere Büchse vor die Schnauze des Hundes. Ich begleitete ihn zur Piste, man grüßte mit leichter Verbeugung – Monsieur? Monsieur. Er drehte sich noch einmal um und fragte: Monsieur Claude, Monsieur? Ich sah ihn fortgehn in Richtung Tupah, wo ich nie hinkam.

Die Savanne machte den Eindruck, verödet zu sein. Bettlergras, karges Buschwerk, vereinzelte Bäume, ein flaches Land, das in die Wüste hinausging. Jeder Busch konnte etwas verbergen, einen Nistplatz, eine Schlange, einen ausgetrockneten Brunnen, die Fundamente einer Krankenstation, ein Grab ohne Namen. Ich stieß auf verscharrte Gegenstände, Gewehre, Krüge, Maschinenteile, fand Schädel von Ziegen und Eseln und Reste von Vögeln – Marabus, Reihern? –, vom Erdreich übernommen, von Unkraut verdeckt. Ich entdeckte Trampelpfade in jede Richtung und Fährten der Tiere, Spuren von Autoreifen und Pfoten, verfallene Markierungen, deren Bedeutung mir nicht bekannt war, alte Pfähle aus Holz und neue aus Plastik und Eisen.

Einmal erschien ein Schwarzer im Gegenlicht, es war ein Kind. Er wuchtete ein Fahrrad durch lockeren Sand, atmete laut, sprach mit sich selbst und versuchte zu singen. Er bemerkte mich, als ich winkte, kletterte auf das Tretmobil, lenkte es trampelnd und schwankend zu mir in den Schatten. Ich sah: er freute sich, einen Menschen zu treffen, egal ob schwarz oder weiß, ein Mensch allein in Sand und Licht wie er; er hatte das Fahrrad, ich hatte den Hund.

Das Fahrrad war ein Modell aus einer anderen Epoche. Er bremste mit nackten Füßen, eine Staubwolke flog über uns fort, der Hund sprang zur Seite. Der Junge atmete Staub und hustete. Ob vielleicht ich Arbeit suche. Etwas arbeiten, Patron?

Arbeit, ich hatte Arbeit gehabt. Danke. Nein.

Patron?

Was für Arbeit das sei, aber ich brauchte keine Arbeit.

Seine Botschaft schien wichtig auch für ihn, er verschluckte sich.

An der Küste wurden Männer gebraucht, ein paar Hotels wurden weggeräumt, sie wurden immer noch weggeräumt, es fehlte an Kräften. Es fehlten auch Frauen für andere Arbeit, an der Küste, Patron.

Ich erzählte ihm von den Trümmern und von den Toten, und daß ich dort gearbeitet hatte, nannte die Namen der Hotels.

Patron?

Sein strahlender Blick wurde trübe. Er sprach nicht mehr.

Ich fragte ihn, wohin er fahre, woher er komme und wie er heiße.

Er schien die Frage nicht verstanden zu haben, gab keine Antwort, sein Gesicht war leer. Er drehte das Fahrrad im Sand, sprang auf und fuhr trampelnd und schwankend, so schnell er konnte, zwischen Sträuchern und Steinen davon.

Auf der Piste, wo der Staubpfad abgeht, stand eine Gestalt und sah zum Haus. Ich winkte, sie bewegte sich nicht, es war eine Frau. Ich winkte noch mal, daraufhin kam sie zu mir.

Ich sah sie kommen, und sie wußte es. Ich saß im Korbstuhl auf der Terrasse, sie schwebte mit festen Schritten auf dem Weg (wie die Kurtisane zum König kam, vor hundert Jahren), voll bekleidet mit hellen, weiten Stoffen, Sandalen, Halsketten, Bluse und langem Rock, auf dem Kopf ein dichtes Nest geflochtener Zöpfe. Ich sah den geöffneten, üppigen Mund, zuletzt ihre Augen, sie lachten nicht.

Ich stand auf, bevor sie auf die Terrasse kam. Neben dem Korbstuhl schlief der Hund.

Das erste Wahrnehmen war der Moment der Wahrheit. Ich

sah, daß sie eine Verstoßene war. Ihre Schönheit war kein Angebot für jeden, sie trug eine bittere Würde mit sich herum, sie war keine Nutte. Der Hund wachte auf, sah sie neben mir stehn und schlief wieder ein. Ich holte den einzigen Stuhl aus dem Haus. Sie hatte im Korbstuhl Platz genommen, Arme und Füße von sich gestreckt, ich saß vor ihr auf dem Stuhl. Was sie von mir wahrnahm, verriet sie nicht, auf der Terrasse sah sie sich nicht um. Ihr Körper war bei mir angekommen. Die Augen warteten auf einen Gruß.

Ich fragte nicht, wer sie war und woher sie kam. Sie war auf der Suche, schon lange oder mal wieder, nach einer Gewißheit, die ihr genommen war – nach einem Freund, einem Liebhaber, einem Schutz; nach einem Menschen, der sie nahm, wie sie war, nach einer Umgebung, die ihr zu leben gab; vielleicht nach einer Rolle in einem Spiel; nach einem Dach, einem Geld, einem Lager, und nach einem Lachen, in das sie einstimmen konnte. Als Manager im GRAND EDEN wußte ich: sie wäre zu keinem Mann ins Hotel gekommen. Wo eine Frau wie sie erschien, verdrückten sich die Kassierer und die Agenten, und LE MAQUEREAU hatte keine Chance. Sie hatte von einem Weißen gehört, im Schulhaus an der Piste nach Tupah, und da war sie mal hingegangen und stehengeblieben, der Zufall war mitgekommen, der Mann saß da.

Sie konnte nicht weit gegangen sein. Außer den Kleidern trug sie nichts, kein Gefäß, keine Tasche, die Hände waren leer (ihre leeren Hände erregten mich), schlanke Hände mit honigfarbenen Flächen, nackte Arme mit Ringen aus Horn und Bast. Sie blickte mich an ohne Anzüglichkeit, ohne Neugier, sie schien zu wissen, was sie wissen mußte, um ohne Befürchtung hierzusein. Es mochte Gerüchte gegeben haben, und sie war gekommen, um nachzusehn, vielleicht zu bleiben.

Sie weder zu behalten noch wegzuschicken, sie nicht zu enttäuschen und ihr nichts zu verheißen, und den Kopf zu behalten in diesem Spiel, in das sie, wie ich, bereit war zu investieren, aber wie konnte ich das wissen. Der Duft ihres Körpers, der stillhielt vor meinen Augen, ihre Schenkel und Brüste in schönen Stoffen – sie war nicht mehr das Bild einer Schwarzen, wie vor einer Stunde auf dem Staubpfad da draußen, die Frau war da.

Die Nacht war wie alle Nächte heiß und dumpf. Schrillender, reißender Krach von Insektenmillionen, Nachtvogelgejammer und ihr Widerhall (ein Lärmen, an das ich mich nie gewöhnte), das zersägte den Raum über der Savanne, der am Tag unermeßlich war, in der Nacht von Schwärze erstickt. Das Schulhaus gab keinen Schutz, außer Fliegengittern war nichts da. Wir hatten auf dem Boden geschlafen, uns wenig mitgeteilt, nicht viel gefragt, die Stimme war kaum zu hören, wenn einer sprach, Geflüster, das keinen Inhalt brauchte. Kébe war der Name, den sie mir nannte, egal ob er stimmte, er bezauberte mich, ich wollte ihn glauben. Ich hatte die Namen der Frauen immer geglaubt, auch die falschen für charmant oder möglich gehalten – Lola, Patricia, Marie-Mirabelle. Meine Schwäche war kein Fehler gewesen. Was empfand eine Frau, wenn ein Mann den falschen Namen glaubte.

Der Morgen wurde langsam hell. Kébe tauchte aus dem Zwielicht auf, eine unbekannte Frau, die ich liebte, zu lieben wünschte, und die festzuhalten nicht möglich war. Sie sagte: du bist vielleicht nicht arm, aber dir gehört nichts. Sie fragte: was können wir essen, wir werden fortgehn, um zu essen. Immerhin war eine Dusche da. Ihre nasse Haut verschwand in Stoffen, die ich schon liebte. Ich hatte noch Geld für uns und drei Tage und Nächte, sie hatte nichts. Wir waren lange nach Westen gegangen, als das Licht auf uns herunterschlug.

Kébes Spur überquerte Wege und Straßen, alte Wagenspuren zur Küste, aber da wollte sie nicht hin. An dieses Meer konnte keiner zurück. Ihr Weg ging zwei Stunden weit zu einer Baracke, dort war die Benzinpumpe des Bezirks, Coiffeur, Gemischte Waren und eine Bar, umgeben von Parkplätzen, Kisten, Stühlen im Sand. Kébe hatte Durst und Lust zu essen, es war schön, ihren Lippen und Händen zuzusehn, ihr Hunger war gerecht und stark. Brot und Früchte in Mengen, schwarzer Tee, Zigaretten. Nach Warmwasserwochen trank ich den ersten Kaffee, er war schwarz und süß und dampfte im dünnen Schatten des Vordachs. Ich kaufte eine zehn Tage alte Zeitung, etwas anderes brauchte ich nicht.

Als Kébe genug gegessen hatte, kam ein reisender Händler vor die Bar. Er schob einen Karren, mit Kleidern beladen, die Trage auf seinem Rücken war hoch und schwer. Er stellte Trage, Karren und Klappstuhl auf, eine Kanne Tee kam aus der Bar. Er krähte, lachte, winkte wie aufgezogen, rief im Singsang seine Waren aus, froh mit sich und der Zukunft seines Berufs. Kébe ging zu ihm hinaus, ich begleitete sie. Die Trage war voll von Knöpfen, Flakons und Ketten, die der Mann sein Leben lang durch das Hinterland trug, die Kleider auf dem Karren waren gebraucht. Kébe wühlte in den Kleiderhaufen, mit beiden Händen in Hüten und Jacken, Shorts und Schlipsen der Toten aus den Hotels. Der Händler war überrascht, dann sehr enttäuscht, seine gute alte Kundin handelte nicht.

Wir gingen weiter auf ihrer Spur, mit einem Sack voller Brote und Flaschen, den Sack trug ich. Ein halber Umweg zum Schulhaus zurück, Kébe wollte mir etwas zeigen – ich zeige es dir, du siehst etwas Schönes. Wir kamen zu einer Ansammlung neuer Hütten, bunt zusammengestellt wie Bienenhäuser, das konnte eine Schule sein. Es war eine Schule, die Pause kam und ein Schwarm von Kindern wirbelte Staubfahnen auf. Sie zeigte mir ein hüpfendes Mädchen in Weiß und sagte: das ist mein Kind.

Warum gehn wir nicht hin und begrüßen es.

Das ist verboten.

Du kannst doch winken, daß es dich sieht.

Nein.

Oder du rufst es, dann kommt es her.

Das darf es nicht.

Dann gingen wir weiter, Kébe sah sich nicht um. Wir begegneten Frauen und Männern, die sie kannte, kamen an Hütten vorbei, wo sie nicht fremd war, sie lachte und grüßte und rief Namen, sie wurde gegrüßt und mit Namen gerufen, Kébe, Kébe. Ich liebte den Stolz, der ihre Verzweiflung zurückhielt und sich ohne Scham zu mir, einem Fremden, bekannte.

Sie blieb zwei Tage und Nächte bei mir, wusch ihre Kleider, aß und trank mit mir und sang, wenn sie froh war. Ich liebte sie. Am dritten Morgen bat sie mich, mit ihr fortzugehn. Wohin. Sie sagte: überallhin, ich will, daß du da bist, überall wo ich bin. Du kannst in dem Schulhaus nicht bleiben, du findest mit mir ein anderes, ich finde mit dir ein gutes Haus. Aber sie konnte den Bezirk nicht verlassen.

Ich begleitete sie eine Stunde weit auf ihrer Spur und kehrte um. Als der Hund meine Schritte hörte, sprang er auf und sah mir entgegen.

Nachdem er die Frau eine Stunde weit auf ihrer Spur begleitet hatte und in das Schulhaus zurückgekommen war, schien sich nichts mehr an seiner Lebensweise zu ändern. Er saß im Korbstuhl auf der Terrasse, den schlafenden Hund neben sich. Es war nicht zu erkennen, womit er sich beschäftigte, niemand wußte oder wollte wissen, was in ihm vorging. Er trank das warme Wasser und aß nicht viel. Es passierte selten, daß ein Mensch die Piste verließ und zu ihm auf die Terrasse kam, sich länger als eine halbe Stunde bei ihm aufhielt. Wer zu ihm kam, wollte etwas haben oder verkaufen, aber der Mann schien nichts zu besitzen, nichts geben zu können und nichts kaufen zu wollen. Er brauchte nichts. Nie wieder kam eine Frau zu ihm.

Zehn Tage waren vergangen, seit die Frau ihn verlassen hatte. Nach einer Nacht, in der die Glühbirne brannte, stand er früh auf, füllte zwei Flaschen mit Wasser, warf in einen Sack, was er brauchen konnte, Konserven, ein paar stumpfe Rasierer. Er ließ den Korbstuhl, wo er war, rief den Hund und ging mit ihm auf dem Staubpfad fort, überquerte die Piste und verschwand nach Westen zur Küste.

Epilog: Findel

Das Lager zog sich über die Hügel hin. Auf der höchsten Erhebung stand ein Baum, von Wald oder Gärten übriggeblieben, Baum ohne Namen, ein letztes Holz, das hoch in der Luft ein paar Blätter trug. Über den Blättern war der Himmel leer. An den Abenden fielen Krähen ein, sie flogen in schwarzen Schwärmen über das Land. Wer unter dem Baum stand, sah über die Ebene nach Süden, dort waren die Reste einer Stadt, dort sah man in klaren Nächten etwas Licht, dicht am Boden, vereinzelt wie auf dem Meer.

Das Lager war neu oder alt wie der Krieg. Am Anfang war eine Viehtränke dort, dann wurden Baracken errichtet und Pfade getreten, dazu kamen Feuerstellen und Berge von Müll, Wohnmobile und Zelte und immer mehr Menschen, in Haufen zusammengedrängt mit ihren Sachen, Fahrrädern, Karren, Tieren und Säcken. Um den weiten Bezirk verfiel ein Zaun, der Draht lag am Boden, das Holz war weg. An einer Straße stand die STATION, dort sah man Jeeps, Motorräder, Uniformen, dort kamen die Medikamente und Spenden hin. Dahinter der Landeplatz mit dem Helikopter, die verwüstete Ebene, der Horizont.

Alles andere waren Menschen, hungernde, stinkende, stille Gestalten, anzusehen wie zusammengekrochene Tiere, verurteilte Lebewesen, Untote in Haufen. Leute, die Tote unter Kleidern versteckten, und Leute, die Sterbende auf Karren verluden. Heulende, Frierende, Umgekippte. Die nicht mehr aufstehn konnten und nicht mehr laufen, nichts mehr verfluchen und nichts mehr sein. Brausen unzähliger Stimmen füllte die Luft. Wenn der Lärm verebbte, nachts, schrie der Raum voller Krähen.

Sie lag auf der Erde, allein mit sich selbst und den Kleidern, der Zeit und dem Zufall, zwischen Rücken und Beinen von Leuten, die sie nicht kannte, den Kopf auf einem Stück Gras, zertrampelt und dürr, und hörte die Sirene des Wagens, der den Suppenkessel ins Lager fuhr. Hunderte drängten sich zu der Stelle, mit Eimern, Büchsen, Plastikbeuteln, andere standen mühsam vom Boden auf, kehrten mit leeren Behältern um. Sie hatte keinen Behälter, sie blieb zurück, allein mit dem Hunger, der ihr gleichgültig war, sah den Wagen zwischen den Leuten schwanken und hörte den Schrei, als der Kessel umfiel und der Mann mit der Schöpfkelle in die Menge flog.

Sie stand auf und ging fort. Kein Auge sah, daß sie aufstand und fortging, hier wurde kein Mensch bemerkt, weil er aufstand und rumlief, zwischen seinesgleichen herumstand und weiterging, wimmerte oder schwieg und weiterging, etwas verloren hatte, nichts mehr suchte, das Lager hinter sich ließ und weiterging, den Müll, die Toiletten, die Toten zurückließ, allein mit sich selbst, in verbrauchten Kleidern, Haare vor dem Gesicht, mit leeren Händen, die schmalen Arme vor der Brust verschränkt, als trüge ein Schlaf sie mit sich fort, ein stilles Tier, das nichts von sich wußte, nach ein paar Schritten nicht mehr da.

Sie ging durch das fremde Land, sie war allein, von Angst und Hunger in Ruhe gelassen, in verbrauchten Kleidern und flachen Schuhen, vor Augen ein Horizont, der den Süden verbarg, ein Fahrweg aus Schotter und trockenem Schlamm. Von ihm gingen Pfade fort in alle Richtungen – Panzerketten, Schuhe, Reifen, Pfoten der Tiere –, vermischten und trennten sich, brachen spurlos ab, und verloren sich fern in Rinnen aus Sand und Gras. Brachland, verkümmerte Felder, von Wildgras umgeben, im flachen Grasmeer verschwanden die Steine, ein Vogel flog senkrecht aus dem Gras in die Höhe, sie blieb stehen und hörte ihr Herz und ein Flügelschlagen, das sich leicht und schnell in der Luft verlor. Glück, eine schnelle Freude, durchwärmte ihr Blut, weil der Name des Vogels ihr Eigentum war – Lerche! Die Lerche! Sie war kaum ein paar Schritte allein unterwegs, da war schon die Lerche mit ihrem Namen da, eine Lerche allein in der Fülle aus Gras und Luft. Als sie weiterging, wußte sie, daß sie lebte und nichts weiter brauchte von sich und den Sachen als die Gewißheit ihres Lebendigseins. Nichts fehlte, seit ihr die Lerche begegnet war. Sie sprach mit den Sachen, die sie umgaben, ungefähr singend, weil sie kein Wort dafür brauchte, ungefähr horchend auf sich und die Stille, sie wollte wissen, wie ihr geschah.

Sie hatte Zeit gebraucht, um fortzugehen, aus dem Lager und was es war, aus dem Schweigen der Leute, danach war die Zeit wie von selber weg. Der Tag, der sie umgab, war da ohne Rest, mit allem Licht, das er brauchte, um hell zu sein. Wo sie war und stand und weiterging, war auch die Sonne mit ihrer Wärme, war ein Omnibus und ein Traktor, in Schlamm versunken, ein paar Männer mit Hunden verschwanden hinter dem Hügel, und es war ein Brunnen am Weg, sie hörte das Wasser, es spuckte und schnalzte aus einem Rohr auf die Steine, sie ging hin und trank aus den Händen und zog sich aus, und hängte die Kleider auf einen Busch. Sie stand nackt vor dem Wasser, es sprühte auf ihre Füße, ein glücklicher starker Frost lief durch ihre Glieder, Ungeduld und Gier vor dem vielen Wasser, die Hände fingen es auf und ließen es fallen, holten es kalt ins Gesicht und in die Haare, auf die Gänsehaut, auf den Bauch und zwischen die Beine, Wasser floß kalt an ihr herunter, immer mehr Wasser aus Haaren und Händen, gutes, befreundetes Wasser von ihren Schultern, von den Spitzen der Brüste und der Finger, nasses Rieseln und Kitzeln bis unter die Füße, bis sie neu war wie das Wasser selbst, kühl wie die Luft auf der frischen Haut.

Was dort am Busch hing, waren ihre Kleider, beliebig grau und alt, an ihr hängengeblieben, sie waren voll Dreck und rochen nicht nach ihr. Sie hatte angezogen, was sie besaß, zwei Hosen übereinander und mehrere Hemden, die wattierte Winterjacke und einen Hut, in dem sie ihr Haar verschwinden ließ, schwarze Strähnen hingen um ihren Hals. Sie zog eine Hose an, die Schuhe, die Jacke, wusch ihre Kleider mit Sand, der war ihre Seife, drückte die Stoffe in den gewaschenen Hut und ging auf dem Fahrweg fort nach Süden. Der Süden war ihre Richtung, der sie vertraute, einzige Richtung, die in Frage kam, quer zum Bogen der Sonne und geradeaus. Wer ihr entgegenkam, ging seiner Wege, schien sie nicht zu bemerken und war vorbei. Sie grüßte gern, ein Gruß war Teil ihres Atems, und kam keine Antwort, blieb sie stumm erstaunt, ohne Wink und Wort an fremden Gestalten vorbei, als sei sie nicht sichtbar, ein Geist allein, nicht hörbar im Schotter, in den schiefen Schuhen. Niemand ging hinter ihr her, da war sie froh. Sie kam durch eine Siedlung und niemand sah sie, kein Huhn, kein Hund, kein Mensch sowieso. Einmal kam einer schnell durch das Gras auf sie zu, pfiff durch die Zähne, kaum hörbar – KOMM MAL HER! Harte, tonlose Stimme – NA LOS, KOMM HER! Er stand an der Straße nicht weit von ihr und pfiff und zischte. In seinem Blick war ein Funkeln, das sie nicht kannte, dunkel und scharf auf sie gerichtet, so wie sie dastand, zehn fremde Sekunden, dann ging sie weiter, und niemand lief hinter ihr her.

Später saß sie am Straßengraben, die Kleider trockneten in der Wärme, hell auf dem Gras wie Stücke Schnee. Das Hemd ging schnell, am längsten brauchte der Hut. Nun trug sie frische Kleider unter dem Arm, leicht zusammengefaltet, gut riechend nach nichts. Dann riecht es gut nach der Luft und der Sonne, gut nach dem Regen und gut nach ihr! Aber sie kannte nicht mehr den eigenen Duft. Sie kannte den Geruch ihrer Haare, ihrer dreckigen Hände und ihres Urins.

In der Dämmerung wartete sie auf das letzte Licht. Das Blau über ihr war für die Vögel da, es begann im Wassergraben neben dem Weg und kam an kein Ende in der Luft. Sie spürte den Nachtwind auf der Haut, das kam – sie wußte es – , weil sie gewaschen und ohne Hemd in der Jacke war. Im fahlen Schimmer vor Dunkelheit sah sie ein Haus nicht weit vom Weg unter Bäumen und wußte, daß es ihr Schlafhaus war. Das Haus war groß und alt, voll leerer Räume, auf brüchigen Bretterböden lag Stroh herum. Sie hob Arme voll Stroh auf einen Wagen, kroch in die staubige Wärme und schlief ein.

Sie schlief, als ein Traktor zu hören war. Er fuhr rückwärts durch das Tor ins Haus und blieb mit laufendem Motor stehen. Kein Schweinwerfer brannte, das Haus blieb dunkel, zwei stumme Gestalten sprangen ab. Der Wagen, auf dem sie schlief, wurde angehängt. Sie schlief, als der Wagen das Haus verließ und auf der Straße nach Osten fuhr, über eine Brücke und fort ins Land. Sie schlief, als der Wagen zum Stehen kam, die Gestalten im Dunkeln verschwanden, der Motor schwieg.

Sie sammelten die Toten zusammen und warfen sie auf den Wagen, so viele es waren. Sie spürte nicht ihre Kälte und ihr Gewicht, sie schlief, als die Toten auf Bretter schlugen, die Schlafende begruben, den Wagen füllten. Sie schlief, als der Motor ansprang, der Traktor drehte, der beladene Wagen langsam zurückfuhr, auf der Straße und über die Brücke ins dunkle Haus.

Wälder, durch die sie ging, lagen voll von Müll. Geplatzte Säcke am Rand der Chaussee, Papiere in Fetzen und Haufen, verkohlte Kleider, nasse halbe Matratzen und ihr Gestank. Sie sah zugeschüttete Gräber und offene Trichter, tief ausgehobene Schächte, verfallene Gräben, es lagen Eisenrohre und Schuhe herum. Kein Stück, das herumlag, roch nach sich selbst. Jedes Stück stank nach allen, ein fauliger Dunst, der unbewegt zwischen den Bäumen hing. Sie schaute herum, ohne etwas zu suchen, berührte nichts und nahm nichts mit.

Zwischen Bäumen im Wald entdeckte sie einen Stuhl. Er stand auf dem Weg, als sei er bereitgestellt für einen, der hier vorbeikam, vielleicht für sie, ein einzelner Stuhl, er konnte ein Signal sein in einem Spiel, das ihr unbekannt und nicht mit dem Krieg zu verwechseln war. Der Stuhl war alt, aber vollständig mit vier Beinen, zerkratzt und naß und wackelte nicht.

Sie faßte den Stuhl an, um zu probieren, der Stuhl stand an seiner Stelle und knurrte nicht, und keins der vier Beine trat nach ihr. Sie setzte sich auf den Stuhl und nichts passierte, sie saß auf dem Stuhl und blieb auf ihm sitzen, stand auf und setzte sich wieder hin. Der Stuhl blieb derselbe, ob sie saß oder stand, nur daß der Stuhl nicht im Zimmer war. Der Stuhl gehörte ins Haus und an den Tisch, im Wald war er einzeln und übrig wie sie, im Wald gab es Bänke. Sie setzte sich auf den Stuhl und blieb auf ihm sitzen, beschäftigt damit, auf dem Stuhl zu sitzen, und stellte sich vor, sie säße auf einem Stuhl, auf einem gepolsterten Stuhl im Caféhaus, auf einem Thron, auf einem Stuhl vor dem Spiegel, aber unsichtbar und so lang sie wollte – und sie sprang auf, weil sie sichtbar war, einzig und allein auf dem Stuhl im Wald.

Sie hatte sich nie im Spiegel gesehen – vielleicht im Wasser, ohne sich zu erkennen, in einer Fensterscheibe, in Scherben aus Glas? Sie wußte es nicht, je mehr sie dran dachte, der

Krieg hatte Gläser und Spiegel zerschlagen, oder sie wußte nicht, wo ein Spiegel war. Sie stellte sich ihren Anblick im Spiegel vor und erkannte Jacke, Schuhe und Hut. Nichts anderes wurde sichtbar und alles fehlte, und was ihrem Anblick fehlte, war sie selbst. Sie saß ohne Spiegel auf dem Stuhl im Wald, sah ihre Hände und kannte sie nicht.

Sie erstarrte im Halbschlaf, ohne zu träumen, saß auf dem Stuhl und hatte vergessen, daß sie dort sitzen geblieben war.

Sie schreckte auf, weil sich etwas bewegte. Irgendwas schien seine Stelle zu wechseln, nahm sie wahr, bewegte sich durch den Wald. Ein fremdes Auge kam auf sie zu. Sie sprang vom Stuhl, sah sich um und horchte, stand sichtbar für jedes Auge im Wald, ohne Spiegel sichtbar für sich selbst und die Tiere. Sie ging davon wie immer, ging fort und wußte, daß niemand ihr folgte, sie war allein.

Sie ging durch ein Land, das sie nicht kannte, mit einer Sprache, die sie nicht verstand. Sie konnte entziffern, was an den Häusern stand, Wörter auf Bussen und Straßenschildern, und konnte nicht sprechen, was sie las, nicht spielen mit Wörtern und Zahlen und nichts erfinden. Sie konnte nicht fragen, keine Antwort geben und wußte nicht, wie man die Sprache lernte. Es war für sie am besten, den Mund zu verschließen, überhaupt nichts zu sagen von Fall zu Fall. Stumm und taub, sie war stumm und taub, solang sie durch die fremde Sprache ging.

Stumm und taub, und niemand bemerkte sie. Und hätte sie um Hilfe gerufen, auf dem Markt voller Leute früh um neun – man wäre an ihr vorübergegangen, und niemand hätte gefragt, was sie damit meint. Wer sie bemerkte und ansprach, vielleicht aus Versehen, erkannte oder ahnte die schweigsame Antwort: ihr Finger zeigte auf Mund und Ohren, sie schüttelte den Kopf und verschenkte ein Lächeln, das um Nachsicht bat und sorglos war. Da hatte der Krieg eine Spur hinterlassen, die harmloser war als Blindheit und fehlende Beine. Man sah ein Kind, das erwachsen sein mußte, ein Gesicht, das geküßt werden konnte, keinen entsetzte, niemandem auffiel.

Einmal mehr taub und stumm auf der Straße nach Süden, sie kam durch ein Dorf, an der Straße stand ein Caféhaus. Männer in Uniform blickten ihr entgegen, saßen in der Sonne und taten nichts, Streichhölzer zwischen den Lippen und Zigaretten, als hätten sie auf die Unbekannte gewartet. Sie konnte nicht fliegen, sie mußte laufen, Schritt für Schritt am Café vorbei.

Die Fremde war taub, als man nach ihr rief, taub und stumm, als man sie bewarf, mit ein paar Messern, mit Gläsern, Kernen, Schalen, taub und stumm, als man lachte und nach ihr rief – NA LOS, KOMM HER! Sie blieb stehen, um die Zeichen zu geben auf Mund und Ohren, ihr Lächeln – sie hatte ihr Lächeln nie gesehen – schien für die Männer ein Signal zu sein. Das Caféhaus war still wie die Trümmerfassade daneben. Von den Tischen kam einer mit einem Stock, sie sah ihm entgegen ohne Angst. Er kratzte mit dem Stock in den Sand vor ihr, das konnten die Buchstaben eines Namens sein. Er lachte nicht, er zeigte auf sein Gesicht, sein Finger war ernst. Sie nahm seinen Stock und schrieb, was sollte sie schreiben. Sie hatte geträumt, in Tagen und Nächten, einen Namen zu haben für alle Fälle, ein Wort, das ihr Name war, wenn sie einen brauchte. Sie zeichnete FINDEL in den Sand, versuchte ein Lächeln, zeigte auf ihr Gesicht.

FINDEL! Der Name flog durch die Luft und ging im Caféhaus von Mund zu Mund. Sie ging auf der Straße fort und hörte, wie der Name weniger wurde und verklang. Niemand ging hinter ihr, niemand blickte ihr nach.

Am Abend schrie ein Vogel auf einem Baum, der verbrannt am Weg nach Süden stand, da wußte sie, daß der Regen kam.

Die Himmelsrichtung verschwand in Grau, Tropfen fielen aus dampfender Nässe kalt wie Nadelspitzen in ihr Gesicht, sprangen von Hut und Jacke ab, sammelten sich in den dünnen Schuhen. Es war Zeit, etwas Trockenes zu finden für eine Nacht. Trockene Plätze gab es überall, doch nicht an diesem Abend und nicht für sie. Im Regen erreichte sie eine Farm, verschlossene Tore um den leeren Hof, ohne Brunnen, Geräte, Wagen, Menschen. Eine Hundehütte stand dort, darin war ein Tier – falls es ein Tier war und nicht ein Mensch, oder eine Ratte, ein Kater, ein Fuchs. Ein schwarzer Hund lief weg, als sie näherkam. Sie lockte ihn zu sich, er winselte weg, bellte im Regen und wartete ab. Sie kroch in die Hütte und blieb drin, auf einem Haufen Stroh, der noch warm von dem Hund war, und stellte ihr Glas in den Regen hinaus. Unter der Jacke schlief sie ein, der Hund schlich um die Hütte, roch am Glas, stand im Regen und bellte die halbe Nacht.

Seit sie sich einmal gewaschen hatte und alles wußte vom Wasser, vom frischen Wasser, und wie man es festhielt und wie es schmeckte, machte sie halt an allen Brunnen, tauchte die Hände ein und trank. Sie hatte im leeren Haus ein Glas entdeckt – es stand verstaubt auf dem staubigen Tisch – und wie es war in die Tasche gesteckt, am nächsten Wasserlauf blankgewaschen, nun war es ein kostbares Eigentum, das erste Ding, das sie besaß. Es war zu unscheinbar, um gestohlen zu werden, und war in der Jacke tief versteckt, ein Glitzerding, das sie mit niemandem teilte. Sie tastete, ob es noch da war, und es war da. Es war unversehrt und gehörte ihr.

In einem Dorf, zertrümmert und menschenleer – es lag viel Holz und Stein auf den Straßen herum, und es gab keine Brunnen –, sah sie einen Menschen entgegenkommen, langsam, mit hängendem Kopf, auf halbtoten Füßen, wenn ein Pferd ein Mensch sein konnte, dann war er ein Pferd. Er trug ein paar Taschen in jeder Hand, rund gefüllte Taschen, wie pralle Säcke, und ging vom Gewicht gebeugt, ein schwarzer Mann. Er war nicht jung, die Erschöpfung machte ihn älter, die schweren Taschen machten ihn alt. Mit alten Augen blickte er vor sich hin, als sei er damit beschäftigt, die Steine zu zählen, die runden, die kantigen, die zerbrochenen, die Steine schwarz von Ruß und Blut, und keinen ausgelassen, die Steine, die Steine. Sie nahm das Glas aus der Jacke und ging zu ihm hin. Der Steinmann setzte die Taschen ab und blieb, wie er war, auf den Füßen stehen. Sie hielt dem Fremden das Glas hin und sagte – mit ihrer Stimme, sie konnte noch sprechen –: WASSER MUSS DRIN SEIN, ABER HIER GIBT ES KEINS, und hielt ihm das Glas hin, damit er es nahm.

Der Steinmann wollte lächeln, er hob das Gesicht, und was er sagte, war nicht zu verstehen. Eine Stimme, die sie nicht verstand. Er zeigte auf seine Taschen und wollte lächeln, und seine Augen sagten NEIN. Man kann das Glas nicht tragen, es ist zu schwer, das kleine, schöne Glas, es ist zu schwer. Vielleicht, das Wasser hätte er getrunken.

Sie wußte nicht weiter, behielt ihr Glas in der Hand und steckte es in die Jacke zurück. Der Steinmann nahm seine Taschen, er wollte lächeln, schien mit den Augen etwas zu sagen und ging, von neuem damit beschäftigt, die Steine zu zählen. Das Glas war in ihrer Tasche, sie konnte es spüren, nicht mehr vertraut, ein fremdes Ding.

Sie wollte etwas haben, das ihr gehörte, in ihrer Tasche, jedesmal, immer, Muscheln, Federn, was Lebendiges, Schönes! Ach am liebsten einen jungen Vogel.

Eier stehlen war ihr Kinderspiel. Sie ging, wo kein Hund war, in die Höfe der Bauern, griff in die Hühnernester und verschwand. Sie fand die Eier nahe am Boden, in Futtertrögen und alten Kisten, in Schuppen und Scheunen, hinter Stapeln von Spaltholz, mit Stoff ausgelegten Reifen und Mulden im Heu. Ein frisches Ei war warm wie ihre Hand, sie pickte ein Loch in die Schale und saugte es aus. Sie verwahrte ein Ei in ihrem Glas, dort konnte es bleiben und ging nicht kaputt.

Sie fand genug zu essen, um nicht zu verhungern, am einfachsten fand sie die Früchte, am schwersten das Brot. Auf keinem Tisch der Welt lag ein halber Kanten, auf keinem Abfall ein verschimmelter Wecken, in keiner Tasche ein unbewachtes Stück Brot. Wer zu Brot kam, schlich beiseite und kaute es eilig, er wickelte es ein und versteckte es gut. Am Fenster einer Küche sah sie zu, wie ein Mann versteinte Brotstücke kochte, mit dem Löffel fischte und heiß verschlang.

Sie ging in zerschossene Häuser und in geräumte, in den Küchen war niemand, die Keller standen verödet, sie packte zurückgelassene Sachen ein, Wintervorräte verschwundener Familien, Birnen und Äpfel getrocknet in Scheiben, Einmachgläser und Flaschen in vielen Farben, lebte tagelang von Nüssen und Dörrobst, danach ein paar Tagen von Feigen, danach von Rosinen. Mais und Kartoffeln lagen herum, brauchbar für andere, wertlos für sie. Sie nahm einen Blechlöffel mit, den konnte sie brauchen. Eine Büchse voll Honig war ihr Glück.

Sie ging hin, wo gekocht und gegessen wurde, am besten in die Küchen der großen Hotels, wenn dort Offiziere wohnten und Leute vom Film. Die Köche und Kellner aßen vor ihren Gästen, am späten Nachmittag mit viel Zeit in den Küchen, dort saßen so viele Frauen, daß keine auffiel, und sie saß zwischen ihnen am Ende des Tischs, wiederholte, wenn nötig, ihr Zeichen auf Mund und Ohren, und sah in Gesichter, die aßen wie sie. Ein gefüllter Teller war für sie da, ein Glas voll Wasser, vielleicht ein Stück Brot. Danach ging sie fort, kein Essender blickte ihr nach.

Manchmal merkte sie, daß sie sang, dann hörte sie auf zu singen, hielt still und horchte. Wenn sie von sich selbst nichts hörte, fing sie wieder zu singen an. Manchmal sang sie auf der Straße, und irgendwer gab ihr ein Stückchen Geld. Sie steckte es ein, vergaß es und fand es wieder, und kaufte dafür ein kleines Brot. Ihr Singen war wie ihr Atmen, Sehen und Hören, Träumen und Schlafen. Wenn sie sang, war sie froh. Sie lernte im Singen zaubern, froh zu sein.

Einmal hörte ihr jemand zu. Sie stand im Regen unter einem Baum, dem Baum gegenüber ein Zirkuswagen, in der Tür des Wagens eine Frau, groß und schön mit dem schwarzen Haar. Sie winkte KOMM MAL HER, und sie ging hin. Es war warm im Wagen und roch nach Kaffee, sie trank Kaffee mit Zucker und hörte zu. Du kannst bei uns singen, sagte die Frau, wir schminken dich, wir ziehen dich schön an, und du kannst singen, was du immer singst, du singst, was du willst. Du stehst in der Arena, wenn du singst, und während du singst, geht Gevatter herum, das ist unser Affe, und sammelt das Geld ein. Du kannst auch dreimal dasselbe singen, wenn du nur singst, deine Stimme ist schön.

Sie sagte: ich hab keine Wörter beim Singen.

Das ist das Schöne, sagte die Frau, du singst, eine Stimme ohne Song, das hört man nicht oft.

Sie sagte: das kann ich nur allein.

Und die Frau: du kriegst auch Geld dafür.

Sie gingen hinüber in das Zirkuszelt, der Regen klopfte auf das blaue Dach. Dort war die Arena, die Sitzbänke für die Leute, die Teppiche und die Leitern, die glitzernden Kleider. In einem Käfig saß der Affe und sah sie mit alten Augen an.

Sie sagte: ich kann es hier nicht tun.

Die Leute sind froh, wenn du singst. Du kriegst viel Beifall –

Weiß nicht, das will ich nicht so gern.

Der Beifall ist gut. Sehr viel Beifall –

Sie stellte sich vor, in der Arena zu stehen, und die Leute klatschen, weil sie gesungen hat. Sie klatschen immer weiter und sie steht dort.

Überleg es dir, sagte die schöne Frau.

Sie dachte: es geht vielleicht, wenn es für sie ist. Aber das wollte sie nicht sagen, und schwieg. Sie schüttelte den Kopf, sie fühlte sich elend, aber es ging nicht.

Trink noch Kaffee, sagte die Frau, bleib hier. Oder komm wieder, wenn du es weißt.

Sie ging fort, es regnete, und sie konnte nicht singen.

Am Abend ging es ihr wieder gut. Sie lag in einer Garage, die offenstand, doch im Auto schlafen wollte sie nicht, auf einem Wagen nicht so gern. Sie lag auf einer Holzbank neben dem Auto, hörte den Regen und war froh. Sie wußte, taub und stumm war nun vorbei, jetzt wollte sie sprechen. Sie wollte reden, lachen und rufen wie alle, sie wollte ihre Stimme haben und alle Wörter benutzen, die sie kannte, alle Wörter, die es gab. Sprechen und singen, alles. So schlief sie ein.

Dann kam ein Tag, der übrig war wie sie, und sie allein war übrig wie der Tag. Schlafende Sonne in grauer Luft, ein einziger Vogel weit und breit, schwarz und stumm und übrig wie sein Name, Rabe, Rabe. Ein paar Apfelbäume mit den paar Blättern, die standen noch aus Zufall im Land herum. Übrig war auch das Wasser in den Pfützen, die Zaunpfähle ohne Draht und der Draht ohne Pfähle, und ein Pferd mit dem Maul am Boden und alles andere, ein Berg allein, ein Weg, vier verstreute Häuser, ein Lastwagen ohne Staubwolke und ein Mädchen, das sein Fahrrad schob und sie überholte, ohne Gruß an ihr vorbeiging, sie nicht bemerkte – alles war übrig.

Auch die Nacht, die bevorstand, war übrig, die Dunkelheit übrig, und der Tag danach übrig wie alle Tage, wie sie selbst im folgenden Tag und im Tag danach.

Wer übrig ist, tut, was er tun muß, wie jeder andere, er füllt sein Glas am Bach und trinkt, zieht die Schuhe aus und erfrischt seine Füße, wäscht Gesicht und Brust und Hände und läßt sie trocknen – der kühle Landwind hilft dabei – und geht, obwohl er nicht weiß warum, in die einzige Himmelsrichtung fort. Er kommt, weil die Wege es wollen, in ein Gehölz, hell von den Birken und Blättern im Wind, sieht ein Fahrrad liegen neben dem Weg – er hat es, glaubt er, schon mal gesehen – und hört nicht weit im Gehölz den Schrei.

Es ist ein einziger Schrei ohne Atem und kommt aus der Stimme einer Frau. Er hörte es stampfen, schlagen, zweigebrechen, und nochmal schlagen, rutschen und reißen, rutschen, ersticken. Es stürzt, bleibt lange liegen und ist still.

Wer den Krach im Gehölz hört, kann nicht mehr übrig sein. Sie war da wie der Tag und nicht allein, und sowenig übrig wie das Licht. Das Licht war hell vorhanden, damit sie es sah, und deutlich erkannte dort hinten am Boden – eine Frau auf dem Rücken in zerrissenen Kleidern, der Kopf lag zurückgeworfen, er würgte und zuckte, zwischen ihren Beinen und über ihr lag ein Mann, die Hose hing auf den Stiefeln, er schwitzte stumm, und stieß, was zwischen den Beinen war, in die Frau, stieß hinein und wühlte in ihr herum, hob den Bauch und stieß hinein, hob und stieß und wühlte herum, die Frau lag flach in den Gräsern, als sei sie tot, an Knien und Schenkeln verschmiertes Blut, und Blut an den haarigen Beinen des Mannes, der auf ihr weitermachte, als sei sie tot.

Sie stand von Gebüsch verborgen auf Gras und Moos, und sah erst jetzt, daß ein andrer dabeistand und hinsah, ein andrer hinter dem Kopf der Frau, mit offener Hose und offenem Mund, Blut an den Händen, ein Stiefel auf ihrem Arm. Er sah die Frau auf dem Boden, nicht die im Gebüsch, und hörte nichts, als sie davonging und fort auf den Weg, fast ohne

Geräusch und schnell wie ein Tier, und wieder übrig wie der Tag und das Licht, das Gehölz und was drin war, einmal mehr übrig und froh und allein, froh, daß niemand ihr folgte und niemand sie wahrnahm.

Sie kam frühmorgens an ein großes Haus. Es stand, von Gras umgeben, am Rand einer Stadt, ein Klotz ohne Fenster, man sah ihn von weit. Das Tor war geschlossen, davor waren Leute, sie saßen und standen in Gruppen und schienen zu warten, und machten den Eindruck, arm zu sein, die Gesichter waren verschlossen, die Kleider alt. Sie sprachen wenig, gedämpfte Stimmen, ein Kind spielte Steinewerfen auf einen Igel, der tot im Rinnstein der Straße lag.

Sie setzte sich zu den Leuten und hörte zu. Bald wußte sie, daß das Haus ein Gefängnis war. Kein Mensch ging hinein, kein Mensch kam heraus, das Tor blieb geschlossen die ganze Zeit. An jedem Montagmorgen warteten Leute, manchmal andere, manchmal dieselben, und einige, sah sie, erkannten sich wieder, sie kannten sich vom Warten vor dem Tor.

Alle warteten auf den Tod, auf einen Tod oder mehrere Tote, denn im Hof des Hauses fand die Hinrichtung statt. Es war noch zu früh, man hatte nichts gehört. Ja man konnte was hören, in jedem Fall, wenn erschossen wurde, hörte man Schüsse, das Echo von Schüssen, vielleicht einen dumpfen Schlag. Wenn geköpft und erhängt wurde, hörte man nichts, und wenn der Sirenenton kam, war die Sache vorbei. An keinem Montag wußte man, wieviel Tote es geben würde und wie es passierte, wie viele Sirenentöne, wie viele Schüsse. Und niemand hier draußen kannte die Kandidaten, es waren keine Verwandten und Freunde da. Verwandte und Freunde der Toten erfuhren nichts.

Weniger gesprochen, länger geschwiegen, je näher die Zeit der Hinrichtung kam. Die Stille vor dem Tor zog sich lange hin, die Steinchen des Kindes klickerten ungehört. Man konnte glauben, wenn man hier saß, die Welt sei ferngerückt und warte ab.

In dem Gebäude hallte ein Schuß. Die Leute schwiegen, ohne sich anzusehen, sie bewegten sich nicht und warteten ab. Ein kurzer Sirenenton kam und sie warteten ab. Es folgten fünf Schüsse kurz hintereinander, dann war die Hinrichtung schon vorbei, die Leute bewegten sich wieder und drängten zum Tor.

Neben dem Tor ging eine Klappe auf, Haufen verschiedener Sachen flogen heraus, man konnte nicht sehen, was es war, das fiel auf die Steine, und die Leute machten sich drüber her. Sie rissen an sich und auseinander, sie rissen sich aus den Händen und stopften es weg, in Säcke und Taschen und unter die Mäntel, bis nichts mehr am Boden lag, und gingen weg, mit den Kleidern der Toten und ihren Schuhen, mit den Zahnbürsten und den Uhren und was es war, mit den Knöpfen und Mützen. Sie blieb allein vor dem Tor zurück, das Tor blieb geschlossen, die Klappe war zu, der Boden leer.

An diesem Tag ging es ihr nicht gut. Sie wollte nicht singen, ein schlechtes Zeichen, und wollte nicht essen und trinken und wollte nicht gehen. Es war ein Schmerz in ihrem Bauch, der bohrte in ihr herum und dehnte sich aus, der zog in den Kopf und in die Beine, ihr Herzschlag ging schnell und das Gehen fiel schwer. Schwer fiel auch das Sitzen und Liegen, alles fiel schwer. Ihr war schlecht von dem Schmerz.

Es war nicht gut, mit dem Schmerz unter Leuten zu sein, mit dem Schmerz im Bauch und im Gesicht, den Schmerz sah jeder, sie konnte ihn nicht verstecken, sie trug ihn herum wie eine verbeulte Nase, sie mit dem Schmerz sah aus wie ein dreckiger Hund. Sie wäre lieber unter Tieren gewesen, allein in der Gegend mit Bäumen und Vögeln, in der Stadt mit dem

Krach und den Leuten war sie krank. Der Schmerz machte elend. Er machte aus ihr ein WEISS NICHT WAS.

Dem Teufel sollst du nichts sagen. Sie weinte nicht.

Sie stand auf der Straße und wußte nicht weiter, wußte nichts mehr. Eine alte Frau, schlecht lachend ohne Zähne, deutete auf den Boden hinter sie. Auf dem Boden war Blut, eine Spur dunkler Tropfen, wo sie gegangen war und wo sie stand.

Keine Träne. Elend noch viel mehr.

Im geheimsten wußte sie, was es war, aber sie wußte nicht, was es war. Sie mußte sich ausziehen und sehen, was passiert war, sie mußte bestimmt was tun und sie mußte sich waschen, und es gab in der Stadt kein Wasser für sie. Die Toilette im Bahnhof kostete was, aber die Frau mit dem Geldteller sah, was ihr fehlte, gab ihr viel weiches Papier und ein Plättchen Seife, wischte das Blut von den Kacheln und ließ sie allein. Sie riegelte ab, war nicht mehr da. Jetzt sah sie den Schmerz, der tropfte aus ihr heraus.

Durch das Becken floß Wasser, so viel sie wollte, sie wusch sich selbst und das Unterzeug, die Beine und Füße, steckte weiches Papier hoch zwischen die Schenkel und wusch mit vielem Wasser das viele Blut, immer mehr Blut und Schmerz, das hörte nicht auf. Und sie wußte, daß ihr das wieder passierte, sie nahm Papier von der Rolle und Seife mit.

Beim Gehen störte sie das Papier, Papier im Bauch und zwischen den Schenkeln, weich, warm und feucht, und sie mußte kichern – jetzt sah sie wie eine Ente aus.

Regen, Regen, lichtlose Tage, die Zeit war grau. Regen im Sonnenlicht sprühte nasses Silber, unter den Wolken war alles Wasser grau. Sie trieb sich auf Bahnstationen herum, saß halbe Tage in Wartesälen, kroch in abgestellte Waggons und schlief, solange der Regen ans Fenster schlug. Es machte keinen Unterschied, ob sie im Trockenen saß und träumte oder durchnäßt auf der Straße ging, die Zeit war dieselbe. Aber sie wünschte sich einen Schirm, und nahm ihn aus einem Eimer mit, der voll nasser Schirme am Tor einer Kirche stand. Ein großer Schirm mit vielen Ecken, grau wie die Taubenfeder, grau wie der Tag. Ihre Schuhe waren dünn und brüchig, seit sieben Tagen zu Ende gelaufen, sie ließ sie am Rand der Straße stehen, für einen, der alte Schuhe brauchte. Barfuß im Regen zu laufen war leicht und gut, aber sie brauchte jetzt neue Schuhe, wasserfest und weiß, wie die Frauen sie trugen. Schuhe standen in Hausfluren, hinter den Türen, sie stellte die Füße in ein Paar Schuhe und verließ mit ihnen das fremde Haus. Unter dem Regenschirm zog sie die Riemen fest.

Schwarze Nächte, Tage ohne Licht, die Zeit war naß und grau und alt. Sie sah Güterzüge vorüberfahren, beladen mit Jeeps und Kanonen, der Krieg war aus, oder wurde zu anderen Plätzen gebracht. Der Krieg war mal hier, mal dort, unterwegs wie sie.

Ein Morgen war grau wie sie, aber nicht wie sonst. Sie wurde wach und wußte nicht, wo sie war. Schwindelgefühl, das mit ihr spielte, denn wo sie wach wurde, war sie schon mal gewesen, in der leeren Fabrik, auf dem Sack, der unter ihr lag, und sie sah durch zerbrochenes Glas in denselben Baum, von Geschossen zersplitterte Äste mit wenigen Blättern, und hörte denselben Vogel im toten Tag. Aber was wußte sie von dem, was sie sah. Die Welt kann dieselbe an zwei Orten sein, es kam doch vor, daß Orte sich wiederholten, wie der Ort, wo sie war, sich wiederholte, daß ein Berg noch mal derselbe woanders war, daß eine Fabrik sich wiederholte, wie das Gras und die Tiere sich wiederholten, die Bäume, die Zeitungen und Coca-Cola. Alles außer den Leuten war mehrmals da, sie selbst war wie alle und jeder nur einmal da – aber so sicher war das nicht. Es konnte doch sein, daß sie zweimal lebte, einmal hier, wo sie war, in dem grauen Regen, und ein zweites Mal an dem Ort, den sie noch nicht kannte oder den sie vergessen hatte wie sich selbst. Sie hatte sich selbst gegenübergestanden, an einem Brunnen, auf einer Straße – ohne zu wissen, wer sie und die andere war. Der Regen rauschte, der Schwindel ließ sie nicht los.

War sie im Regen im Kreis gelaufen, allein auf dem Irrweg wie viele Tage – hatte im Regen den Süden verloren. War sie durch Orte gegangen, die sie schon kannte, und die Zeit hatte zugesehen, wie sie sich verirrte, und sie taumelte wie die Katze ohne Bart.

Sie stand mit zu großem Schirm, in zu großen Schuhen, von Pfützen umgeben vor einem Caféhaus, aber die Soldaten waren nicht da. Das Caféhaus war leer wie die Trümmerfassade daneben – hier hatte sie ihren Namen erfunden, hier war er gerufen worden, Findel! Findel! Sie ging im Regen auf der Straße fort, niemand folgte ihr, niemand blickte ihr nach.

Sie hatte den ganzen Tag gesungen und vor lauter Singen nichts gemerkt. Kein Licht, keine Möwe hatte ihr was gesagt. Jetzt stand sie am Fluß – sie hatte ihn fast vergessen –, und er war groß geworden und stark wie nie. An dieses Ufer kam sie zum erstenmal, die Inseln im Wasser hatte sie nie gesehen, das Ufer dahinter war flach und fremd. Wenn das Wasser im Winter stieg, war das Ufer weg, die Bäume standen im Wasser, der Fluß war schwarz. Jetzt war er hell, so hell wie die Luft nach dem Regen, Steine und Büchsen leuchteten auf dem Grund.

Am Fluß war mehr los als sonst im Land. Den ganzen Tag lang ging sie im Ufer nach Westen, auf der Böschung zwischen den Pappeln und Weiden, auf Balken und Bohlen durch die versumpften Gräben, doch sie fand keine Brücke über den Fluß. Es gab lange Stege hinaus auf das Wasser, und keine

Fähre, und keinen Kahn. Den ganzen Tag lang kam sie nicht über den Fluß. Sie sah und hörte die Lastschiffe fahren und ein weißes Motorboot der Polizei, ging langsam neben der schnellen Strömung nach Westen, vorbei an Landestellen und alten Häfen, und wünschte sich nichts als immer am Wasser zu sein. Alles Wasser floß in das Meer.

Ein paar Männer in schwarzen Mänteln verstellten den Weg. Sie blickten mit Ferngläsern auf das andere Ufer, sie ging vorbei und wurde nicht bemerkt. Vielleicht, daß ein Vogel sie erkannte, aus der Pappel flog und über dem Wasser schrie. Ein kleiner Junge fuhr ihr entgegen, fiel vom Fahrrad auf die Steine und sprach sie an. Ob sie hier wohnte. Nein, sie wohnte nicht hier. Und was sie da machte, allein am Fluß. Sie suchte die Brücke, um rüberzukommen, vielleicht eine Fähre, vielleicht einen Kahn. Weil so viele Leute ins Wasser gehen, sagte der Junge, manche werden gefunden, die anderen nicht, sie werden angeschwemmt ohne Kopf, man kann sie erkennen auch ohne den Kopf. Sie ging nicht ins Wasser, sah sie so aus? Sie schüttelte ihr Haar und der Junge war froh, er war erleichtert und fuhr schnell weg.

Am Abend kam die Brise vom anderen Ufer, das Zwielicht war kalt. Sie ging in ein Wohnhaus mit offenen Türen, kroch unter die Treppe und schlief ein. Schritte gingen über ihr auf den Stufen, kein Mensch entdeckte sie, kein Schuh stieß an. Ein Hund roch an ihren Haaren und ging fort. Nachts weckten sie ein paar scharfe Geräusche – von Streichhölzern, die gerieben wurden –, aber sie sah keine Flamme und schlief wieder ein.

Im ersten Licht des Morgens wurde sie wach. Sie hörte ein Rauschen in ihren Ohren, das konnte die Stille sein, der nahe Fluß, ein Wind, der warm aus dem Süden kam. Die Tür des Hauses war abgeschlossen, sie stieg durch ein Fenster ins Freie und ging zum Fluß. Schnell und schwer floß das Wasser vor ihren Füßen, der Fluß war leer und machte kein Geräusch. Sie saß am Ufer, sah der Sonne entgegen und wartete auf das Geräusch des Wassers, den Wind, die Vögel.

Frühmorgens ging sie in das andere Land. Viele Leute waren zu Fuß auf der Brücke, mit Taschen und Thermosflaschen, stumm, in Eile, sie ging zwischen ihnen, wurde vorbeigewinkt und kam unbemerkt auf den Platz hinterm Zoll. Dort war die Endstation der Busse und Züge, dort warteten Transporter auf Weiterfahrt, Straßen voll Wagen bis zum Horizont. Hunderte Leute standen herum in Haufen, starrten in Gesichter, die kamen und gingen, und paßten auf, wer über die Brücke kam.

Der Morgen war hell wie die Sonne am Anfang der Welt, Licht und Luft und Himmel an einem Stück. Sie sah die Vögel über der Brücke, das schwirrte und schrie in der Luft durcheinander und kreiste in Schwärmen über dem Fluß. Alles andere dagegen war grau und klein, aber unübersichtlich und viel und laut, die Leute, die Fahrzeuge und die Kontrollen, der Betrieb der Schlagbäume auf und zu, der Krach von Trillerpfeifen, Motoren, Stimmen. Sie hörte die Sprache, die sie verstand, Wörter, die ihre eigenen waren, sie erkannte die Rufe und Namen, das Lachen und Fluchen, und versteckte sich wieder in Taub und Stumm, in ihrem Spiel, das sie selber war.

Wer sie am Ärmel festhielt, ihr ins Gesicht schrie, erhielt als Antwort ihr Zeichen auf Mund und Ohr. Sie ließ die Leute stehen, die was von ihr wollten – HE – BLEIB MAL STEHN – DIE GEGEND HIER KOSTET EINTRITT – MACHT ZEHN DOLLAR PRO NASE – HÖRST DU SCHLECHT – und sie ging vorbei und weiter und war fort. Man rief ihr nach, verlor sie aus den Augen, sie blieb abseits, sah zu und hörte, der eine lachte, der andere schwieg.

Da stand ein Mensch mit Hunden an der Leine, hielt einen

Mann am Mantel fest und rief: he, du kaufst einen Hund, welchen willst du haben.

Loslassen! Der andere riß die fremde Hand vom Mantel und schlug zu.

Der Mann mit den Hunden wich aus. Langsam, du kaufst zuerst mal einen Hund.

Was heißt kaufen, was heißt Hund. Ich hab kein Geld.

Wetten, du hast das Geld, und ich hab den Hund –

Ich hab kein Geld für den Hund.

Die Hunde lagen herum, blickten auf und knurrten. Sie lagen weit herum an der Leine und schliefen.

Der Mann mit den Hunden zeigte auf den andern: der will keinen Hund, na so was, der will keinen Hund!

Der hat Geld und kauft keinen Hund!

Der andere ging weiter, er sagte nichts, und der Mann mit den Hunden rief hinter ihm her: der will keinen Hund!

Sie folgte dem andern auf der Straße. Er merkte es nicht, sie wußte nicht, daß sie sang.

Sie setzte sich zu den Leuten auf die Vortreppe der Wirtschaft. Die blickten auf die Straße und erzählten dem Blinden, was dort passierte. Die Straße zog unter Pappeln weit in die Gegend und war voller Menschen, unterwegs mit Wagen, Fahrrädern und zu Fuß.

Der Blinde sagte: eine Volkszählung? Es ist die falsche Zeit, Leute zu zählen. Wen will man denn zählen –

Alle, die noch leben, werden gezählt, der Reihe nach –

Aber ob man die zusammenbekommt. Wo sind sie denn. Man zählt bloß die Leute, die man sieht, Leute, die man auf der Straße trifft –

Es gibt Straßensperren, das hat man gehört –

Dann zählt man die, die in die Straßensperren laufen, die anderen zählt man schon schwerer, die im Versteck sitzen, die

Geflüchteten, die Untergetauchten, und die keine Lust auf Zählung haben sind auch nicht da –

Der Gastwirt und seine Kinder sind weg, der Besitzer der Möbelfabrik und seine Familie, schon deswegen wird die Zählung falsch.

Die meisten Nachbarn sind nicht mehr da –

Sie kann nicht stimmen bei so viel Leuten, die weg sind –

Sie sagte: mich zählt niemand.

Die Leute bemerkten sie zum erstenmal, blickten sie an, und die alte Frau neben ihr sagte: wer keine Adresse hat, wird nicht gezählt.

Sie sagte nichts.

Und wenn einer rumläuft ohne Adresse, wird er zehnmal zu viel gezählt, in den vielen Straßensperren und bei der Razzia, er wird immer wieder gezählt. Man muß ihn fragen, ob er schon gezählt worden ist, da kann er NEIN sagen oder JA –

Und du, du hast keine Adresse, du läufst rum wie die andern.

Sie sagte: ich hab eine, aber nicht hier. Weiß nicht mehr, wie sie heißt.

Man soll die Leute doch mit Zählung in Ruhe lassen –

Zählung muß sein, wenn man wissen will, wie viele noch leben. Die Toten kann man nicht zählen.

Dazu konnte keiner was sagen. Der Blinde saß still und horchte in die Welt.

Es geht doch darum, man will wissen, wie viele tot sind. Da zählt man die Leute und zieht dann die Toten ab, ungefähr jedenfalls, man hat ja Zahlen von früher.

Ja, man hat alte Zahlen und braucht neue. Schon die alten Zahlen sind falsch.

Die können ja nicht gestimmt haben, die alten Zahlen, kein Mensch steckt immer hinter einer Adresse, der Mensch bewegt sich –

Zähl mal die Mäuse, zähl mal die Raben –

Viele sind unterwegs, viele verschwinden und kommen nicht wieder. Die eine Hälfte ist tot, die andere Hälfte wird vermißt –

Daß man das nicht unterschätzen soll, sagte der Blinde. Auch überschätzen soll man nicht.

Was für eine Zeit das ist –

Oho, man hat nie andere gehabt als solche!

Sie ging mit der alten Frau ins Haus, dort gab es zu essen. Zwieback, Milch und Wasser auf dem Tisch, Kartoffeln in einer Schüssel und Schmalz in der Büchse.

Ja, iß was, Kind, sagte die alte Frau. Nimm dir, nimm viel, bevor die anderen kommen. Zwieback ist nicht das schlechtere Brot, steck ihn ein.

Sie hatte kein Haus für die Nacht gesucht, den Abend vergessen, nicht an Schlaf gedacht. Sie war immer weiter gegangen, vielleicht nach Süden, jetzt lag sie im Dunkeln und wußte nicht, wo sie war.

Der Boden war hart und leer, sie war es gewohnt, sie schlief auch, wenn kein Baum ihr Vertrauen gab. Aber sie schlief nicht, sie war wach und hörte, es kamen Schritte auf sie zu. Nicht weit von ihr, im Dunkeln zu unterscheiden, stand ein Lebewesen und blickte sie an.

Sie sagte: was ist los, warum siehst du mich an.

Die Stimme da drüben war still und rauh: ich weiß, wer du bist.

Sie hatte sich aufgerichtet und wartete ab.

Dieselbe Stimme sagte laut: du bist Findel.

Es gab nichts zu sagen, sie wartete ab.

Ich bin deine Schwester. Sie sagte: ich habe keine. Und die Gestalt: du hast eine Schwester gehabt.

Nach einer Weile: die ist lange tot.

Ja, sie ist tot, ich bin da.

Die Findel sein sollte, sagte: nein.

Die ihre Schwester sein wollte, sagte: alle sind tot. Du bist nicht tot, wo sie sind. Du bist hier drinnen, du lebst, du bist die einzige, die ich hier habe. Ich habe dich hier gesehen, da bin ich gekommen.

Sie sagte: weiß nicht, du siehst nicht aus wie meine Schwester. Sie ist tot.

Sie ist tot, aber sie hat dich erkannt hier drinnen. Du bist die einzige, die ich hier habe, ich bin deine Schwester.

Sie wiederholte: du bist Findel, die einzige, die ich hier habe. Sonst haben wir nichts, ich habe nichts außer Findel, hier ist nichts.

Nichts? Sie wußte nicht, was das war, ob es viel war oder wenig, ob es was war.

Sie sagte: weiß nicht. Du hast nicht die Stimme meiner Schwester.

Keine Stimme, aber du hörst mich.

Die Gestalt der Schwester war noch da, vom Dunkel zu unterscheiden, ein heller Fleck. Die Stimme war da, sie sagte: du bist übrig. Nach einer Weile: ich habe nur dich.

Dann war die Stimme nicht mehr zu hören, die Schritte gingen weg, die Gestalt war fort.

Einmal träumte sie von ihrer Schwester, aber es war ein Kind in fremden Kleidern. Es tanzte barfuß auf einem Karren, behängt mit klingelnden Schellen und bunten Bändern. Die Augen waren rot, die Lippen grau, die Haare flogen schwarz um das weiße Gesicht. Der Karren fuhr schnell vorbei, es winkte und rief – sie konnte nicht hören, was es rief.

Der Junge sagte: kommt mit, war haben ein Haus, da kannst du schlafen.

Sie ging mit ihm, obwohl sie nichts wußte, und weil es ein

schöner Abend war. Die helle Wärme gab ihr Gewißheit, doch wäre sie auch im Schneesturm mit ihm gegangen, er war einer wie alle, die keine Habichte sind. Er zeigte über die Felder, dort war das Haus.

Die Felder waren steinig und weit, Reste von Mais und Rüben und trockenes Gras. Das Haus stand allein mit drei dürren Bäumen, ein Schuppen war da, ein geparktes Auto, ein Fahrweg führte zur Straße nach Süden, und die Straße nach Süden führte zum Meer. Das Haus war alt, die Zimmer waren verwohnt, die Wände dunkel, die Böden zerkratzt. Auf dem Tisch standen Teller und Gläser, Schüsseln und Flaschen, um den Tisch herum saßen Leute, die aßen und lachten, sie rückten zusammen und zeigten ihr einen Stuhl. Sie saß am Tisch wie alle und aß und trank, und niemand wollte wissen, woher sie kam. Und niemand wollte wissen, wohin sie ging, der Junge saß neben ihr und schnitt das Brot. Es waren Leute, die zusammengehörten, gemeinsam das Haus bewohnten, ihr Essen teilten, Kinder und Männer und alte Frauen, und keiner war fremd oder falsch für sie.

Sie schwieg und hörte, was gesprochen wurde – vom Haus, wie es war und nicht mehr ist, vom Land, wie es war und nie wieder sein wird. Von einer, die Afra hieß und spurlos verschwand. Die Geschichte vom Dieb, der ein Tandem klaute und erwischt wurde, weil er allein auf dem Tandem saß. Bevor man gekommen war, um das Haus zu bewohnen. Was war, bevor man gekommen war, hier zu wohnen.

Das Haus war bewohnt von fremden Leuten, die hatten, was sie brauchten, und wollten mehr. Das Haus war nicht groß genug, nicht neu genug, sie zogen aus und verschwanden, man weiß nicht wo. Das Haus war schon immer alt gewesen, jetzt wurde es älter, weil niemand drin wohnte. Das Haus stand leer und niemand wollte drin wohnen, weil es verbraucht war und schnell verfiel. Und wieder kamen fremde Leute, versuchten das Haus zu bewohnen und zogen aus. Das Haus war nicht schön genug, nicht neu genug, sie zogen aus und verschwanden, man weiß nicht wo. Das Haus stand leer, und niemand wollte drin wohnen, weil es verbraucht war und schnell verfiel, das Fensterholz war rissig, die Türen klemmten, das Dach war brüchig, die Wirtschaft verfallen, und die Reparatur war zu teuer und lohnte nicht. Danach kamen fremde Leute und blieben drin. Das Haus war schön und groß genug für alle, sie waren froh, das Haus zu bewohnen, das Gemäuer war alt, aber hielt zusammen, die Luft war die Luft der Welt und das Wasser sauber – sie hatten nicht alles, was sie wünschten, aber mehr als zu wenig, genug für alle –

– und einmal, wenn sie das Haus nicht mehr bewohnen, es ist noch älter geworden, ein brüchiger Kasten – kommt irgendein anderer und richtet sich ein, froh, in dem Haus ein festes Zimmer zu haben. Nach ihm kommen andere, und noch mal andere, froh, in den Resten des Hauses wohnen zu können. Und ist der Kasten eine Ruine geworden, wird einmal mehr einer kommen und bleiben, froh, ein Stück Mauer zu haben, das ihn beschützt. Wenn die vorletzte Mauer zerbröckelt ist, erscheinen die Fledermäuse, die Dachse und Hasen, die Schlangen, die Vögel.

Als sie aufwachte, lag sie in einem Bett, es war dunkel und warm, sie wußte nicht, wo sie war. Hatte sie die Geschichte geträumt, war sie erzählt worden, war sie im Haus. Da sie im Bett lag, war sie in einem Haus. Der Junge, der sie gebracht hatte, war nicht da. War er bei ihr im Bett gewesen, im Dunkeln fortgegangen, während sie schlief, und lag in der Stille allein wie sie. Als sich ein Fenster mit Zwielicht füllte, stand sie auf und verließ das Haus.

Wenn sie am Weg viele Leute sah, Haufen Menschen oder bloß fünf oder sieben, ging sie weiter und sah sich nicht um.

Wo zwei Leute zusammen waren, ging sie vorbei, selbst wenn der eine blutete oder schrie. Wenn einer allein war, totenstill oder fluchend, blieb sie in seiner Nähe und sah ihn an. Ein Mensch allein war deutlicher da als viele. So einer saß an der Straße, und sie blieb stehen.

Das war ein Mensch, nicht ein Haufen Müll oder Stein. Ein Mensch, weil ein Mund im Gesicht war und sprach, murrend, heiser – WAS STEHST DU DA RUM, GEH WEITER – NA LOS, HAU AB! Sie stand vor ihm, weil sie Hände und Finger erkannte, das Auge über den Zähnen, die Schuhe im Sand. Das gehörte zusammen und war ein Mensch. Was für einer, das wußte sie nicht.

Sie fragte mit lauter Stimme, ob etwas fehlte, aber der Mensch dort sagte nichts. Das Auge, das er hatte, starrte sie an, schwarz und leer wie eine Kanone, aus der eine Kugel geflogen war.

Sie sagte: ich weiß nicht, mir ist nie was passiert.

Nie was passiert! rief der Mund des Menschen. Da bist du bei mir an der richtigen Stelle, wenn dir nie was passiert ist! Nie was passiert! Erzähl mal, was dir nicht passiert, was ist das gewesen, das dir nicht passiert ist. Mir ist alles passiert!

Das Auge flackerte. Im Mund bewegten sich drei braune Zähne.

Sie sagte: im Krieg, vor ein paar Wochen, da bin ich beschossen worden von einem Flugzeug, aber es hat mich nicht erwischt –

Du dreckiger kleiner Schmutzfink – beschossen!

Ja. Ganz allein. Das Flugzeug flog direkt über dem Kopf.

Du bist einzeln beschossen worden!

Ja, einzeln. Allein.

Wie ich das finde! rief der Mensch, der Schmutzfink steht da, ist beschossen worden und lebt –

Sie gab keine Antwort.

Wie heißt du.

Sie zögerte. Ich weiß nicht –

Kein Name? Das ist gut. Du hast ihn zurückgegeben – ausgezeichnet. Ich habe noch meinen Namen, sage ihn aber nicht, das ist schon halb zurückgegeben, ich sage ihn nie. O es gibt viele, die geben den Namen zurück, der Reihe nach –

Er rief: zurückgegeben, der Reihe nach!

Der Mensch kam ins Wackeln, weil er lachte. Er verwackelte durch und durch.

Wie ich das finde! rief er und wackelte langsam weiter.

Er sagte: du bist gut, das ist die Wahrheit. Nach einer Weile saß er wieder still. Daß dir nie was passiert, das ist die Wahrheit –

Er rief: die Wahrheit!

Dann sprach er nicht mehr, das Auge sah sie nicht an. Er war fertig mit der Person da draußen, die vor ihm stand, der nichts passiert war.

Was sollte sie tun, sie wußte es nicht. Ging langsam weiter, sah sich auch einmal um. Da saß der Mensch wie ein Haufen Müll, und sie ging weiter, sie ging fort und weg.

Wenn sie Musik hörte, blieb sie stehen, an der Musik vorbei, das konnte sie nicht. Sie lief in die Richtung, aus der sie kam, bis sie entdeckt hatte, was es war – ein Haus voll Licht und Stimmen, ein offenes Fenster, eine Party vor der Kaserne, ein Tanz im Hof. Sie sah und hörte aus der Entfernung zu, und wenn es schön war, mit Leuten, die ihr gefielen, schlüpfte sie in das Fest, wie sie war, nahm ein Stück Kuchen und ging wieder weg. Niemand fragte sie, wer sie war. Sie konnte unsichtbar sein, wenn sie wollte, das hatte sie von sich selbst gelernt, das hatten die kleinen Tiere ihr vorgeführt.

An diesem Herbsttag fand sie ein neues Fest. Es war schöner als alle, die sie kannte, eine Hochzeitsfeier im Garten mit vielen Gästen, mit Gartenstühlen, Bänken, Lampions in den Bäumen, obwohl die Sonne hell wie im Juli war. Der lange Tisch war weiß gedeckt, und es war ein kleiner Tisch für die Kinder da. Teller, Gläser, Besteck und Servietten, das leuchtete in den Sonnenflecken, der Schatten der Bäume war hell und das Laub wie Gold. Durch den Garten von weit kam der Hochzeitszug, vor dem Hochzeitspaar hopsten die Kinder mit bunten Tüten und warfen Reiskörner in die Luft. Reis und Konfetti fielen auf die Gäste, es waren Soldaten ohne Frauen da, ein schwarzer Hund ging an ihrer Seite, und die Musik kam hinterher – Klarinette, Geige, Trompete und Trommel –, die Musiker trugen flache Hüte, und die Gäste Blumen, alle Hände voll. Der Bräutigam ging schwarz und ernst, die Braut an seinem Arm war weiß und froh. Am glücklichsten klangen die Stimmen der Frauen, am lautesten rummelte die Musik. Sie sah und hörte die ganze Gesellschaft, und am längsten und deutlichsten sah sie die Braut, das schwarze Haar, den Schleier im Haar, die freudigen Augen, das schimmernde Kleid. Sie wußte nicht sicher, was HOCHZEIT war – es war nicht das größte, tollste aller Feste, aber das schönste allein für die Braut – und wenn sie die Braut wäre auch für sie, genauso für sie, ein einziges Fest. Nicht jede Frau bekam ein Fest, einen Schleier für das Gesicht, ein weißes Kleid, wen sollte sie fragen, woran das lag. Sie wußte nicht, was sie wünschen sollte, und nicht, wie ein Wunsch in Erfüllung ging. Sie wußte nicht, was ein Wunsch war, sie träumte bloß.

Als die Gäste am Tisch saßen, ging sie fort. Sie hörte die Stimmen, dunkle und helle, gedämpfte und laute und das Lachen dazwischen, sie hörte Korken knallen und Gläser klingen und die plötzliche Stille, weil eine Rede kam. Sie hörte noch lange, aber sie horchte nicht, dann war das Geräusch der

Hochzeit weg. Sie war froh, das Glas in der Tasche zu spüren, wünschte sich Wasser in das Glas.

Am Abend sah sie Schiffe auf einem Kanal, da wußte sie wieder vom Meer, es war nicht weit. Kein Mensch bemerkte sie, niemand ging hinter ihr her. Sie schlief hinter Schutt und Brettern auf einem Schleppkahn, sah erleuchtete Fenster verstreut im Dunkeln, ein Fahrrad fuhr ohne Licht auf dem Uferweg. Lärm von Vögeln weckte sie früh am Tag, sie ging am Kanal entlang und sah das Meer, glatt und dunkel, größer als die Welt, und dahinter den Horizont ohne Schiffe und Wolken, eine endlose Wand, die das Meerwasser staute. Hier war sie im Süden. Sie wußte, das Meer war Anfang und Ende von allem, sie mußte nicht durch das Wasser, sie blieb an der Küste, hier war der Wind wie Quellwasser auf der Haut, er wusch sie mit kalten Stößen und machte sie frisch.

Zwei Tage lief sie am Meer entlang, hoch auf dem Steilufer, tief durch den Sand, auf Trampelpfaden durch flatterndes Gras, auf leeren Hotelterrassen nah an der Brandung, auf durchlöcherten Straßen mit Steinen und Barrikaden, an Gleisen und Zäunen vorbei ins Licht, das überall blendend und kalt wie die Sonne war. Sie sah ein paar Katzen, nicht viele Leute, die wenigen, die sie sah, liefen schnell auseinander, als sei sie ein Geist, vor dem man flieht.

Es war nicht mehr weit in das Herz des Südens. Sie sah den Leuchtturm leer, doch er stand noch da, die flache Bucht mit den Häusern aus Schiefer, das Graue Hotel ohne Türen und Scheiben, die Garage stand dort, der Lieferwagen war weg. Fort waren die Leute, die Stimmen, Musik in den Häusern. Hier begann der Weg in den Süden, der ihr gehörte.

Es war eine Straße mit Steinen und Löchern, sie ging von der Küste zurück in die Hügel und nahm allen Wind vom Wasser mit. Jetzt, wo sie zurückkam, war die Straße leer, der

Bahnhof leer, ohne Güterwagen – ein Riesenspielzeug, das keiner wollte –, dahinter der Kiefernwald ohne Vögel und Bienen, der Supermarkt verrammelt mit Brettern und Platten, das Möbelgeschäft verschwunden wie viele Häuser, ein paar Frauen sprachen gedämpft und blickten ihr nach. Weiter weg standen Männer mit Schaufeln an einem Feuer, es war keins der Feuer, die sie schon kannte, Menschenfleischfeuer, Viehfeuer, Großer Brand, es war bloß ein Feuer aus Holz und Laub.

Sie ging auf der Straße noch ein paar Stunden, die Gegend sah rechts und links wie überall aus, wie auf allen Straßen, die sie gegangen war, und wo sie ankam, sah es wie überall aus. Das Haus war im Innern von Ziegeln verschüttet, die Mauern standen da, die Birke stand da, der Hof und der Schuppen, der Gartenzaun auf dem Hügel – aber leer, durcheinander, von niemand gebraucht, weil niemand da war außer dem Rest vom Hund, Fell und Knochen vor der Küchentür. Ein paar Vögel, klein wie Zaunkönige, flogen fort.

Niemand außer ihr kam freiwillig her. Dem Teufel sollst du nichts schenken, sie schluchzte nicht. Sie drehte sich um, sie ging woandershin, aber nicht in den Süden, der Süden war nicht mehr da. Sie ging jetzt in eine andere Richtung, die so gut wie jede andere war, wie das Meer und die Vögel, der Wind und die Vögel.

INHALT

Christoph Meckel

Ein unbekannter Mensch

Band 14145

Christoph Meckel porträtiert in diesem Bericht seinen Freund und Nachbarn, Mathieu, den vierundsiebzigjährigen Lavendelbauern in den Bergen der Drôme; Besitzer eines über 300 Jahre alten Hofes, auf dem die zweiundachtzigjährige Schwester ihm den Haushalt führt. Es entsteht das lebendige Bild eines Menschen am Rande der Gegenwart, gefangen in Kargheit und Enge seiner Provinz. Was draußen passiert, erreicht sein Bewußtsein nicht. Was dennoch eindringt, ist gefährlich – die schnelle Entwicklung der Epoche, die über Mathieu hinweggeht. Er, der keine Söhne oder Enkel hinterläßt, weiß, daß er sich selbst überlebt hat. Doch ist dies für ihn kein Anlaß zur Larmoyanz. Gewohnheit und Lebenskraft tragen ihn weiter. Er findet Rückhalt in seiner alltäglichen Arbeit und – aller Wandlung zum Trotz – in den Normen einer archaischen Welt.

Fischer Taschenbuch Verlag

fi 1204 / 7

Christoph Meckel
Suchbild
Über meinen Vater
Mit einem Nachwort des Autors
Band 16162

»Der Mensch, den ich kannte, war nur ein Teil jenes anderen, den keiner kannte«.

Christoph Meckels Annäherung an den Vater erschien erstmals 1980 und war der Höhepunkt einer ganzen Reihe von literarischen Versuchen, mit denen Angehörige der 68er-Generation ihre Väter und deren Arrangement mit dem Nationalsozialismus beschrieben. Ein Klassiker in der Literatur über den Vater, in dem auch die eigene Kinderzeit nach dem Krieg sensibel, poetisch und genau erfasst wird.

»Wie Christoph Meckel in seinem Vater
die deutsche Malaise erkannte,
hat etwas Allgemeingültiges.«
Die Zeit

Fischer Taschenbuch Verlag

fi 16162 / 1